文化学&文学研究丛书

王炳钧　冯亚琳　主编

危机的病理

托马斯·曼早期作品中的疾病话语

毛亚斌　◆　著

PATHOLOGIE DER KRISEN

Krankheitsdiskurse in
Thomas Manns Frühwerk

北京师范大学出版集团
BEIJING NORMAL UNIVERSITY PUBLISHING GROUP
北京师范大学出版社

本书受重庆大学外国语学院资助，是重庆大学中央高校基地项目（编号：2019CDJSK04PT26）成果

总　序

如果我们按照德国社会学家马克斯·韦伯的定义，把文化理解为人为自己编织的一张"意义网"，那么，文化学的意义正是在于探究这张网的不同节点乃至整个体系，探究它的历史生成、运作机制及其对人的塑造功能，探究它如何影响了历史中的人对自身以及世界的理解。

诚然，探究这样一个网络的整个体系，或者用德国文化学的倡导者的话说，人的"所有劳动与生活形式"这样一个宏大工程，对于一个个体来说，是无法完成的事情。因此，从文化学所统领的跨学科的视角出发，探究这张网在不同历史阶段的具体节点，或者说一个文化体系的具体侧面，则可揭示其运作方式并为观察整个文化体系提供有益的启发。

如果我们尝试用一两个关键词笼统概括 20 世纪后半叶以来德语文学研究范式的转换，那么在 20 世纪 50 年代占据主导地位的是"文本""形式"，60 年代是"社会""批判"，70 年代是"结构""接受"，80 年代是"话语""解构"，90 年代至今便是"文化"。

　　而任何笼统的概括，都有掩盖发展本身所具有的复杂性的嫌疑。因为涌动在这些关键词之下的是历史进程中的一系列对话、碰撞、转换机制。正是这一发展促成了所谓"文化学转向"。经过 30 多年的发展，对文化的研究已经成为研究领域的一种基本范式。尽管对文化问题的关注与探讨，在它被称为"文化研究"的英美国家与被叫作"文化学"的德语国家有着不同的历史语境与出发点——在社会等级与种族问题较为突出的英美国家主要针对的是所谓高雅与大众文化的差异和种族文化差异问题，而在殖民主义历史负担相对较轻、中产阶级占主导地位的德国主要侧重学科的革新，其核心标志是对中心主义视角秩序的颠覆与学科的开放。

　　以瓦解主体中心主义为目标的后结构主义赋予了他者重要的建构意义，这种"外部视角"将研究的目光引向了以异质文化为研究对象的人类学或民族学。美国文化人类学重要代表人物克里夫特·格尔茨（Clifford Geertz）提出的"深描"文化阐释学，尝试像解读文本一样探索文化的结构，突出强调了对文化理解过程具有重要意义的语境化。将"文化作为文本"①来解读也就构成了

---

①　Doris Bachmann-Medick（Hg.）: *Kultur als Text. Die anthropologische Wende in der Literaturwissenschaft*. Frankfurt am Main: Fischer Taschenbuch Verlag 1996.

文化研究的关键词。这一做法同时为以文本阐释见长的文学研究向文化领域的拓展提供了新的路径，成为福柯影响下关注"文本的历史性与历史的文本性"①的新历史主义的文化诗学纲领。

那么，对于文学研究而言，文学的虚构性与文化的建构性之间是怎样的关系？将文学文本与文化文本等同起来，是否恰恰忽略了文学的虚构性？作为文化体系组成部分的文学，一方面选材于现实世界，另一方面又摆脱了现实意义体系的制约，通过生成新的想象世界而参与文化的建构。相对于现实世界，文学揭示出另外一种可能、一种或然性，通过文学形象使得尚无以言表的体验变得可见，从而提供新的经验可能。正是基于现实筛选机制，文学作品提供了丰富的历史材料来源。有别于注重"宏大叙事"的政治历史考察的传统史学，文学作品以形象的方式承载了更多被传统历史撰写遮蔽或边缘化的日常生活史料，成为丰富的历史与文化记忆载体。

在历史观上，法国编年史派以及后来的心态史派，对于德国文化学的发展起了重要的推动作用。20世纪30年代，编年史派摆脱了大一统的以政治历史为导向的史学研究，转向了对相对长时间段中的心态（观念、思

---

① Louis Montrose："Die Renaissance behaupten. Poetik und Politik der Kultur". In: *New Historicism. Literaturgeschichte als Poetik der Kultur*. Hg. von Moritz Baßler. Frankfurt am Main: Fischer Taschenbuch Verlag 1995，S. 67f.

想、情感)的变化的考察。① 对法国新史学的接受强化了
德国的社会史与日常史的研究。20 世纪 80 年代中期,
历史人类学在德国逐渐形成。相较于传统的哲学人类
学,它所关心的不再是作为物种的抽象的人,而是历史
之中的人及其文化与生存实践。研究的着眼点不是恒定
的文化体系,而是在历史进程中对人及其自身理解起到
塑造作用的变化因素。

文化学发展的一个重要动因,是关于人文科学在社
会中的合理性问题的讨论。由于学科分化的加剧,人文
科学的存在合理性遭到质疑,讨论尝试对此做出回应。
争论的焦点是人文科学的作用问题:它究竟是仅仅起到
对自然科学与技术的发展所造成的损失进行弥补的作
用,还是对社会发展具有导向功能。代表弥补论一方的
是德国哲学家乌多·马克瓦德(Udo Marquard)。他发表
于 1986 年的报告《论人文科学的不可避免性》认为,"由

---

① 如马克·布洛赫从比较视角出发对欧洲封建社会的研究:Marc Bloch:
Die Feudalgesellschaft. Frankfurt am Main/Wien:Propyläen 1982
(zuerst 1939/40);吕西安·费弗尔从多学科视角出发对信仰问题的
研究:Lucien Febvre:*Das Problem des Unglaubens im 16. Jahrhun-
dert: die Religion des Rabelais*. Mit einem Nachwort von Kurt
Flasch. Aus dem Franz. von Grete Osterwald. Stuttgart:Klett-Cotta
2002 (zuerst 1942);菲力浦·阿利埃斯对童年、死亡与私人生活的研
究:Philippe Ariès:*Geschichte der Kindheit*. Übers. von Caroline
Neubaur und Karin Kersten. München:Hanser 1975 (zuerst 1960);
Philipe Ariès:*Studien zur Geschichte des Todes im Abendland*.
München/Wien:Hanser 1976;Philippe Ariès/Georges Duby (Hg.):
Geschichte des privaten Lebens. Frankfurt am Main:S. Fischer 1991.

实验科学所推进的现代化造成了生存世界的损失，人文科学的任务则在于对这种损失进行弥补"①。所谓弥补就是通过讲述而保存历史。② 另一方则要求对人文科学进行革新，通过对跨学科问题进行研究来统领传统的人文科学。针对马克瓦德为人文科学所做的被动辩解，在20世纪80年代末期，联邦德国科学委员会和校长联席会议委托康斯坦茨大学和比勒费尔德大学成立人文科学项目组，对人文科学的合理化与其未来角色的问题进行了调研。德语文学教授、慕尼黑大学校长弗吕瓦尔德，接受理论主要代表人物姚斯，著名历史学家科泽勒克等五名重要学者于1991年发表了上述项目的结项报告《当今的人文科学》。报告认为："人文科学通过研究、分析、描述所关涉的不仅仅是部分文化体系，也不仅仅是迎合地、'弥补性地'介绍自己陌生的现代化进程，它的着眼点更多地是文化整体，是作为人类劳动与生存方式总和的文化，也包括自然科学的和其他的发展，是世界的文化形式。"③因此，他们建议放弃传统的"人文科学"概念，以"文化科

① Odo Marquard: "Über die Unvermeidlichkeit der Geisteswissenschaften". Vortrag vor der Westdeutschen Rektorenkonferenz. In: ders.: *Apologie des Zufälligen. Philosophische Studien.* Stuttgart: Reclam 1986, S. 102f.

② 参见 ebd., S. 105f.

③ *Geisteswissenschaften heute.* Eine Denkschrift von Wolfgang Frühwald, Hans Robert Jauß, Reinhart Koselleck, Jürgen Mittelstraß, Burkhart Steinwachs. 2. Aufl. Frankfurt am Main: Suhrkamp 1996 (1991), S. 40f.

学"取而代之。在某种程度上，可以把该书看成是要求
整个人文科学进行文化学转向的宣言。

　　研究视角与对象的变化，也要求打破传统的专业界
限，进行多学科、跨学科的研究。这种势态催生了人文
研究的所谓"文化学转向"。此中，文学研究摆脱了传统
的对文学作家、作品与文学体系的研究范式，转向对文
学与文化体系关系的探讨。文化学研究的领域主要涉
及：知识的生产传播与文化语境的关联；文化史进程中
所生成的自然构想；历史中的人所建构的对身体、性
别、感知、情感的阐释模式；记忆的历史传承作用与运
作机制；技术发展对文化产生的影响；媒介的文化意义
及其对社会产生的影响等。①

　　研究领域的扩大无疑对研究者的能力与知识结构提
出了挑战。比如，探讨文学作品中身体、疾病、疼痛的
问题，必然要采用相关的医学或人类学等文献，探讨媒
介、技术、机器等问题，又需要相关的理工科专业的知
识，涉及感知、情感等问题时又必须对心理学、哲学等
相关专业了解。尽管这些问题可以通过跨学科的合作加

----

① 参见 Hartmut Böhme/Peter Matussek/Lothar Müller（Hg.）：*Orien-
tierung Kulturwissenschaft. Was sie kann, was sie will.* Hamburg：
Rowohlt 2000. Kap. III；Claudia Benthien/Hans Rudolf Velten（Hg.）：
*Germanistik als Kulturwissenschaft. Eine Einführung in neue Theorie-
konzepte.* Hamburg：Rowohlt 2002，S. 24-29；Christoph Wulf（Hg.）：
Vom Menschen. Handbuch Historische Anthropologie. Weinheim/Basel：
Belz 1997.

以解决，但这种合作要求相同的视角与方法基础。鉴于人文科学基于经验积累的特点，研究者遭受着"半吊子"的质疑。

而对作为文化学的文学学的关键质疑仍是方法上的。这一点特别反映在具有代表性的"豪克—格雷弗尼茨论战"中。论战的关键问题是坚持文学研究的"自治"还是向文化体系开放。1999 年，图宾根大学教授瓦尔特·豪克(Walter Haug)发表了题为《文学学作为文化学?》的论文。他认为，文学研究应当坚守文学所具有的自我反思特点：文学之所以存在是因为有解决不了的问题，文学存在的意义不是要解决问题，而是要生成并坚守问题意识。因此，文学研究向文化学开放，并不是要转变成为文化学的一部分，而是要强化文学的内在问题、文学"特殊地位"的意识。① 而格哈德·冯·格雷弗尼茨(Gerhart von Graevenitz)在其发表在同一期刊的文章《文学学与文化学——一回应》中则否认自我反思是文学独有的特性，认为大众文化也同样表现出了这种特点，因此文学研究应当重视多元化的文化语境。② 他认为，豪格坚持文学研究的"内在视角"，忽略了关于文化

---

① 参见 Walter Haug："Literaturwissenschaft als Kulturwissenschaft?" In：*Deutsche Vierteljahrsschrift für Literaturwissenschaft und Geistesgeschichte* 73 (1999)，S. 92f.

② 参见 Gerhart von Graevenitz："Literaturwissenschaft und Kulturwissenschaften. Eine Erwiderung". In：*Deutsche Vierteljahrsschrift für Literaturwissenschaft und Geistesgeschichte* 73 (1999)，S. 107.

学的讨论是各学科的普遍结构变化的表达。①"文化学"
所要探究的是文化的多元性，而被理解为传统的"人文
科学"一部分的、以阐释学为导向的文学学则以一统的
"精神"为对象。②

　　这场论战所涉及的是研究的基本视角问题，这首先
关涉18世纪以来的文学自主性的观点是否还能够成立，
被理解为高雅艺术的文学是有修养的市民阶层的建构，
抑或是民族主义话语驱动的产物，还是由社会文化与物
质媒介发展导致的交往派生物？对此，系统论给出的答
案是，它是社会分化的结果。在卢曼影响下的文学系统
论代表格哈德·普隆佩（Gerhard Plumpe）、尼尔斯·威
尔伯（Nils Werber）认为，18世纪以来的社会分化、人
的业余时间的增加导致了消遣娱乐需求的增长，使得文
学成为独立的系统，因此文学的功能不再以思想启蒙时
期的真或伪的标准来衡量，而以有意思与否为标准。③
在这一点上，他们与格雷弗尼茨的消解高雅与大众文化
等级的做法不谋而合。

---

① 参见 Walter Haug："Literaturwissenschaft als Kulturwissenschaft?"
In：*Deutsche Vierteljahrsschrift für Literaturwissenschaft und Geistes-
geschichte* 73 (1999)，S. 95.
② 参见 ebd. , S. 96.
③ 参见 Gerhard Plumpe/Niels Werber："Literatur ist codierbar. Aspekte
einer systemtheoretischen Literaturwissenschaft". In：Siegfried J.
Schmidt (Hg.)：*Literaturwissenschaft und Systemtheorie. Posi-
tionen*，*Perspektiven*，*Kontroversen*. Opladen：VS Verlag für Sozial-
wissenschaften 1993，S. 30ff.

　　如此，文化学研究的关注点不再是传统的精英文化，而是高雅与通俗文化的复杂体及其相互间的关联。文化产物对不同社会群体所产生的作用，话语语境、文化阐释模式的生成、转换、再生的机制，社会现象被不同的社会群体感知、接受的过程，成了研究的主要任务。在历史的层面，则要重构其文化阐释模式。分析的关键是从这些语境中产生出了哪些理解与误解，人类自己编织的意义网是怎样把人自己套入其中的，这些文化实践是怎样对他们进行编码的。在德语中大多以复数形式出现的 Kulturwissenschaften（文化学）称谓反映出的也正是这种对多元化的承认。在研究方法上，文化学也不再要求排他的、放之四海而皆准的理论体系，研究的多种方法并存。如果说后现代的讨论与后工业社会的发展紧密相关，那么文化学的诞生也是多媒体社会挑战的结果。

　　对此，深受后结构主义影响的弗莱堡大学日耳曼学者弗里德里希·基特勒（Friedrich Kittler）在他发表于 1985 年的教授资格论文《记录体系 1800/1900》①中，要求打破传统的文学研究的界限与做法，摆脱传统的作品阐释，将关注以精神预设的所谓意义为前提的人文科学

---

① Friedrich Kittler：*Aufschreibesysteme 1800/1900*. München：Fink 1985.

研究转向媒介研究。① 在他看来，近几百年的人文科学忽略了简单的事实：认识的条件是由技术前提决定的。1800 年前后普遍的文字化过程引发的教育革命，并非源自形而上学的知识，而是源自媒介。1900 年前后电影、留声机、打字机等数据储存技术的发展，打破了文字的垄断，形成了媒介的部分组合，催生了心理物理学、心理技术学、生理学等学科。2000 年前后"在数字化基础上的媒介的全面融合"②将带来对数据的任意操控，决定什么是真实的，不是主体或意识，而是集成电路。如此，文化也就是一个数据加工的过程。当今的新媒介的挑战不仅对媒介研究的兴起起到了催化作用，新媒介生成的格局也促使研究重新审视媒介的历史，重构当今与历史的关联。

随着文化学研究的展开，历史的建构特点更加凸显出来，几乎成为研究界的共识，因此，对历史传承方式的追问，对记忆的运作方式、媒介条件以及个体记忆的社会关联的探讨成为关注的热点。海德堡大学埃及学教授扬·阿斯曼(Jan Assmann)在他发表于 1992 年的重要论著《文化记忆——早期文明中的文字、回忆与政治同

---

① 参见 Friedrich Kittler："Wenn die Freiheit wirklich existiert, dann soll sie heraus. Gespräch mit Rudolf Maresch". In: *Am Ende vorbei*. Hg. von Rudolf Maresch. Wien: Turia & Kant 1994，S. 95-129.

② Friedrich Kittler: *Grammophon Film Typewriter*. München: Brinkmann & Bose 1986，S. 8.

一性》①中，对在文化认同上具有重要意义的集体记忆做了"交往记忆"与"文化记忆"的区分：前者依赖于活着的人，主要通过口头形式传承，它构成了个体与同代人的认同感的基础，并建立了与前辈的历史关联；而后者则是"每个社会、每个时代特有的重复使用的文本、图像与仪式的存在"②，"那些塑造我们的时间与历史意识、我们的自我与世界想象"③的经典。"文化记忆"通过生成回忆的象征形象，为群体提供导向和文化认同基础。因此，阿斯曼的研究更加关注文化记忆，即超越交往记忆的机构化的记忆技术。如此，记忆研究的核心问题是探讨个人、群体是怎样通过记忆的中介而建构对自身与世界的理解模式的。这样，记忆研究可以重新建构同时存在的不同时期的回忆过程。

作为表述形式，或者说讲故事，文学是人的存在的基本条件，它不仅述说着人的经验与愿望，阐释着世界与自身，同时也承载着人类的知识与传统。随着文字的发明，储存于人的身体之内的经验、知识、记忆得以摆脱口耳相传这种单一的外化的流传方式，通过文字书写

---

① 参见 Jan Assmann：*Das kulturelle Gedächtnis. Schrift，Erinnerung und politische Identität in frühen Hochkulturen*. München：Beck 1992.

② Jan Assmann："Kollektives Gedächtnis und kulturelle Identität". In：Jan Assmann/Tonio Hölscher（Hg.）：*Kultur und Gedächtnis*. Frankfurt am Main：Suhrkamp 1988，S. 15.

③ Jan Assmann："Das kulturelle Gedächtnis". In：*Thomas Mann und Ägypten*. München：Beck 2006，S. 70.

而固定下来。而印刷术的发明不仅为机械复制提供了技术条件，使得远程交往成为可能，同时也导致了知识秩序的重组，感知方式的变化，想象力的提高。以百科全书派为标志的启蒙运动推动了知识的普及，促成了文学发展的高峰。特别是被称为"市民艺术"的小说的发展，不仅迎合了市民随着教育的普及、业余时间的增多而产生的消遣的需求，而且"孤独"的小说阅读促进了人的个性发展。工业化、城市化的进程改变了人的交往方式、空间理解，促使人重新思考人的定位，机器作为新的参照坐标，加入了以上帝、动物为参照的对人的理解模式之中。

把文学作为鲜活生动的文化史料置于历史语境中来考察，不仅可以观察文化的建构机制，同时也可以凸显出文学的历史、社会、文化功能。而在如此理解的文化学视角下的文学研究中，文学不再是孤立的审美赏析对象，也不是某种思想观念或社会状况的写照，或者某种预设的意义载体，而是文化体系的重要组成部分，文学以其虚构特点，以其生动直观的表述方式，在与其他话语的交织冲撞中参与着文化体系的建构与对人的塑造。

20多年来，我们尝试将这种文学研究的范式纳入德语文学研究与研究生教学实践中。可以说，《文化学视角下的德语文学研究系列》所展现的就是这一尝试的成果。这些成果从文化体系的某一个具体问题入手，尝试探究这一问题的历史转换与文学对此的建构作用。这些成果的生产者大多从硕士学习阶段就以文化学研究视角为基本导向开始了研究实践。每周 100～200 页的文学与理论文本阅读、集体讨论，每学期 3～4 次的读书报告、十几页的期末论文，不定期的研读会、国内与国际的学术研讨会，使这些论著的作者逐步成长为有见地的研究者。如果说现在流行的"通识教育"大多已沦为机构化的形式口号，那么这些作者则在唯分数、唯学位模式的彼岸，在文化学问题意识的引导下，把思考、探讨、研究变成了一种自觉。问题导向把他们引向了历史的纵深、学科的跨界、方法的严谨、理论的批判与对当今的反思。

希望这些论著的出版在展示文化学研究范式的同时，能够对文学与文化的理解提供有益的帮助，对文学研究的发展起到推动作用。

衷心感谢该系列丛书作者的辛勤劳动，诚挚感谢北京师范大学出版社谭徐锋工作室的精心编辑。

王炳钧　冯亚琳

2019 年 8 月中旬

目录

导　言

　　今时今日，人类似乎比历史上任何时期都更追求健康和养生。我们热衷于锻炼，注意饮食，同时我们也了解了越来越多的疾病和药物。在这个过程中，人们习惯于把对健康和疾病的理解视作天经地义。患病体验的普遍性，医疗机构的标准化，同一疾病治疗方案的统一化，都令我们相信疾病不过是一个生物过程，"不过是生物体（或它的某些部分）对异常刺激所做出的异常反应的总和"①。但与这种超个体化科学思维相对的是，任何人都不曾以完全相同的方式生过两次病，患病作为一种个人经历是独一无二的。"我们并不仅仅是因为不同的'事情'或'原因'才生病，而是以与我们各自的身体、各自不断展开的人生经历、各自在文化和历史中的位置和

---

① ［美］亨利·欧内斯特·西格里斯特：《疾病的文化史》，秦传安译，1页，北京，中央编译出版社，2009。

眼下的境况相应的方式在生病。"①疾病这种极个性化的一面，是它在科学话语②之外频繁被讲述、被描绘、被反思的根本原因。文学与医学便是在这样的框架下建立起持久且多样化的关联的。

古希腊神话传说里便已包含着将两者联系起来的思维传统。比如，阿波罗既是医药之神又是诗歌之神，他所代表的和谐既是生理上的，又是心灵上的。类似地，德语中医学还有一个称谓，即"治疗艺术"（Heilkunst）。医学被理解为某种艺术，具有艺术的超凡和神奇的特性。亚里士多德则从另一个角度建立起了两者的关联。他从体液说出发，阐述了黑胆汁过剩与天才的关系。他将黑胆汁过剩类比为饮酒，并相信这能导致人拥有"超常的性情"③，使人经常显得不安静、容易激动、喜怒无常，甚至产生一种精神错乱的倾向，但它同时也是激发一切天才人物天性的火种。

从生平上看，很多作家的患病经历都被投射到文学创作中去了。在一定意义上来说，患病体验反而成了艺

---

① ［美］罗伯特·汉：《疾病与治疗：人类学怎么看》，禾木译，3 页，上海，东方出版中心，2010。
② 本书中的"话语"概念是基于福柯的定义，即"话语是由一组符号序列构成的，它们被加以陈述，被确定为特定的存在方式"，话语不只是涉及内容或表征的符号，而且被视为系统形成种种话语谈论对象的复杂实践。参见周宪：《福柯话语理论批判》，载《文艺理论研究》，2013(1)。
③ 苗力田主编：《亚里士多德全集》第 6 卷，503 页，北京，中国人民大学出版社，1995。

术才华的催化剂。精神错乱的荷尔德林（Friedrich
Hölderlin）、患肺结核的卡夫卡（Franz Kafka）都是这样
的代表。托马斯·曼（Thomas Mann）则不算这样的病人
作家，在创作《绿蒂在魏玛》时的坐骨神经痛和创作《浮
士德博士》时的支气管疾病都被他视作长时间写作的后
果而不是灵感的来源。不过，正如许多作家一样，托马
斯·曼通过观察和信息收集也能进行翔实的疾病描写。
比如，他在疗养院休养时对病人进行了细致的观察和记
录，这些就被运用到了他自己作品中的人物身上。① 此
外，和医生的交流也能使文学创作中的疾病描写更加令
人信服。在创作小说《被骗的女人》（*Die Betrogene*，
1953）时，托马斯·曼得到了罗森塔尔医生（Frederick
Rosenthal）在医学术语使用上的很多建议。还有一些更
特殊的情况，如作家本身就有学医或从医的经历，这些
经历又影响了他们的创作。毕希纳（Georg Büchner）、
施尼茨勒（Arthur Schnitzler）、本恩（Gottfried Benn）等
就是这样的例子。另外，某些作家虽然不是或未曾做过

---

① 例如，1902 年他在疗养院时在给友人写的信中写道："要是这些人儿
知道我是如何将他们及他们可笑的习惯写进我的笔记本，他们一定不
会再这么充满信任地与我共坐在一张桌子前。"［Jochen Eigler：
"Krankheit und Sterben. Aspekte der Medizin in Erzählungen，
persönlichen Begegnungen und essayistischen Texten Thomas Manns".
In：Thomas Sprecher（Hg.）：*Liebe und Tod - in Venedig oder anders-
wo*. Thomas Mann Studien. Band 33. Frankfurt am Main：Kloster-
mann 2004，S. 97-124，hier S. 98］

真正意义上的医生，但是会从文化批判的角度出发将自己视作社会病症的诊断者，托马斯·曼在《魔山》中便有这样的姿态。而医学世界的方方面面成为文学表现对象更是异常普遍的。生老病死现象，诊断和治疗过程，病人、医生与医疗机构等都一再出现在不同时期、不同地区和不同体裁的文学作品中。

而在现代学科体系里，文学与医学代表着两种不同的思维方式。前者以虚构性为核心特征，在真实与想象之间振荡，生成独特的、超越现实的认知。而后者则是基于实证的原则，强调数量化、可验证的方法，对人的生理和心理现象进行客观的探究。著名医学史学家恩格尔哈特（Dietrich von Engelhardt）从功能角度对两者之间的关联进行了三个层面的概括。第一个层面是医学对于虚构的功能，即医学知识能为理解虚构作品提供支撑，某些文学作品中的情节、结构、主题、时空关联等都需要借助医学知识才能得到更好的解读，包括医学史背景、诊断与治疗的历史演变、对某些疾病的认知变化等。第二个层面是文学对于科学的功能，即文学作品中对患病过程的个体性和主观性的表现，会常常提醒医学要重视生理、心理、社会和精神多层面的统一，而这种统一恰恰是医学研究中经常被忽视的。第三个层面是文学化的医学所具有的独特功能，即文学推动了人们对疾病、病人、医生、疗法等的理解，以及对医学的威胁与风险、技术化和匿名化倾向带来的人性缺失的反思，满足了人们在自然科学医学模式与社会心理学等模式之外对疾病赋予意义的需求。① 类似歌德（Johann Wolfgang von Goethe）运用"亲合力"这样的自然科学概念作为一种解释模式，来表现他对人类现象的观察结果，疾病在文学领域从本质上来说也是被用来论述疾病之外的问题的。它作为人生的一种基本体验与状态，不仅在情节推进上发挥叙事功能，更因其"精神、诗学和象征功能而进入文学"②。

　　基于对疾病的文学化过程与意义生成的兴趣，本书将聚焦德语国家文化史上的"世纪末"（Fin de Siècle）时期（约 1890—1914 年）③，集中分析托马斯·曼在这一时期所创作的若干作品，挖掘其具体作品中的疾病话语，并呈现文学与其他话语间的互动。之所以关注这一时期，是因为当时德语国家在各个领域里都经历着转型，各种思潮和流派异彩纷呈，如此多异质的事物共存是在之前任何一个时期都未曾有过的。因此，"世纪末"不是字面意义上的一个时间点，也不是指 19 世纪的最后几年，而是"一个马鞍形时期，那些被认为过时的还未死

① 参见 Dietrich von Engelhardt：*Medizin in der Literatur der Neuzeit*. Band 1：*Darstellung und Deutung*. Hürtgenwald：Pressler 1991，S. 19.
② Thomas Mann：*Gesammelte Werke in dreizehn Bänden*. Band 11：*Reden und Aufsätze 3*. 2. durchges. Aufl. Frankfurt am Main：S. Fischer 1974，S. 583.
③ 另一概念"世纪之交"（Jahrhundertwende）与"世纪末"在内涵与时间范围上基本等同。

绝，那些新近登场的也还未获得足够的影响力"①。在这期间，新的学科体系正渐渐形成，医学研究及围绕疾病、身体与生命的多声部讨论正是这种状态的缩影；许多古老的思维、观念、想象和逻辑与许多时新的理论、学说、解释和判断同时存在，反映出当时对人的思考十分活跃，对人的理解十分多样。在这样的背景下，在被称作"早期现代派"的文学时期中，"与以往相比（从今天来看，也可以与其后相比），文学以更大的规模和更深的程度与不同话语及知识集合发生关联，其中也包括当时的各个学科"②。因此，"世纪末"时期对于考察文学与医学及其他学科之间的话语关系尤为有代表性。并且，在这一时期的文学里，对生命的讨论成为时尚，疾病与死亡、弱者等母题一同构成了颓废派及其他流派的重要表现对象。③ 大量生理和心理疾病母题出现在霍尔茨（Arno Holz）、施拉夫（Johannes Schlaf）、托马斯·曼、霍夫曼斯塔尔（Hugo von Hofmannsthal）、施尼茨勒、

---

① Sabine Haupt/Stefan Bodo Würffel（Hg.）: *Handbuch Fin de Siècle*. Stuttgart: Kröner 2008, S. XV.

② Christine Maillard/Michael Titzmann: "Vorstellung eines Forschungsprojekts: 'Literatur und Wissen（schaften）in der Frühen Moderne'". In: dies.（Hg.）: *Literatur und Wissen（schaften）1890-1935*. Stuttgart: Metzler 2002, S. 7-32, hier S. 8.

③ 参见 Wolfgang Klein: "Dekadent/Dekadenz". In: Karlheinz Barck/Martin Fontinus/Dieter Schlenstedt u. a.（Hg.）: *Ästhetische Grundbegriffe. Historisches Wörterbuch in sieben Bänden*. Band 2: *Dekadent-grotesk*. Stuttgart/Weimar: Metzler 2001, S. 1-40.

里尔克（Rainer Maria Rilke）等作家的笔下。

具体到托马斯·曼，他曾说："医学与音乐是我艺术创作的相邻地带。我总能在医生和音乐家那里找到最好的读者与支持者。"①如此，便不难理解为什么疾病题材这样明显地贯穿于他的创作之中：从早期的《布登勃洛克一家》中几代家族成员身上的各种疾病（汉诺的伤寒、托马斯的神经衰弱、克里斯蒂安的疼痛与疯癫等），到中期的《魔山》中主人公卡斯托普的肺结核，再到晚期的《浮士德博士》中莱维屈恩的梅毒和脑软化。

一般而言，从 1893 年的处女作《幻象》到 1912 年的《死于威尼斯》之间出版的作品被称为托马斯·曼的早期作品②，这正好与"世纪末"时期在时间上基本吻合。在托马斯·曼的早期作品中，病人形象与疾病母题比比皆是：两部长篇小说中，《布登勃洛克一家》里四代人逐代越发体弱多病，最终家族断了香火，而《海因里希殿下》的主人公天生左手畸形；中短篇小说中则有《追求幸福的意志》中死于心脏病的保罗·霍夫曼，《死》中因心脏问题猝死的小阿松辛及她神经衰弱的父亲，《矮个子先生弗里德曼》中先天畸形的主人公，《托比阿斯·敏德尼

---

① Thomas Mann：*Vom Geist der Medizin*. In：ders.：*Essays*. Hg. von Hermann Kurzke und Stephan Stacjorski. Band 2：*Für das neue Deutschland 1919-1925*. Frankfurt am Main：Fischer Taschenbuch Verlag 1993，S. 254-259，hier S. 259.

② 参见 Hermann Kurzke：*Thomas Mann：Epoche - Werk - Wirkung*. 4. überarb. und aktualisierte Aufl. München：Beck 2010，S. 26-30.

克尔》中双眼发炎的主人公,《衣柜》中患上不治之症的
万德尔·克瓦伦,《小路易斯》中肥胖得不健康,最后猝
死的雅各比律师,《通往墓地的路》中长期酗酒并最终猝
死的匹普萨姆,《特里斯坦》中患有肺结核的加布里埃
尔,《艰难的时刻》中饱受重伤风之苦的席勒,《死于威
尼斯》中死于霍乱的阿申巴赫。托马斯·曼如此着迷于
通过身体的特殊性来刻画他笔下的众多人物,"从这一
点来说,他是他所在的时代的孩子,也就是在 1900 年
前后这一时期,'文学对人的关注'转为'对身体的关注'
与'对性的关注'"①。

　　除了数量上如此突出,托马斯·曼早年对疾病的思
考和处理,在很大程度上也影响了他后期的创作。例
如,他 1912 年的达沃斯之行带来了《魔山》的构思;
1901 年,他在日记中便勾勒出了《浮士德博士》的梗概。
因此,探讨托马斯·曼早期作品中的疾病书写及其背后
的疾病话语,不仅有利于理解这些作品,也对他其后很
多作品的阐释有重要意义。此外,本书将研究对象限定
为托马斯·曼的早期作品,也是因为这一时期的疾病书
写已经自成一个体系,并与当时的时代语境及其特定人
生阶段有密切关联。曼氏中晚期创作中自然还有表现疾
病的重要作品,如《魔山》《浮士德博士》和《被骗的女人》

① Julia Schöll: *Einführung in das Werk Thomas Manns*. Darmstadt: WGB 2013, S. 46.

等，但它们随着时代背景及其人生理解及关注点的转
变，已各自呈现出不同的思想内涵与艺术特质，这些可
供笔者在今后进一步挖掘，或做纵向的对比。

本书从以下几个层面对现有相关研究进行了梳理：

**1. 社会批判与思想史背景下对曼氏作品中疾病
现象的早期研究**

对曼氏作品中疾病现象的关注最初都从属于对其作
品中死亡主题的研究。[①] 自 20 世纪 50 年代起有了专门
针对疾病现象的讨论，雷古拉（Erika Charlotte Regula）
的《托马斯·曼作品中疾病的表现与问题》（*Die Darstel-
lung und Problematik der Krankheit im Werke Thomas
Manns*，1952）与当时的托马斯·曼研究主流保持一致，
将疾病仅仅视作"世纪末"时期典型的没落现象，是德国
市民阶层异化的结果，同时也暴露了艺术家群体在存在
上的问题。恩斯特·霍夫曼（Ernst Hofmann）在《托马斯·
曼——病理学家与治疗者？》（*Thomas Mann，Patholog-
Therapeut？*，1950）中则将人物的疾病理解为各种极端
之间的生存状态，并阐明托马斯·曼对追求解脱并以之
作为一种镇痛方式的批判。20 世纪 70 年代，诺勃（Cecil

---

① 如卡斯多夫（Hans Kasdorff）的《托马斯·曼作品中的死亡思想》（*Der
　Todesgedanke im Werk Thomas Manns*，1932）及迈耶（Gerhard Meyer）
　的《托马斯·曼早期作品中死亡的表现与意义研究》（*Untersuchungen
　zur Darstellung und Deutung des Todes im Frühwerk Thomas
　Manns*，1957）。

Arthur Musgrave Noble)的《托马斯·曼的疾病、犯罪与
艺术创作》(*Krankheit*, *Verbrechen und künstlerisches
Schaffen bei Thomas Mann*, 1970)仍以传统的社会学与
心理学视角来阐释疾病问题，其生理学层面的意义与时
代话语背景在很长一段时间里都不被研究者重视，疾病
仿佛仅仅承载着精神与思想上的问题。费尔南·霍夫曼
(Fernand Hoffmann)的《作为疾病哲学家的托马斯·
曼——试论其关于生理负面的价值哲学》(*Thomas Mann*
als Philosoph der Krankheit. Versuch einer systematischen
Darstellung seiner Wertphilosophie des Bionegativen,
1975)则堪称探究曼氏的疾病描写及其思想史背景的经
典，它从疾病与天才之关联的美学传统出发，将疾病理
解为思维细腻化的条件及艺术家诞生的前提。

**2. 医学史与文化史视角下对曼氏作品中疾病现象
的创新阐释**

自 20 世纪 80 年代起，人们开始关注一些具体的疾病
类型，如克莱恩(Paul Klein)对传染病描写的研究[1]，朗
特维尔(Uta Ilse Landwehr)对《浮士德博士》中梅毒描写

---

[1] 参见 Paul Klein: "Die Infektionskrankheiten im erzählerischen Werk
Thomas Manns". In: *Hefte der Deutschen Thomas-Mann-Gesellschaft*,
Sitz Lübeck 3 (1983). Lübeck: Ges., S. 41-56.

的研究①，还有一些学者则关注曼氏作品中的医生形象和医患关系②。自 20 世纪 90 年代起，一方面仍然有研究在延续以往的解读模式，即疾病与阶级没落和艺术家身份的关联③；另一方面也可以看到，越来越多的研究者，尤其是来自医学史学科的研究者，在单纯探讨疾病母题的思想维度之外引入了医学史视角，《布登勃洛克一家》和《魔山》是这类研究的主要对象④，但这一路线也越来越偏离文学研究的旨趣，陷入仅仅为人物进行病情诊断及给托马斯·曼的细节描写挑错的图圄。迪尔克斯（Manfred Dierks）的《托马斯·曼早期作品中的疾病与死亡》（*Krankheit und Tod im Frühwerk Thomas Manns*，1997）是最早聚焦曼氏早期作品中疾病母题的。他从托马斯·曼生平及当时关于神经衰弱的文化语境出发，认

---

① 参见 Uta Ilse Landwehr：*Die Darstellung der Syphilis in Thomas Manns Roman*：*"Doktor Faustus - Das Leben des deutschen Tonsetzers Adrian Leverkühn，erzählt von einem Freunde"*. Diss. Medizinische Hochschule Lübeck 1982.
② 如维尔（Jörg Weihe）的《托马斯·曼叙事作品中医生形象的功能》（*Die Funktion der Arztfiguren im erzählerischen Werk Thomas Manns*，1983）和曼德尔（Diane Mandel）的《托马斯·曼长篇小说中的医生与病人》（*Arzt und Patient in den Romanen von Thomas Mann*，1989）。
③ 如法尔克（Eberhard Falcke）的《为生而病——尼采与托马斯·曼以疾病为个体和社会危机体验的阐释模式》（*Die Krankheit zum Leben. Krankheit als Deutungsmuster individueller und sozialer Krisenerfahrung bei Nietzsche und Thomas Mann*，1992）。
④ 如贝尔文科（Hans Wolfgang Bellwinkel）的《托马斯·曼作品中的疾病》（*Krankheit im Werk von Thomas Mann*，1997）及朔特（Heinz Schott）的《疾病与魔法——医学史语境下的〈魔山〉》（*Krankheit und Magie. Der Zauberberg im medizinhistorischen Kontext*，1997）。

为"若要追问托马斯·曼早期作品中疾病的角色，神经衰弱便是根本结论。其他具体疾病……只不过是这种神经性基本障碍的生理表现"①。除此之外，迪尔克斯还从这些疾病表现感知出托马斯·曼在对自身进行反思和建构时的两个极端，即走向毁灭、涅槃与继续坚持和努力。两者正好代表着病态的自我和追求力量的意志。这种对立和危机感在 19 世纪末的欧洲达到了顶峰。迪尔克斯的研究实际上也反映出从"世纪末"神经疾病话语入手研究作家作品的方向②，以及重视当时文化语境的态度。埃尔哈特(Walter Erhart)便是从"世纪末"时期文化知识的角度出发，创造性地重构了疾病与性别规范的关联，为研究曼氏作品中的疾病话语开辟了新的方向。③

3. 对曼氏作品中疾病与退化、疾病与天才等核心主题的强调

2000 年达沃斯文学大会的主题是"'世纪末'(1890—1914)的文学与疾病"，大会论文集中有数篇关于托马

---

① Manfred Dierks："Krankheit und Tod im frühen Werk Thomas Manns". In：Thomas Sprecher (Hg.)：*Auf dem Weg zum "Zauberberg"*. *Die Davoser Literaturtage 1996*. Frankfurt am Main：Klostermann 1997，S. 11-32，hier S. 20.

② 如托美(Horst Thomé)的《自治的自我与"内心的异国"：对叙事作品(1848—1914)中现实主义、深层心理学与精神病学的研究》[*Autonomes Ich und "Inneres Ausland"：Studien über Realismus，Tiefenpsychologie und Psychiatrie in deutschen Erzähltexten (1848-1914)*，1993].

③ 参见 Walter Erhart：*Familienmänner. Über den literarischen Ursprung moderner Männlichkeit*. München：Fink 2001.

斯·曼作品中疾病与退化、疾病与天才的文章。例如，科普曼（Helmut Koopmann）的《托马斯·曼早期作品中的世纪之交疾病》（"Krankheiten der Jahrhundertwende im Frühwerk Thomas Manns"，2002）一文从《布登勃洛克一家》中的疾病现象入手，结合 19 世纪末神经衰弱的相关研究，认为布家衰落的根源不在于其家族成员体质虚弱，而在于他们患有遗传性的神经衰弱，并且曼氏早期作品中大部分的病人本质上都可被视作神经衰弱患者，而这又与当时诺尔道（Max Nordau）的"退化"理论相呼应，尤其是他对退化者"我执"（Ich-Sucht）特征的概括，在曼氏早期作品中也能找到大量相关表现。因此，科普曼认为曼氏早期作品中各种疾病的根源是退化，其经典症状是神经衰弱，"我执"这一反社会的倾向是其标志。从文化心理上看，退化话语是现代早期对达尔文进化论的一种补充。[①] 吕腾（Thomas Rütten）则从疾病与天才的角度出发，在《疾病与天才——探讨一个曼氏思维形象的早期形式》（"Krankheit und Genie. Annäherung an Frühformen einer Mannschen Denkfigur"，2002）一文中从曼氏晚年的《浮士德博士》开始追溯，在其早期作品中辨析了疾病天才这一经典形象的话语关联。与科普

---

① 参见 Helmut Koopmann："Krankheiten der Jahrhundertwende im Frühwerk Thomas Manns". In：Thomas Sprecher（Hg.）：*Literatur und Krankheit im Fin-de-siècle*（*1890-1914*）. *Die Davoser Literaturtage 2000*. Frankfurt am Main：Klostermann 2002，S. 115-130.

曼不同的是，吕腾更强调托马斯·曼早年对以诺尔道
(Max Nordau)为代表的所谓庸俗达尔文主义的反抗。
他笔下的人物多因疾病和艺术家气质而游走在社会规范
之外，又都无法得到医治，便是对当时将天才与艺术疾
病化、将身体规范化和数量化的科学思潮的讽刺。①

**4. 关注话语关联的文化学视阈下对曼氏作品中
疾病话语的最前沿研究**

　　这方面，近年来的研究成果主要有马克斯(Katrin
Max)的两部著作。一部是 2013 年出版的《静卧疗养与
细菌躁动——〈魔山〉及其他作品中肺结核的文学赋义》
(*Liegekur und Bakterienrausch. Literarische Deutung
der Tuberkulose im Zauberberg und anderswo*，2013）。
该书首先阐述了肺结核的病理、文化史与隐喻传统，进
而分析了 19—20 世纪围绕疾病特别是肺结核的各方面
社会因素，然后梳理了体质说作为一种前现代的疾病观
在从冯塔纳的作品到《魔山》中所遭遇的不同态度。该书
的重点是从肺结核的隐喻与《魔山》中其他五个主题(时
空、情欲、死亡、音乐和哲学)的关联出发，展示它获得
的多重文学阐释。此外，该书也涉及《魔山》之后文学和影
视作品中肺结核隐喻的形象，揭示了其文学意义的传承

---

① 参见 Thomas Rütten："Krankheit und Genie. Annäherungen an
Frühformen einer Mannschen Denkfigur". In：Thomas Sprecher
(Hg.)：*Literatur und Krankheit im Fin-de-Siècle* (*1890-1914*). *Die
Davoser Literaturtage 2000*. a. a. O.，S. 131-170.

与流变。① 另一部是 2008 年出版的《诊断没落：〈布登勃洛克一家〉中疾病母题的功能》(*Niedergangsdiagnostik：Funktion von Krankheitsmotiven in "Buddenbrooks"*, 2008)。该书从 19 世纪末生理医学中兴起的退化话语出发，认为小说中的疾病母题不仅仅是家族没落的表现，结合当时的语境，它更应被解释为家族没落的原因。在对家族男性人物和女性人物进行详细的症状描述和病因诊断后，该书也分析了当时哲学(叔本华与尼采)和宗教领域对退化的论述，并将其带入对小说中没落主题的解读中去。② 金(Martina King)于 2010 年发表的论文《灵感与感染——论 1900 年前后"标识性疾病"的文学与医学知识史》("Inspiration und Infektion. Zur literarischen und medizinischen Wissensgeschichte von 'auszeichnender Krankheit' um 1900", 2010)依托挖掘疾病话语动态的历史形成过程，揭示了在医学等实证科学兴起的年代，文学作为一种特殊的话语体系，如何既存续了传统的文化模式，又与同时期的其他知识体系形成互动，甚至行使虚构性的特权，以结合当时的科学话语来强化一些古老的隐喻传统，同时又(错误地)引导了当时某些

① 参见 Katrin Max：*Liegekur und Bakterienrausch. Literarische Deutung der Tuberkulose im Zauberberg und anderswo.* Würzburg：Königshausen & Neumann 2013.

② 参见 Katrin Max：*Niedergangsdiagnostik：Funktion von Krankheitsmotiven in "Buddenbrooks".* Frankfurt am Main：Klostermann 2008.

心理学研究，并为古老的隐喻制造出新的时代关联。她以托马斯·曼及其他同时期作家笔下的肺结核和梅毒为例，描绘了文学与医学间的"相向和分歧……借鉴与疏离"，以及它们在"传播和存记有文化效力的疾病模式"时扮演的角色。①

5. 国内对曼氏作品中疾病话语的研究起步

黄河清于 2011 年发表的论文《遁入炼狱——托马斯·曼的疗养院图式》结合文化史与文本，从疗养院这一特殊的机构出发，探讨了《特里斯坦》和《魔山》中的疾病与死亡主题，指出曼氏在颓废派美学与尼采哲学影响下的悲观主义倾向。② 李昌珂于 2014 年出版的研究托马斯·曼长篇小说的专著中也有一节论述了《布登勃洛克一家》中的疾病现象，他将其归纳为曼氏在尼采的"颓废说"模式之外设置的"表明布家人身上逐代在发生生命能量衰竭的内在线索"③。方维规于 2015 年发表的论文《"病是精神"或"精神是病"——托马斯·曼论艺术与疾病和死亡的关系》依托曼氏直接或间接的论述总结道：

---

① Martina King："Inspiration und Infektion. Zur literarischen und medizinischen Wissensgeschichte von 'auszeichnender Krankheit' um 1900". In：*Internationales Archiv für Sozialgeschichte der deutschen Literatur* 35. 2 (2010)，S. 61-97，hier S. 66.
② 参见黄河清：《遁入炼狱——托马斯·曼的疗养院图式》，载《东方论坛》，2011(3)。
③ 李昌珂：《"我这个时代"的德国——托马斯·曼长篇小说论析》，36 页，北京，北京大学出版社，2014。

"在曼氏'病的哲学'中，疾病被视为一种提炼生活、超越现实、提高个性品格和认识能力的状态，是走向更高级的精神健康的起始，或成为一种特殊境界的源泉。曼氏多半不是为了描写疾病而描写疾病，而是喜于把疾病作为认识手段，让人看清事物背后的真相。"①近三年来，国内突然涌现出数篇探讨托马斯·曼作品中疾病母题的论文，如2015年黄晓洁的硕士毕业论文《论〈浮士德博士〉中的疾病意象》，2017年李双任的硕士毕业论文《托马斯·曼三部长篇小说的疾病书写》，涂险峰与黄艳于2017年发表的论文《疾病在〈魔山〉起舞——论托马斯·曼反讽的疾病诗学》等。

总体来说，德国研究界很早就注意到了托马斯·曼作品中大量的疾病表现。从疾病母题的象征意义和文学功能出发解读作品和人物，是德国早期托马斯·曼研究的主导性视角，整体上还是基于对文本的阐释。自20世纪70年代起，伴随着学界对曼氏的散文、书信、日记等不同体裁作品越来越多的关注，研究者们开始从曼氏在不同文体作品中的论述出发，揭示托马斯·曼针对以疾病为代表的生理性负面因素是如何进行哲学思考的。这一研究视角的转变突破了传统研究局限于作品的模式，将作家生平、个人论述以及其思想史背景等因素

---

① 方维规：《"病是精神"或"精神是病"——托马斯·曼论艺术与疾病和死亡的关系》，载《北京大学学报(哲学社会科学版)》，2015(2)。

都纳入了疾病母题的研究视野。

自 20 世纪 80 年代起，受美国学者苏珊·桑塔格（Susan Sonntag）于 1978 年出版的著作《疾病的隐喻》的影响，研究者也开始关注具体的疾病话语及其所谓文化隐喻，最常见的就是研究肺结核和梅毒这两种极具代表性的疾病，具体到托马斯·曼，研究重点则在于分析它们对艺术和天才的激发。近十几年来，疾病母题的医学史语境与疾病中的性别和权力问题，成为曼氏作品中疾病话语研究的新的切入点。神经衰弱和癌症等类型的疾病更是受到研究者的青睐。与此同时，曼氏晚年的一部中篇小说《被骗的女人》也因其疾病母题而获得了新的关注与阐释。

从研究方法来看，近十几年来，对托马斯·曼的作品进行单纯的语义内涵挖掘已经难以带来新的发现，而仅仅重构文本细节的医学史背景又会偏离文学研究的根本任务。马克斯和金等人的研究成果表明，对托马斯·曼的作品尤其是其创作于世纪之交时期的作品进行研究，需要一种跨学科的视角，即从文本之外疾病的多重话语入手，尝试对这个话题进行文化史的和时代语境的还原，关注当时针对疾病这一连接传统人文思想与现代科学进展的人类学和文化现象有过哪些不同的话语，这些话语与曼氏的疾病话语间又是什么关系，从而回到对其作品中疾病母题的解读，才能不流失掉作品中重要的语境关联因素。

再来看国内对托马斯·曼作品的接受。黄燎宇在《60年来中国的托马斯·曼研究》一文中进行了清楚明了的总结。中华人民共和国成立后，由于接受和沿用了苏联及民主德国的马克思主义文艺批评模式，托马斯·曼很早就被确定为批判现实主义的经典作家，但真正对其作品进行的科学研究却并不多。经过了"文化大革命"时期的学术停顿，自20世纪80年代起，国内研究界重拾20世纪50年代学界对托马斯·曼批判现实主义立场的肯定，主要对《布登勃洛克一家》等作品中的阶级批判意义进行了分析。同时，随着现代派问题成为中国文学界的热门话题，关注曼氏作品中现代性与哲理性的研究也不断涌现，如对《布登勃洛克一家》中现代派表现手法的探讨，以及从哲理小说这一小说类型出发对其进行评论，又或者追溯曼氏作品中叔本华和尼采的哲学渊源。自20世纪90年代起，《魔山》及其现代派文学的诸多特征成为托马斯·曼研究中的一个热点。另一个热点则是以《死于威尼斯》为代表的艺术家小说和艺术家主题。随后，《浮士德博士》也进入了研究者视野，其"恶魔性"问题是具有代表性的研究视角。一些新的关注点，如文化史维度下的市民阶级性及其在19世纪末的转变，也陆续出现。进入21世纪后，受关注的曼氏作品仍然只是几部经典之作，虽然慢慢地在作品译介上有了新突破，但如黄燎宇所评论的，总体来说，相比于其同时代的德语大家卡夫卡，国内对托马斯·曼的研究可以用"门可

罗雀"来形容，尚有大面积的空白。① 例如，本书涉及的
《海因里希殿下》及若干中短篇小说在国内尚未被系统研
究，而疾病话语作为研究曼氏作品的一个切入点也才刚
刚得到学界的关注。

　　本书在方法上借鉴了 20 世纪八九十年代德语文学研
究中兴起的文化学（Kulturwissenschaften）模式。这里所
说的文化学源自德国人文传统，与英美的文化研究
（Cultural Studies）相比，其根本区别在于它更关注文化
现象本身，并对其进行历史的语境重构；其研究兴趣在
于对文化记忆进行梳理，对文学和艺术中的象征性表达
进行反思和批判性研究。② 文化学并不是一个统一的学
派或完整的研究范式，它实际上是一个集合概念，将人
文学科中的多种创新趋势协调为整体。其研究工作的标
志性特征是典籍范围的扩大、语境化以及跨学科视角。
此外，文化学模式也代表着传统人文学科在危机和困境
中的一种革新尝试，因为人文学者们越来越意识到，人
文学科其实就是一个场所，在这儿，"现代社会获得以
科学的形式呈现的关于自身的知识"，他们应关注"文化
的整体，作为人类劳动和生存方式总和的文化……以及

---

① 参见黄燎宇：《60 年来中国的托马斯·曼研究》，载《中国图书评论》，
　2014（4）。
② 参见 Aleida Assmann: *Einführung in die Kulturwissenschaft.*
　Grundbegriffe，Themen，Fragestellungen. 3. neu bearb. Aufl. Berlin:
　Schmidt 2011，S. 24-30.

世界的文化形式"。①

　　而作为上述文化学方法中的代表性方向，人类学视角着眼于"关于人的知识，也就是人们在历史过程中曾创造出哪些思维和感知形式，以及哪些自我认知影响了人类自身"②。其中有偏向社会学的人类学和偏向精神史的人类学。后者以卡西尔（Ernst Cassirer）为先驱和代表，他关注的不是社会结构，而是感知形式，并且他是在思想史的范围内研究这些分布于各种媒介的认识内容，并将它们以象征这一概念统领起来的。它们影响个体的感知视野并赋予个体特定视角，这个视角又会决定他对世界的感知。当然这种影响不是机械的，主体也会参与其中，但这个象征世界会成为人们将体验和观念进行分类、呈现和组织的诱因。历史地来看，就可以看到人们对世界的认识和感知是如何不断变化的。③

　　在伊泽尔（Wolfgang Iser）构想的文学人类学④里，

---

① Wolfgang Frühwald/Hans Robert Jauß/Reinhart Koselleck u. a.：*Geisteswissenschaften heute. Eine Denkschrift.* Frankfurt am Main：Suhrkamp 1991，S. 40f.

② Benedikt Jeßing/Ralph Köhnen：*Einführung in die Neuere deutsche Literaturwissenschaft.* 3. aktualisierte und überarb. Aufl. Stuttgart/Weimar：Metzler 2012，S. 364.

③ 参见 Ernst Cassirer：*Nachgelassene Texte und Manuskripte.* Band 6：*Vorlesungen und Studien zur philosophischen Anthropologie.* Hg. von Gerald Hartung und Herbert Kopp-Oberstebrink. Hamburg：Meiner 2005.

④ 参见 Wolfgang Iser：*Das Fiktive und das Imaginäre：Perspektiven literarischer Anthropologie.* Frankfurt am Main：Suhrkamp 1991.

文学被认为提供或建构了特定的思维模式，以此将虚构
和想象联系起来。与日常叙述中包含的虚构不同，文学
始终能意识得到自身的虚构性。尽管历时地来看，文学
的虚构形式在变化，但文学基本上可以使人领会，人们
将哪些视角与自己在各种视野中的思考联系了起来，文
本中人们写入了哪些愿望、思念或恐惧。总之，文本的
生成受特定的关于人的知识的影响，反过来说，文学也
为了解其他学科和领域里有关人的知识提供了可能。而
乌尔夫(Christoph Wulf)倡导的历史人类学则尝试"使不
同的人类学视角在主题和方法上发生关联，并留意它们
的历史性和文化性"①，因为人是身处于历史之中的，历
史和文化共同塑造了人的身体及不同的身体想象。身体
是历史人类学研究的出发点，因为身体在文明进程里被
疏离、被规训、被工具化，到了今日便要求得到更多关
注，而现代社会里身体之被技术操控、被媒介再现与碎
片化也达到了新高度，包括疾病增加在内的种种现象都
在显示身体的反抗与复出。

　　基于上述方法论思考，本书在探讨曼氏早期作品中
的疾病问题时，将重点关注文本与同时期疾病知识的关
联。这么做并不是要对创作素材进行实证和考据，而是
要对那些并非文学的直接前提和正式来源的知识进行探

---

① Christoph Wulf: *Anthropologie. Geschichte*, *Kultur*, *Philosophie*.
Hamburg: Rowohlt Taschenbuch Verlag 2004，S. 105.

察，因为他们为文学提供了文化与叙事的结构，其文本性更应被重视，它们与文学文本间的话语互文性才是本书研究的基础。赫尔维希（Malte Herwig）以托马斯·曼作品文本中的知识与自然科学知识的关联为例指出，曼氏阅读其他领域的文本并不只是"为了接近真实"，更多地是为了"顺着这些文本中常被曼氏否认和隐藏的那些视角，去探讨这些自然科学的'真实事物'里哲学与神话的根基"。① 因此，文学文本实际上与其他领域或学科的文本并非对立的两种不同的知识体系，而是共同构成了一个综合文本，而不同文本间交互的过程便是格林布拉特（Stephen Greenblatt）所说的"社会能量循环"②。

文化学研究的核心原理是文化的被建构性。文化学方法不管其各自的研究对象如何不同，但视角和问题意识却很一致，都"对文化这种被人类创造出来的东西是怎样被创造的感兴趣，即在什么前提条件下，以什么程序、功能和结果被创造"③。因此，从文化学出发对托马斯·曼的作品进行研究就是要分析"（文学）文本如何参

---

① Malte Herwig：*Bildungsbürger auf Abwegen. Naturwissenschaft im Werk Thomas Manns.* Frankfurt am Main：Klostermann 2004，S. 46.

② 参见 Stephen Greenblatt："Die Zirkulation sozialer Energie". In：Christoph Conrad/Martina Kessel（Hg.）：*Geschichte schreiben in der Postmoderne. Beiträge zur aktuellen Diskussion.* Stuttgart：Reclam 1994，S. 219-250.

③ Aleida Assmann：*Einführung in die Kulturwissenschaft. Grundbegriffe，Themen，Fragestellungen.* a. a. O.，S. 19.

与文化形象的这样一种建构，采取了什么方式，对文本
的阐释以及被研究的话语有什么后果"①。具体到本书，
其最终的目标就是要呈现托马斯·曼早期作品对疾病的
表现与包括医学在内的各种有关疾病的话语及知识间的
互动，揭示它们如何共同塑造了"世纪末"时期关于疾病
的文化知识体系，以及它们之间的语境关联又对文学作
品的阐释有何启发。

蒂茨曼（Michael Titzmann）着眼于文学与知识及科
学的关系，曾提出"文化知识"的概念和构想。他强调，
对文学文本不能仅从其自身出发进行阐释，这个文本与
它所在文化的关联对于文本阐释也是至关重要的。他将
不同的文化定义为"一个个时空系统……这其中的思考
和论述行为在这个空间内以及这个时间点上表现出相对
稳定的基本前提"②。而文化知识是被具体文化里的成员
们信以为真的各种说法与命题的总和，它形成于不同的
话语之中。值得注意的是，文学文本是以它所在文化的
全部知识为前提的。③ 一个文学文本可以"调动许多不同

① Andreas Blödorn/Friedhelm Marx（Hg.）：*Thomas Mann Handbuch.
 Leben - Werk - Wirkung*. Stuttgart：Metzler 2015，S. 362.

② Michael Titzmann："Kulturelles Wissen - Diskurs - Denksystem. Zu
 einigen Grundbegriffen der Literaturgeschichtsschreibung". In：
 Zeitschrift für französische Sprache und Literatur 99（1989），
 S. 47-61.

③ 参见 Michael Titzmann：*Strukturale Textanalyse*：*Theorie und Praxis der
 Interpretation*. 3. unveränd. Aufl. München：Fink 1993，S. 268.

的话语，令它们在文学内部相互碰撞，甚至使它们融入更高层次的语义和意识形态体系中"①。事实上，文学也被视为公众场域里的一种谈论，以此传布一些古老的文化知识，它既可以佐证和支持这些不同的文化知识，也可以对其进行修正甚至批判。按照这样的理解，一个文学文本中的疾病表现往往包含着不同的概念和构想，以及它们之间可能存在的分歧。不论是从托马斯·曼早期作品中单个含有疾病题材的文本来看，还是把这个范围内所有此类文本作为一个体系来看，其内在的疾病话语都带着这种异质性和杂糅性特征，这一点也正符合"世纪末"时期的时代特质。

　　本书的主要内容可分为两个部分。第一个部分是疾病话语的语境化过程，即还原疾病在各种话语里的内涵及各种话语之间的关联。第二个部分则通过疾病话语语境化研究得出的视角与切入点进行文本分析，对托马斯·曼这一时期作品中的疾病表现进行阐释，最终呈现文学文本与其他疾病话语之间的互动，以及托马斯·曼通过文学创作在这一话题讨论中所贡献的思想。

　　在第一个部分里，首先，以文学为代表的西方文化里保留着自古希腊以来对疾病的各种理解和隐喻，如疾

---

① Karl Richter/Jörg Schönert/Michael Titzmann: "Literatur - Wissen - Wissenschaft. Überlegungen zu einer komplexen Relation". In: dies. (Hg.): *Die Literatur und die Wissenschaften 1770-1930*. Stuttgart: M & P 1997, S. 9-36, hier S. 20.

病与罪责、疾病与道德提升、疾病与天才等，并在 19
世纪经由浪漫派、自然主义等思潮的补充，以一种历时
性的方式流传与更新到 19 世纪末这一时期。对此应在
文学史和思想史维度上进行疾病概念和隐喻的整理，以
历时性地厘清疾病话语的趋向与流变。其次，这一时期
又正好是社会变革与医学等学科快速发展的时期，新发
现和新的社会现象不断刺激哲学、美学甚至大众科学产
生新观念，如疾病与家族退化、疾病与生活压力、疾病
与文明危机等。为此，该部分也将对当时的医学、哲
学、美学、文化批判、文学等场域中的疾病话语与知识
进行梳理，以把握"世纪末"疾病话语的核心关切，为下
一步的文本分析与阐释做准备。

　　第二个部分则是从上一步的研究成果出发，将托马
斯·曼早期作品中对疾病的表现划分为四个阶段。首先
是绝大多数创作于《布登勃洛克一家》之前的中短篇小说
（《追求幸福的意志》《死》《矮个子先生弗里德曼》《托比阿
斯·敏德尼克尔》《衣柜》《小路易斯》《通往墓地的路》《特
里斯坦》和《艰难的时刻》），其次是托马斯·曼的第一部
长篇小说《布登勃洛克一家》，再次是长篇小说《海因里
希殿下》，最后是标志着他早期创作阶段的终结的中篇
小说《死于威尼斯》。本书将从当时的疾病话语语境中所
透露出的关注和思考出发，结合托马斯·曼生平与作品
主题挖掘新的阐释空间，并从阐释的结果来把握这一时
期曼氏疾病书写与其他疾病话语的关联形态。

第一章　人文视野中的疾病

在现代西方医学占主导地位的今天，生物医学在很大程度上塑造了人们对健康和疾病的理解方式。生物医学认为，疾病是由各种病因因素引起的身体结构或功能上的反常变化，是病理的表达。所谓健康就是没有疾病。世界卫生组织更是将健康定义为"身体、精神和社会层面上的完全的舒适状态，不只是摆脱疾病与缺陷"①。这种官方理解尽管全面周到，却因其太过浓厚的乌托邦色彩和将健康与疾病完全对立的思维方式，受到以人类学家为首的人文学者的批判。事实上，健康与疾病既涉及生物学层面又涉及文化层面，既是描述性概念又是规范性概念，两者都是生活的一部分，都是身体与精神的基本现象。从这种综合的视角来看，人的自然属

---

① 转引自 Dietrich von Engelhardt：“Gesundheit und Krankheit”. In：Bettina von Jagow/Florian Steger（Hg.）：*Literatur und Medizin：ein Lexikon.* Göttingen：Vandenhoeck & Ruprecht 2005，S. 298-304，hier S. 300.

性不应被以语言和文本为基础的文化学讨论忽视。同样，人的文化属性也不应被以科学和技术为核心的生物医学否定。任何对人的单向度和绝对化的解释都值得反思。"文学、艺术、哲学和神学关于健康与疾病主题的讨论是多样和富有启发性的。它们的描绘与阐释为病人、医生、亲属与社会都提供了本质性的启示，并令医学不断回忆起它的人类学属性，以及它联结自然科学与人文科学的地位。"①人类与疾病相处的方式和能力在历史发展过程中也在不断变化。

一、疾病现象的文化维度

如果单从德语的词源来看，Krankheit（疾病）一词的词源是形容词 krank（病了），在中古高地德语里与这个词相对应的 kranc 的词义要广泛得多，包括"弱""瘦""痛苦的"等，其最初的意义则是"弯折的""屈服的""无用的"等。这几乎涵盖了人类生存的大多数困境。而到了现代的生物医学这里，疾病越来越被限定为可通过标准化的疾病分类系统进行归类的生物学事实。"从医学从业者的角度看，疾病独立于病人存在，临床医生治

① Dietrich von Engelhardt："Gesundheit und Krankheit". In：Alois Wierlacher/Andrea Bogner（Hg.）：*Handbuch interkulturelle Germanistik*. Stuttgart：Metzler 2003，S. 158-165，hier S. 160.

疗的是疾病而不是病人。"①

医学人类学的认识论里要区分被客体化的概念疾病与另一相关概念病痛（Kranksein）。病痛实际上指的是病人对疾病的感知、体验乃至解释，是一种患病后的遭遇。疾病本身带来的痛苦并不是病人对其存在状态及社会功能与角色上障碍体验的全部，许多社会和文化层面随之而来的压力同样参与了病痛的制造。这种区分也导致对医治（behandeln）与治疗（heilen）的区分，前者强调处理疾病，后者重在改善病痛体验。因此，美国医学人类学家艾森伯格（Leon Eisenberg）与克莱曼（Arthur Kleinman）认为，在患病过程、疾病界定、症状解释以及对症状的反应中，都涉及社会与文化因素。② 总之，因为疾病的受累者是人，人处于特定的社会与文化体系之中，因此疾病对于病人而言不可避免地会带来一部分由文化因素导致的病痛体验。而病人在病痛叙述中尤为明显地体现着社会与文化意义的建构过程，它不仅基于个人视角与体验，也无法逃脱故事发生的特定文化语境。疾病虽然可以被科学化为客观事实，但疾病在更广范围内的存在状态却是被感知和叙述成具有文化、社会和主观意义的文本的，即通过克莱曼所说的解释模式而

① 张有春：《医学人类学》，32 页，北京，中国人民大学出版社，2011。
② 参见 Leon Eisenberg and Arthur Kleinman, *The Relevance of Social Science for Medicine*, Dordrecht，D. Reidel，1981，p. 12.

被赋予体验和意义。① 文化作为共享的、习得的非生物特质，在涉及健康与疾病问题时，在一定程度上决定了群体的相关认知及应对病患的文化设置。

德国人类学家泽希（Dorothea Sich）也对疾病与病痛进行了这样的区分。她认为医学既是一个文化变量，又是一个文化系统。身体、精神、社会和文化是感知与阐释的不同层面。"'疾病'从文化上来看是多义的，因为它在各自文化的意义体系里被编码了。'病痛'是对患病的个体的、社会的和文化的回应（总和）。"②

德国学者卢克斯（Thomas Lux）则引入了美国医学人类学家古德（Byron Good）的语义网络理论③，认为疾病在本质上是"借助于语义学被阐释为一个网络"④的。在疾病的语境里，包括个体自身及其身外方方面面，各

---

① 参见 Arthur Kleinman, *Patients and Healers in the Context of Culture: An Exploration of the Borderland between Anthropology, Medicine and Psychiatry*, Berkeley, University of California Press, 1980, p. 71-118.

② Dorothea Sich, Hans Jochen Disfeld/Angelika Deigner u. a. (Hg.): *Medizin und Kultur: eine Propädeutik für Studierende der Medizin und der Ethnologie mit 4 Seminaren in kulturvergleichender medizinischer Anthropologie (KMA)*. Frankfurt am Main u. a.: Lang 1993, S. 16.

③ 参见 B. J. Good, "The heart of what's the matter. The semantics of illness in Iran", *Culture, Medicine and Psychiatry*, 1977(1), p. 25-58.

④ Thomas Lux: "Semantische Netzwerke". In: ders. (Hg.): *Krankheit als semantisches Netzwerk: ein Modell zur Analyse der Kulturabhängigkeit von Krankheit*. Berlin: VWB 1999, S. 10-22, hier S. 10.

种孤立的现象最终被疾病编织为一个整体的网络。疾病本身就是对各种现象进行筛选的结果。疾病概念与疾病意识都是人们针对患病现象所具有的各种知识的表达形式，同时又是各种针对患病现象的话语的组成内容。上述知识始终受文化的制约，并与多种因素相关联。文化实际上决定了哪些行为或症状算得上疾病，以及应该或必须采取哪些手段来处理疾病。而处理疾病的医学体系，从机构到分工，从健康知识到治疗手段，甚至是医学这一概念本身，实际上也是历史的产物。

如果从文化比较的角度来看，疾病被感知和被解释的过程在不同文化里是如此不同。不同的世界观会衍生出不同的病因理论及治疗实践，早期的人类学家便从进化论出发，以此来区分"原始医学"（基于魔法或宗教世界观）与"现代生物医学"（基于自然世界观）。尽管之后的命名上出现了"民族医学"及各种以地名为前缀的地方性医学（如中医、印度医学、阿拉伯医学等），试图平等对待不同文化，但这种文化差异导致的医学体系的差异与对立却是明显的。尤其是前者，即非西方生物医学体系的疾病观念与医疗行为成为 20 世纪六七十年代象征人类学关注的焦点，如特纳（Victor Turner）对恩登布人治疗仪式中象征意义及结构功能的分析。[①]

[①] 参见［美］维克多·特纳：《象征之林——恩登布人仪式散论》，赵玉燕、欧阳敏、徐洪峰译，北京，商务印书馆，2012。

与偏向文化解释、忽视生物性因素的视角不同，医学人类学中的生物文化视角基于科学进化论与生态学理论思考了疾病与环境适应之间的关系。他们认为，疾病发生在生态环境之中并受制于进化压力，因此不能仅仅从文化出发探讨疾病与医疗。"而健康与疾病则是衡量人类综合生物与文化资源适应其环境的有效程度的尺度。由于'疾病'有赖于涉及的生物体及对病理与疾病的文化界定，所以健康不是'没有疾病'，而是与适应相关或由适应来界定。"①在这一视角下，文化与疾病的关系是双向和动态的。文化既是一种由疾病引发的适应机制，能极大地改变外部环境；同时，文化又被纳入这个整体性环境之中，成为疾病的可能的根源。因此，疾病所处的整体生态环境包含文化层面，这其中既有正规医疗体系这样有意识的适应机制，也有引发不适应性的习俗、风尚、传统和禁忌。

二、疾病书写的文学内涵

文学也在对疾病现象进行着长期的观察，但其着眼点与医学很不一样。文学中的疾病书写不关注疾病的真实原理和有效疗法，而更留意病人患病的感受及其与存在状态的关联，即病痛的层面。同时，"文学在人类文

---

① 张有春：《医学人类学》，53 页。

化整体里是一个可行的交际场域，供人们交流各种关于
健康和疾病的想法，它也使得医学知识在虚构的世界里
得以以变形的方式反思性地被表现。这也符合人作为一
个主体从其整体上去理解自身的基本需求，尤其是当他
不稳定、患病或需要治疗时"①。

与此相应，疾病是文学中常见的母题。母题自身与
作品的内容和情景相关，可以在文学的各种类型与形态
中存在，也能在文学以及其他文化产品中得以再现或重
新组合。② 通常来说，作家运用疾病母题是为了推动故
事情节的发展，或者描绘一种特定的情景。与此同时，
文学也不可避免地赋予了疾病以特定意义，回答同时代
的人们对于事物意义的追问。例如，荷马眼盲的情节在
文学作品里并不是为了让人去证实他是否曾患此病，而
是为了使其承载某种关于身体和感官的解释与逻辑，如
当时的诗学强调放弃对身外感官世界的感受。

在传统的主题学研究里，戴穆里希夫妇（Horst
S. und Ingrid G. Daemmrich）的《文学中的主题与母题手
册》（第 2 版，*Themen und Motive in der Literatur. Ein
Handbuch*，1995）整理了各种常见主题与母题。一般来

① Bettina von Jagow/Florian Steger：*Was treibt die Literatur zur Medizin? Ein kulturwissenschaftlicher Dialog*. Göttingen：Vandenhoeck & Ruprecht 2009，S. 99.
② 参见 Elisabeth Frenzel：*Stoff- und Motivgeschichte*. 2. verb. Aufl. Berlin：Schmidt 1974，S. 11-16.

说,"疾病的隐喻意义多指向幸福的易逝、无法解释的灾祸和无情的命运"①。他们总结出这一母题在文学中的常见功能有:①疾病以灾祸的形式展现神的力量,患病之人乃为被神选中的人并由此获得精神的提升;②疾病成为对个体或社会的考验,暴露行为的根源所在,揭示反应行为中的内心态度;③以个体身上的疾病作为社会颓废与衰亡的征兆;④以流行病来为彻底的社会变革提供理由;⑤支持人的命运不受自我掌控的命运观;⑥疾病因其死亡关联性展现人对待死亡的不同态度;⑦疾病提供艺术灵感,彰显天才特质,引发想象力,带来独到眼光,决定了对健康环境的批判关系;⑧疾病使被社会遗弃的人得以解脱;⑨疾病唤起人们热爱现世的意志,督促人为自己的存在进行有意义的规划;⑩疾病引发对规范个体和集体义务的权力进行反思;⑪疾病制造谜团,预示后事,增加情节上的张力。上述各种功能中特别引人注目的是疾病母题的积极意义,即身体的病痛往往会唤醒个体的反思、集体责任意识,导致社会变革。

疾病在文学中的另一种存在形式与机制是隐喻。"隐喻指的是一个词从概念输出领域到概念接收领域的改编过

---

① Horst S. Daemmrich/Ingrid G. Daemmrich: *Themen und Motive in der Literatur. Ein Handbuch*. 2. überarb. und erw. Aufl. Tübingen/Basel: Francke 1995, S. 200.

程。与此同时，在两者间必须存在一个语义上的交集。"①
也就是说，隐喻是用一种非真实的表达来取代原本的表
达，两者间有意义上的相似性。与比喻不同的是，隐喻
不需要明确的连接词"像……一样"。医学话语本身就大
量使用来自其他领域的词汇以制造隐喻，如病灶、抵抗
力、基因密码等。而医学专业的许多词汇，不管是整体
性的概念"疾病"，还是具体的病种名称如"癌症"和"精
神分裂"等，也都大量进入了日常与文学语言，"被转用
到文化状况、社会群体、集体心态或单个主体的行为方
式上"②。在文学与文化批评中，疾病更被隐喻化，成为
具有攻击力的负面标签。其中最著名的当属歌德对古典
派和浪漫派文学的评价："我称古典派文学为健康的，
浪漫派文学则是病态的。"③

　　系统分析文学作品中疾病隐喻的研究性著作迄今并
未出现，但这一主题下最为著名和具有启发性的当属美
国学者苏珊·桑塔格的文化散文集《疾病的隐喻》。该书
实际上是两篇长文的合集，即 1978 年的《作为隐喻的疾

① Benedikt Jeßing/Ralph Köhnen: *Einführung in die Neuere deutsche Literaturwissenschaft.* a. a. O., S. 228.
② Thomas Anz: "Metaphorik". In: Bettina von Jagow/Florian Steger (Hg.): *Literatur und Medizin: ein Lexikon.* a. a. O., S. 534-539, hier S. 535.
③ Johann Peter Eckermann: *Gespräche mit Goethe in den letzten Jahren seines Lebens.* Band I. Hg. von Fritz Bergemann. Frankfurt am Main: Insel 1981, S. 310.

病》与 1989 年的《艾滋病及其隐喻》。桑塔格本人曾患癌症，因此深知病人要承受的不仅仅是疾病本身带来的痛苦，还有疾病作为隐喻的象征意义的重压。她认为，包括文学在内的各个领域都给疾病赋予了过多的意义，从而给病人带来了不必要的社会和心理压力。"内心最深处所恐惧的各种东西（腐败、腐化、污染、反常、虚弱）全都与疾病画上了等号。疾病本身变成了隐喻。"①隐喻式的表达被她等同于不真实的甚至是欺骗性的表达，疾病的隐喻内涵也被她当作以权力秩序为基础的象征秩序。她强调，疾病不过是单纯的生理现象，应该通过揭示、批评、细究和穷尽来祛除附着在疾病能指上的关乎道德、规范、价值的任何隐喻，而这些隐喻在桑塔格看来，不过是那些古老的贵族文化所编织的"阶级性和不同的美学等级"②思维的遗存。结合欧美整个 20 世纪六七十年代政治争论与权力批判的时代背景，桑塔格实际上是以考察疾病隐喻为契机与范例，展示其文化反叛的立场和文化批评的方法。以下简单梳理桑塔格有关肺结核和癌症隐喻内涵的论述。

桑塔格认为，20 世纪的癌症与 19 世纪的肺结核一样，对于同时期的医学来说都是神秘莫测的疾病，都能

---

① ［美］苏珊·桑塔格：《疾病的隐喻》，程巍译，68 页，上海，上海译文出版社，2003。
② 程巍：《译者卷首语》，见［美］苏珊·桑塔格：《疾病的隐喻》，7 页。

唤起人们对死亡的恐惧。但与其他许多疾病不同的是，它们"令人感到厌恶：对感官来说，它显得不祥、可恶、令人反感"①，其根源便是加之于这些疾病之上的隐喻。在这两种疾病的病理被现代医学弄清楚之前，人们对它们的解释及赋予的联想都是相近的。

这样的对比所揭示出的想象和神话，桑塔格认为与这两种病常常被等同于死亡有关，而这种等同思维即隐喻行为的内部则隐含着众多有关疾病的观念及其在这两个世纪内的演化过程。例如，肺结核在很长一段时间里都被视作被热情消耗的病、一种压抑病，与此类似的是，癌症同样被视作压抑情感的报应。两者都指向活力的某种缺乏或障碍，因此两者都被认为是由消沉导致的。从消沉、顺从死亡等内涵发展开来，肺结核还令人联想到那些敏感的、消极的、对生活缺乏热情的、精神得到提升的，甚至性感的人。此外，肺结核也在很长一段时间里与痛风病所指向的庸俗和财富暴发形成对比，成为"文雅、精致和敏感的标志"②。也就是说，它成了贵族进行自我标榜的道具，它的症状也被浪漫化了，它的柔弱形象是对 19 世纪中后期工业化发展的某种抗拒。

桑塔格还发现，从浪漫派作家到尼采都在传布肺结核令人更有趣的观点，而这种有趣又源自人的悲伤和无

---

① ［美］苏珊·桑塔格：《疾病的隐喻》，21 页。
② ［美］苏珊·桑塔格：《疾病的隐喻》，40 页。

力。这一点与历史上的体液说及忧郁和天才关联说一脉相承。同时，肺结核还在 19 世纪成为自我放逐和过旅行生活的新理由。这些被提升为某种文化虔信的神话，纵然面对着无可辩驳的人类体验和 19 世纪末以来的医学发展，却仍然顽强地被保存在人们的头脑里，直至 20 世纪四五十年代人们找到有效的治疗方法之后。①

肺结核似乎更喜欢那些具有某种与众不同之处的人，人们甚至发明了易患肺结核性格类型这样的标签来指称那些既充满激情又感到压抑的人。同样地，在现代社会，人们也相信有些人的性格是属于易患癌症的性格类型的。在很长一段时间里，人们在情绪与心理层面上为两者寻找病因。肺结核在 19 世纪还越发被美化成人们或成功通过道德考验，或获得救赎而死，或展现献身精神与行善意图的场所。类似地，癌症患者的精神境界在某些时候也得到了这样的人为的提升。

如果说，早期浪漫派将充满强烈渴念却又无力将冲动转化为现实的人视作优越而易患肺结核的人，那么现代文学里那些"处世消极、情感默然的反英雄"②则成了疾病神话世界里癌症的理想人选。两种疾病都经历了从

---

① 此后，肺结核被美化出来的诸多特征渐渐被赋予了精神错乱。精神错乱的病人也被看作情感易于大起大落，狂热而不计后果，敏感而无力承受这粗俗与平凡的世界的人。肺结核引发的另外一些想象，如肝火和压抑激情等，则被赋予了癌症。

② [美]苏珊·桑塔格：《疾病的隐喻》，57 页。

古代强调道德惩罚到近代强调个性展露的转变，但新的观念同样有可能是对病人的惩戒，因为它指向了疾病是由内因决定、由自我对待世界的方式导致的观点，令病人深感自责。相比之下，癌症的这种指责和惩罚意味更加强烈和决绝。

与近代之前群体性疾病常以隐喻的形式被运用于修辞与辩论不同，近代以来主要是梅毒、肺结核和癌症这些个体性疾病被使用。相较而言，梅毒的隐喻功能有限，不像另外两种疾病一样被认为与多重原因有关。桑塔格认为，正是那些被认为具有多重病因的神秘疾病，才具有被作为隐喻使用的最广泛的可能性。而且，梅毒仅仅是一种被动地感染上的偶然性灾祸，而肺结核与癌症则始终被认为与活力、意志、精力、情感等有关。如果说 19 世纪的肺结核想象里隐含着某种对物质匮乏的担忧，代表着早期资本主义对于资本积累的态度，那么癌症则暗示着发达资本主义时代畸形的增长所导致的灾难，或者相反地指向人们对资本主义所依赖的消费或需求的反思。

肺结核和癌症的治疗策略也不一样：对于前者，医生们还充满着同情和慰藉，对于后者，现代医学则要野蛮得多、直接得多，与第二次世界大战后的现实政治形成了某种呼应。肺结核患者被人认为是在消弭自我，回归内心，接近真我；癌症则被理解为自我和非我的战斗，异己力量破坏性的显现。两者也反映着不同的世界观：肺结核对应的是某种具有罗曼蒂克色彩的世界观，而癌症则对应着某种简单化与狂热化的世界观，会引发毫无理智的恐慌，充斥着对现代文明盲目的否定。这当然也是古代对瘟疫的解释模式的某种延续。

在社会与政治批判方面，疾病隐喻的应用也经历着变化。在早期，疾病隐喻曾"被用来表达对某种终究会波及个体的总体失调或公共灾难的不满"①，在近现代，它却显示出个体与社会之间深刻的失调，社会被看成是个体的对立面。在古典的城邦理论家那里，健全社会的理想借由对疾病的全然否定以及对健康的完美追求而变得明确，政治上的失序与混乱被想象成终究能被医治好的疾病。到了当代，革命话语则使得疾病隐喻变得极端邪恶，并使得任何严厉的措施都被正当化，癌症这种最为偏激的意象被频繁使用，人们毫不顾忌其中理性和道德上的不严谨。当然，桑塔格也指出，随着医学专家和大众对癌症认知的深入，关于癌症的话语可能会发生转变。但不管怎么说，人们加诸癌症之上的那些隐喻"反映了我们这种文化的巨大缺陷：反映了我们面对死亡的阴郁态度，反映了我们有关情感的焦虑，反映了我们对真正的'增长问题'的鲁莽的、草率的反应，反映了我们在构造一个适当节制消费的发达工业社会时的无力，也反映了我们对于历史进程与日俱增的暴力倾向的并非无

---

① ［美］苏珊·桑塔格：《疾病的隐喻》，81 页。

根无据的恐惧"①。

　　《疾病的隐喻》虽然细致论述了具体疾病被赋予的各种意义及其相互间的异同，但它本质上是期待清除这些隐喻内涵及其应用的。然而，这显然是不可能实现的，或者说在有些疾病隐喻消退后必然会有新的疾病被赋予隐喻意义。疾病只要被人感知与谈论，就会产生意义和隐喻，这是普遍的、无法避免的，尤其是在文学中。文学对疾病的隐喻化可以说是与生俱来的，它天然地会将疾病置入科学话语领地之外的意义关联中。"隐喻思维就在于借助想象性事物，以相对熟识的方式思考和认识隐秘而陌生的事物。从古至今，人类认识疾病的历史过程始终受到这种隐喻思维的左右，从而使'疾病'负载各种想象与神话，直接引发社会公众的恐惧。"②因此，桑塔格的文章中"包含着一种无意的反文学倾向，它深深地根植于 19 世纪医学的历史之中"③。同时，她极力质疑疾病的精神与社会层面的原因，事实上也忽视了 20 世纪的心身医学和流行病学关于精神与肉体关联的医学新发现。

---

① ［美］苏珊·桑塔格：《疾病的隐喻》，95 页。
② 王予霞：《西方文学中的疾病与恐惧》，载《外国文学研究》，2003(6)。
③ Thomas Anz："Metaphorik". In：Bettina von Jagow/Florian Steger（Hg.）：*Literatur und Medizin：ein Lexikon*. a. a. O.，S. 534-539，hier S. 538.

三、疾病观念的历史流变

历史上不同时期的疾病话语均是多元的和多层面的，并不存在单质化的某一个时期的疾病观。但是在不同时期，人们对疾病的理解中总是有一些具突破性和具代表性的思维模式出现，强烈地影响了当时和此后人们的观念。

史前文明里的疾病观的形成和医学实践都取决于巫术。神灵降罪、敌人施法、邪恶侵袭等都是疾病发生的可能性原因。占卜和仪式，结合实用方药和外科技术共同构成了治疗手段。到了古希腊早期，与其他许多文化一样，医学则由对于医神①的宗教信仰主导。"希腊人和埃及人一样，生病时会到医神庙里睡一晚，期望在梦中接获医神的指示，治愈疾病。"②灾难和不幸是诸神派来的，疾病亦如此。"阿波罗的飞镖带来了瘟疫，蛇发复仇女神惩罚犯罪并带来胡言乱语的疯狂。梅杜莎的凝视使人瘫痪……"③

具有开创性意义的是公元前5世纪左右希波克拉底学派的出现。希波克拉底（Hippokrates）以自然理论为基

---

① 希腊传说中的医药神阿斯克勒庇俄斯。
② ［英］罗伊·波特：《极简医学史》，王道还译，25页，北京，清华大学出版社，2016。
③ ［美］亨利·欧内斯特·西格里斯特：《疾病的文化史》，125页。

础的世俗医学开始以体液说解释生理与病理，疾病被认为是由体液失衡导致的。同时，该理论还与当时的四元素说相结合，将血液、黄胆汁、黏液、黑胆汁这四种体液与气、火、水、土四种元素相对应，进而从环境与人，即宏观宇宙与微观个体两个角度来审视健康与疾病。健康被理解为各种元素、质性与体液的和谐，内在与外在力量的平衡。不仅如此，人的体形与性格也被纳入了体液的决定范围，如黑胆汁过多的人面容黝黑、性情阴郁。这一理论也被亚里士多德接受，其《问题集》第三十卷第一条在此基础上阐述了黑胆汁过剩与天才之间的关系。[①] 2 世纪时，盖伦（Galen）进一步补充与完善了希波克拉底的理论，创立了四种体液与主要器官、年龄阶段乃至时辰季节之间的关联学说，并发展出一套精密复杂的药理学体系，根据疾病及其支配性体液的特性来选择具有相克特性的药物[②]。此学说为医生提供了易操作且灵活的用药指南，因而在西方的医学实践中被遵循了一千多年。

----

① 他将黑胆汁过剩类比为饮酒，并相信这能导致人拥有"超常的性情"，使人经常显得不安静、容易激动、喜怒无常，甚至有一种精神错乱的倾向，但它同时也是激发一切天才人物天性的火种。并且，混入天性中的黑胆汁是"热与冷的混合"，而冷与热又是处于时刻变化之中的，过冷与过热会分别导致沮丧与亢奋，恰好处于平衡状态的人则会显示出超凡的聪明才智，而一旦失去平衡，人身上就会现出忧郁症的各种症状，如抑郁、求死、疯癫、自大等。黑胆汁过剩者便常常处于两种状态的交替之中。
② 例如，针对热而湿的疾病必须用冷而干的药物来治疗。

体液说还强调"……医生必须首要考虑保持健康。
治疗疾病从属于保持健康"①。更有意思的是，当时的人
们提出了介于健康和疾病之间的中间状态，认为这才是
人的存在状态，也就是说时刻处于染病与康复的动态过
程之中。对待疾病首先应该通过全方位的生活方式调整
来因势利导，调动人的自愈力，恢复身心的平衡和谐，
而不推崇直接的外科手术式的介入。这便是当时所谓养
生术(Diätetik)通过在六个非自然领域(饮食、光气、动
静、睡醒、排泄和情感)的调节所追求的预防和保健效果。

体液说基于自然哲学对疾病成因和对策的完整解释
架构，是一种全新的思维模式，颠覆了人们从鬼神处探
究病因的思维传统，同时也开启了健康与疾病二元对立
的消解，以及对病人的伦理关怀②。它虽然不曾取代同
时期及之后中世纪里仍然盛行的宗教医学乃至巫术医
学，但是奠定了其后在相当长的时间里西方理性医学的
理论基础，也生动地说明了人们在现代科学兴起之前的
年代里是如何通过哲学思考和类比推理来系统地理解疾
病的。

在中世纪，基督教对疾病的超验性阐释丰富了当时
的疾病观念。体液说及其养生术作为疗法一方面仍然在

① Kay Peter Jankrift: *Krankheit und Heilkunde im Mittelalter*. 2.
durchges. und bibliogr. erg. Aufl. Darmstadt: WBG 2012，S. 9.
② 著名的希波克拉底誓词中包含着诸多行医伦理条款，至今仍是很多国
家医学生入学宣誓誓词的基础。

医学及日常生活中起作用，但另一方面，基督教开始将痛苦与欢乐、疾病与健康都置于神的管辖与眷顾之下。上帝、福音书、神职人员、仪式等都被赋予了医疗功能上的意义。教会也从实践上成为病人和穷苦之人的扶助者。治疗疾病成了展现神与信仰的神奇力量的媒介。

　　早期神学在最终接受古代自然医学传统之外，也深受属于异教传统的古代迷信医学的影响，如基督徒对众多守护圣徒的崇拜与献祭①，以及鬼神说（Dämonologie）对疾病是由于受到了魔鬼侵袭的解释。基督教医学话语还继承了斯多葛学派的禁欲主义以及自然律法学说，极大地提升了疾病的道德意蕴，令人相信传染病是对某一地区的集体惩罚，患皮肤病是因为当事人道德不洁，连人为何会患病也被归结于人类祖先亚当和夏娃的原罪。

　　有罪判决也导致了神学对救赎的许诺，中世纪的疾病观开启了对疾病价值判断的转化。"疾病意味着洗罪净化。疾病是天恩，怜悯成了社会的精神特质。疾病是痛苦，而痛苦只会使人生圆满，所以病痛是灵魂的朋友，它使崇高纯洁的天赋逐渐显现出来，最终使人往生来世。"②患病状态也能令基督徒体验耶稣的痛苦，制造

----

① 如圣塞巴斯蒂安是保护人类免遭鼠疫侵害的守护圣徒，圣拉扎勒斯是麻风病人的守护圣徒，圣维特是癫痫症及其他痉挛症患者的守护圣徒，等等。

② ［瑞士］亨利·E. 西格里斯特：《西医文化史——人与医学：医学知识入门》，朱晓译，83 页，海口，海南出版社，2012。

道德上的考验，同时还促使人反思自己的生活和行为。甚至有人称医学为"第二哲学"，因为"医术涉及所有的科学与技艺，医生必须和自然与文化的所有领域打交道，不是偶然性的，而是实质性的"①。总之，中世纪的医学是个庞杂的体系，在修道院里的宗教医学之外还有源自古代的体液说医学以及有着悠久历史的民间医学，阿拉伯人的医学也影响巨大，甚至星相学也与医学发生了关系。② 撒雷诺医学院的兴盛及其教授知识的广博体现着当时医学知识的专业化与系统化。③

12世纪末，奥埃（Hartmann von Aue）的骑士小说《可怜的亨利希》（*Der arme Heinrich*，1190?）是宗教疾病观的典型反映。文中，上帝选中一位贵族骑士并让他患上麻风病，只有自愿献身的少女才能用鲜血治愈他。这显然与麻风病曾在中世纪流行有关，同时又表现了疾病作为神的惩罚或考验的主题。主人公最后在病痛中对人生和上帝有了更深刻的认识，顺从地接受上帝的安排后，又被上帝赦免，恢复健康。可见，基督教医学思想本质上是一种源自远古的信仰疗法。艾辰巴赫（Ulrich

① Heinrich Schipperges：*Krankheit und Kranksein im Spiegel der Geschichte*. Berlin u. a.：Springer 1999，S. 45.
② 文艺复兴时期画家丢勒（Albrecht Dürer）的版画常常表现星体与疾病的关联，如忧郁的土星人，土星、木星和火星在天蝎座会合导致空气污浊乃至瘟疫等。
③ 参见［德］伯恩特·卡尔格-德克尔：《医药文化史》，姚燕、周惠译，42页，北京，生活·读书·新知三联书店，2004。

von Etzenbach)的宫廷小说《亚历山大大帝》(*Alexandreis*,
1285)虽是再现中世纪之前的历史,从中却可以看到中
世纪自然医学与神学解释交织的疾病观念。因为作品在
描写主人公的患病过程时一方面运用了体液说的逻辑
(黄胆汁偏多,体质偏热和干,于是主人公在冷水浴后
发病),另一方面也加入了命运女神这一元素,作为对
体液说纯自然层面解释模式的补充。疾病也就因此有了
一层超自然的色彩,指向命运的支配、神的掌控。①

　　进入近代后,个体与现世被提到眼前,生活的乐趣
与健康的好处重新成为人们最重视的东西。"在世俗化
进程中,那种对上帝、永恒和救赎的信仰在广大人群中
被动摇了。剩下的是此在与现在的个人及他们的个体感
受。他们的希望和努力也都在于此。来世的信仰瓦解
时,健康便获得了新意义,它的价值也获得了提升,并
构成尘世对幸福的期待。"②人们也越发地认识到应该借
助科学知识和手段去改善尽可能多的人的健康状态,进

---

① 参见 Ines Heiser: "Do Alexander genas. Die Krankheit Alexanders
des Grossen im mittelhochdeutschen Alexanderroman". In: Andreas
Meyer/Jürgen Schulz-Grobert (Hg.): *Gesund und krank im Mittel-
alter. Marburger Beiträge zur Kulturgeschichte der Medizin*. Leipzig:
Eudora 2007, S. 227-240.

② Elisabeth Beck-Gernsheim: "Welche Gesundheit woll(t)en wir? Neue
Diagnose- und Therapiemöglichkeiten bringen auch neue Kontrollen,
Entscheidungszwänge und -konflikte". In: Daniel Schäfer/Frewer,
Andreas/Schockenhoff, Eberhard u. a. (Hg.): *Gesundheitskonzepte
im Wandel. Geschichte, Ethik und Gesellschaft*. Stuttgart: Steiner
2008, S. 115-126, hier S. 116.

而又产生出个体有义务保持健康的观念。笛卡尔则将身
体从天体的对应物这一宏大的宇宙模式①中拉回到身体
本身，身体开始被视作由各司其职的部件组成的机器。
因此，人的身体最初就是完全健康的。"在这样的理解
视角下，医生的工作成了修理出故障的自动装置，这个
装置就是人。健康被理解为疾病的祛除以及各器官对应
功能的顺利运转。"②这种人体与医学观念也是当时流行
的机械论思维乃至机械装置形象的反映③，甚至还可以
追溯到古希腊时期的原子说世界观。

　　启蒙运动时期，身体被进一步物质化或简化为没有
灵魂的自动装置，机械论的发展也源于体液说病理学在
当时遭遇的危机。在这个过程中，健康的价值持续被提
升与强调，人们因此对医学抱有极高的期望，医学也日
益将疾病的社会因素纳入视野，越来越强调国家的介入
和预防，并推动公共卫生和卫生机构的体制化。这其
中，对调节个人行为的强调与古代的养生术思想相通。

① 最著名的乃 16 世纪初自称帕拉塞尔苏斯的瑞士医学家及炼金术士霍
　恩海姆(Theophrastus von Hohenheim)提出的天体人体关联学说，参
　见 Karl Eduard Rothschuh：*Konzepte der Medizin in Vergangenheit
　und Gegenwart*. Stuttgart：Hippokrates 1978，S. 263f.
② Dominik Baltes：*Heillos gesund? Gesundheit und Krankheit im Dis-
　kurs von Humanwissenschaften*，*Philosophie und Theologie*. Fribourg
　(Schweiz)：Academic Press Fribourg 2013，S. 52-53.
③ 参见 Dirk Lanzerath：*Krankheit und ärztliches Handeln：zur Funk-
　tion des Krankheitsbegriffs in der medizinischen Ethik*. Freiburg
　(Breisgau)/München：Alber 2000，S. 108.

同时，健康与疾病也越来越成为统治者规训的论述工具："教会和学校等机构应该借助健康培养知足能干的臣仆。"①

1800 年前后的健康既指向身体又指向道德，日益与启蒙运动时期的市民规范相结合。当然，在当时道德一词的所指比今天更宽泛。遵守规范就会被赐予健康，反之则会罹患疾病。在某种意义上，医生成了牧师，并介入对日常生活的理性管理。因此，保持健康被赋予了极高的社会意义，它成就了市民阶层的自我价值，"成为道德上正派生活的标准"②。人们称这种态势为思想启蒙运动以来的医学化。这一时期出现了大量所谓"健康问答手册"（Gesundheitskatechismus）和"家长文学"（Hausväter-Literatur），指导人们合理安排生活。健康有了某种文明与文化上的意义："从纯粹的自然生物变成了一个文化生物，作为健康学的医学帮助我们实现这一点。"③

思想启蒙时期的哈雷尔（Albrecht von Haller）既是现代实验生理学的奠基人，又是著名诗人。他通过解剖

① Alfons Labisch：*Homo Hygienicus. Gesundheit und Medizin in der Neuzeit*. Frankfurt am Main/New York：Campus 1992，S. 96.
② Heinrich Schipperges：*Heilkunde als Gesundheitslehre：der geisteswissenschaftliche Hintergrund*. Heidelberg：Verlag für Medizin Fischer 1993，S. 56.
③ Heinrich Schipperges：*Gesundheit und Gesellschaft：ein historisch-kritisches Panorama*. Berlin u. a.：Springer 2003，S. 66.

人体弄清楚了人体动脉流通的全貌，发现了单个身体部位的感受性与应激性。同时，其哲理诗在当时也颇有影响。《论恶的起源》(*Über den Ursprung des Übels*，1734)回答了如"为什么上帝会让疾病一类的恶存在"这样的问题，论述了人们应该战胜疾病等人世间的恶，来避免堕入罪恶。从这个意义上来讲，恶的存在就像疼痛一样对于治疗疾病是有必要的。因此疾病在启蒙运动时期成了要生生世世与之对抗的恶，人们的道德在斗争中逐步完善。[①]

　　歌德对疾病的理解与浪漫派作家在某些方面接近。例如，双方都把疾病视作实现更高级健康的条件和通往更高阶段的关键。他的作品中多次出现与走向毁灭的维特相反的模式，即"统一—分裂—再度统一"[②]。人物的危机状态与其疾病状态一致，最终又都会赢得新的健康、和谐以及个体的自治。在《威廉·迈斯特的学习时代》(*Wilhelm Meisters Lehrjahre*，1795/1796)中治疗疯狂的方案是让病人不再沉迷于自己的世界之中，通过与外界发生关联而使病人走出偏离主流规范的状态，通过行动和劳动停止迷惑。这正是社会伦理与医学解释相互

---

① 参见 Karl Siegfried Guthke: "Haller und Pope: Zur Entstehungsgeschichte von Hallers Gedicht 'Über den Ursprung des Übels'". In: *Euphorion: Zeitschrift für Literaturgeschichte* 69 (1975)，S. 107.

② Thomas Anz: "Krankheit, Gesundheit und Moral. Goethe und die Ärzte seiner Zeit". In: *Der Deutschunterricht* 55. 5 (2003)，S. 23-33，hier S. 27.

帮衬的表现。

　　与歌德本质上对生活的热爱和对健康的追求不同，浪漫派则主要表现出对死亡的向往和对疾病隐秘意义的追问。他们继承了基督教对死亡能够提升和改造人性的解释传统，在疾病中看到了来世的力量与更加神秘的生活。"浪漫派以一种新的方式通过结核病导致的死亡来赋予死亡以道德色彩，认为这样的死消解了粗俗的肉身，使人格变得空灵，使人大彻大悟。"①疾病按照浪漫派的美学原则来说，也意味着更多的趣味性。诺瓦利斯曾经说过，"健康的理想，只是在科学上才令人感兴趣而已"，真正有趣的是疾病，"它是个性化的一个方面"。②此外，疾病还能使人获得更强大的内心力量，并提升健康的层级，即从最初的健康经由疾病进而实现一种有教养的完备的健康。从本质上来看，浪漫派的疾病话语中还充斥着宗教对来世和彼岸的期待，同时也透露出借此以脱离现实、远行和漂泊的倾向，这一点在后来的文学作品里表现在病人的出走、旅行、疗养和与世隔绝等行为上。③总之，疾病这种生理性负面事物在浪漫派这里获得了极度正面的超验阐释，成为带有现代性色彩的审美对象。

―――――――――

① ［美］苏珊·桑塔格：《疾病的隐喻》，32 页。
② ［美］苏珊·桑塔格：《疾病的隐喻》，43 页。
③ ［美］苏珊·桑塔格：《疾病的隐喻》，46 页。

19 世纪中后期，疾病话语开始变得更加多元和对立，同时也迎来了近两千年来具有决定性意义的转折。医学在前几个世纪解剖学、物理学和化学成就的基础上逐渐开创出新的病理解释模式，即基于自然科学而不是如体液说等基于自然哲学的病理学。与古代学说相一致的是，人们仍然相信疾病是由某种不平衡所导致，但其间革命性的区别在于，"这一状态的载体不再是各种笼统的力——如生命力、灵魂、潜质——也不是古人们那些基于假设的体液，它是物理力、化学变化的作用，这些作用现在可以得到观察，也可以通过试验手段使之重现"[①]。新的学说也伴随着新的疾病分类学，人们以某种本体论思维将疾病理解为独立存在的实体，而这也推动了医学对疾病与身体进行更微观、更具实证性的观察和研究。器官的病变渐渐被人认知，并被归结为大多数症状的原因，疾病本体论的思维因此进一步被强化。顺着这样的方向，现代病理学一步步地将疾病的作用场所以及医学的观察对象从器官推进到组织，进而到达细胞层面。1893 年，细胞病理学奠基人菲尔绍（Rudolf Virchow）正式宣告医学"从哲学时代向自然科学时代过渡"[②]。他声称，对疾病和健康的解释从此成了自然科学的事，但

---

① ［瑞士］亨利·E. 西格里斯特：《西医文化史——人与医学：医学知识入门》，116 页。
② Alfons Labisch：*Homo Hygienicus. Gesundheit und Medizin in der Neuzeit*. a. a. O.，S. 29.

凡科学家们能解释的都不再需要其他学科的解释。

这一时期，医学变革所处的正是一个科学化与理性化的时代，到处洋溢着进步的乐观主义与理性崇拜。同时，世俗化也进一步促使传统的道德观瓦解。[①] 科学开始扮演越来越重要的角色，而生物学作为科学模式的代表在当时被提升至很高的地位。各种新发现以及达尔文主义的影响使得诸多学科开始采用科学模式，并改变了它们对自然和人自身的认识。自然科学和医学知识甚至开始进入人们的日常认知。比如，公共卫生学影响着人对生活行为的自我约束与管理。身体上的各种现象及其过程不断被用仪器进行观察和测量，人们越来越习惯于从物理与化学角度去理解人体。揭示生命的自然规律成为科学研究的首要目标，其客观性原则要求排除所有主观的、形而上的与超验性的成分。同时病人也被客体化，"他们的患病史（Krankengeschichte）被简化为疾病史（Krankheitsgeschichte）"[②]。在健康状态下细胞与器官如何正常运转以及它们所对应的各种数值标准成为新医

---

① 参见 Achim Barsch/Peter M. Heijl："Zur Verweltlichung und Pluralisierung des Menschenbildes im 19. Jahrhundert：Einleitung". In：dies.（Hg.）：*Menschenbilder. Zur Pluralisierung der Vorstellung von der menschlichen Natur*（1850-1914）. Frankfurt am Main：Suhrkamp 2000，S. 7-90.

② Dominik Baltes：*Heillos gesund? Gesundheit und Krankheit im Diskurs von Humanwissenschaften*，*Philosophie und Theologie*. a. a. O.，S. 59.

学关注的对象，"疾病因此被确定为对标准的偏离"①。健康与疾病在科学家这里不断退守到其现象和概念本身，不再拥有广阔的外延和超验性的意义。与此对应的是，古代养生术（Diätetik）在语义上逐步狭义化，成为现代语言中的食疗。

值得一提的是，以毕希纳（Georg Büchner）为先驱的德语现代文学作家恰好在其疾病题材的处理上展现出现代性视角。传统的思想启蒙观点将患病与自身行为和道德联系在一起，从个人身上找原因。而现代文学对待病人与疾病的原则却是为病人的道德洗脱罪名，在生理和社会层面找原因。小说《伦茨》（*Lenz*，1835）便是这样的代表，它是医学家兼作家毕希纳对 18 世纪诗人伦茨的求医过程这一真实事件的文学化再现，它在文学史研究领域也被称为"伦茨事件"。现实中，牧师兼医生欧柏林以极端教化的口吻宣布伦茨精神分裂症的病因在于其"忤逆父亲，作风懒散，无所事事，乱搞女人"②，并将其病历制成教会的简报寄送给众人阅读。而小说中，毕

① Achim Barsch/Peter M. Heijl: "Zur Verweltlichung und Pluralisierung des Menschenbildes im 19. Jahrhundert: Einleitung". In: Achim Barsch (Hg.): *Menschenbilder. Zur Pluralisierung der Vorstellung von der menschlichen Natur（1850-1914）*. a. a. O., hier S. 51.

② Johann Friedrich Oberlin: "Herr L… in der Druckfassung 'Der Dichter Lenz, im Steintale' durch August Stöber". In: Georg Büchner: *Lenz*. Studienausgabe. Hg. von Hubert Gersch. Stuttgart: Reclam 1984, S. 5-50, hier S. 46.

希纳在保留欧柏林的诊断报告之外，还将大量篇幅留给了伦茨的信件，让人物描述他自己的主观感受和现实遭遇，让人看到，伦茨的精神疾病也是疾病，有生理表现，同时暗示他在市民社会里的格格不入，也就是说，与主流规范之间的冲突才是他罹病的源头。这里反映出的正是医学对于文学的启示，即疾病与身体的客观化及去道德化。"在这样的视角下，疾病可以被用来控诉那些社会规范，它们被视作病源，并使得用更健康的来替代它们的呼声变得合理。"①自此，文学开始要求正视人的身体的自然性，并将以道德与理性之名规训身体的行为视作病态的。若说 18 世纪的道德观中将违反道德的行为和人病理化，那么自 19 世纪开始，道德本身在一定程度上被病理化了。

与此同时，哲学并未因医学要求更多的话语权威而停止对疾病的讨论。叔本华一方面继承了基督教病与罪的思想传统，悲观地视人生为失足，认为唯有通过死亡才能从迷梦中醒来，疾病与痛苦和死亡一起见证了人的存在与罪孽的相关联，确认了生命是由该受惩罚的欲望所致的。另一方面，他也深受浪漫派的影响，强调通过罹病实现更高级的健康，即不再贪生，同时又能借罹病而产生强烈的自我意识，进而通过断念走向解脱。

---

① Thomas Anz: *Gesund oder krank? Medizin, Moral und Ästhetik in der deutschen Gegenwartsliteratur*. a. a. O., S. 19.

一生受病痛折磨的尼采与叔本华的不同之处在于，他更看重此岸的意义，即人类通过罹病在此生达到所谓"大健康"。疾病是可以深化和提炼人性的，具有催化和促进健康的意义，也是引发强者生命意志的刺激。但前提是病人不能是麻木的和完全被动的，必须在本质上是健康的。因此，健康既是前提又是目标，人的一生都在追求健康，因为人也在不停地损耗健康。尼采认识到疾病对于人的存在来说犹如不得不承受的任务，在他这里，健康和疾病皆是生命的基本形态，长久以来的道德评判和罪责因果论为价值的个体化所取消。他始终强调"健康和疾病并无本质区别，人们不必想象出明确的界限或实体……事实上，在这两种存在的类型之间只有程度上的差别"①，二者不过是生活的两个极端，而不是必须二选其一的对立。

伴随着医学对人的身心问题的解释转向身体本身，及其对疾病的道德论与超验阐释的排斥，文学对疾病的表现反过来日益不受医学的重视。两个领域间曾经热络的思想交流"在 19 世纪中期，伴随着医学中自然科学实证主义获得承认，而在德国中断了 30 年，直到'世纪末'，尤其在精神分析的准备阶段与语境里，又以新的

---

① 转引自 Fernand Hoffmann：*Thomas Mann als Philosoph der Krankheit. Versuch einer systematischen Darstellung seiner Wertphilosophie des Bionegativen*. Luxemburg：Institut Grand-Ducal 1975，S. 150f.

强度被恢复"①。相反，一部分文学作品反而受医学和达
尔文主义的影响，以自然主义之名，大规模地表现遗传
和退化、贫困与堕落，并悲剧性地将人的身体与命运置
于自然规律和生存环境的决定之下。例如，豪普特曼
(Gerhart Hauptmann)的《日出之前》(*Vor Sonnenauf-
gang*，1889)借席默普芬尼希医生之口，做出了克劳泽
一家人患有家族性酒精依赖症的诊断，以及工程师洛特
出于优生学考虑而拒绝海伦娜的爱。这其中的逻辑体现
出许多年轻作家"对自然科学和实证主义有着宗教般的
研究与坚持，而它们在当时被称为信仰的替代物"②。

这部自然主义分析型戏剧更是使观众也体验了一回
诊断病情的过程，这其中对罪责的病情分析和对必然性
的判断，在很大程度上借鉴了医学叙述法，从而使得医
学诊断被审美化，被作为自然主义倡导社会批判和改革
的一种表达方式。在自然主义后期，逐渐出现了对医学
权威的挑战和质疑，医生的解释被逐步当作读者分析诊
断时的一个竞争对象，文学开始不再迷信科学的决定论
和单一的解释，人的意志重新受到重视，医生的专业化
和医学的简化受到批判。如果说此前人们相信"没有医
生的判断人们就不可能认识和理解一个人"，那么自然

---

① Thomas Anz：*Gesund oder krank？Medizin，Moral und Ästhetik in
der deutschen Gegenwartsliteratur*. a. a. O.，S. 11.
② Günther Mahal：*Naturalismus*. München：Fink 1975，S. 126.

主义后期则开始有了相反的可能，"恰恰因为有了医生的判断，人们往往会误解一个人"。[①]

与文学所经历的这样一种态度转变类似，自然科学内部在 19 世纪后半叶也出现了活力论（Vitalismus）的声音，认为人的身体与机械无法等同，因为相当多的疾病以及死亡本身都是不可逆的，生命力不能等同于物理学和化学意义上的力。医学在其迅速发展之后受到来自各领域的质疑，这一过程在 1900 年前后达到了顶峰。也正因此，20 世纪的医学才不断被补充进诸如心身医学（Psychosomatik）和系统疗法（Multimodale Therapie）这样更复杂、更全面的理论，扩展了自身的人类学、伦理学、哲学、神学、心理学和社会学维度。

[①] Barbara Beßlich: "Anamnesen des Determinismus, Diagnosen der Schuld: Ärztlicher Blick und gesellschaftliche Differentialdiagnostik im analytischen Drama des Naturalismus". In: Nicolas Pethes/Sandra Richter (Hg.): *Medizinische Schreibweisen: Ausdifferenzierung und Transfer zwischen Medizin und Literatur* (*1600-1900*). Tübingen: Niemeyer 2008, S. 285-300, hier S. 300.

第二章 "世纪末"(1900 年前后) 文化语境中的疾病

　　疾病从现实世界进入具体的文学作品，由客观的身心现象生成为承载生命思考的文学话语，不仅是基于疾病本身所具有的文化维度、文学传统中的隐喻内涵及历史上出现的各种观念，还受作品生成时的疾病文化语境的影响。在"世纪末"时期，社会整体氛围下的集体体验和精神特质是这一文化语境的核心，不同场域中对疾病相关话题的论述及演绎则构成了一个多元异质的关于疾病的文化知识体系，而文学作为"特殊话语"(Sonderdiskurs)[①]

[①] 蒂茨曼(Michael Titzmann)认为文学算不上一种话语，因为文学既不以特定讨论对象，也不以特定讨论方式定义自己。参见 Karl Richter/Jörg Schönert/Michael Titzmann: "Literatur - Wissen - Wissenschaft. Überlegungen zu einer komplexen Relation". In: dies. (Hg.): *Die Literatur und die Wissenschaften 1770-1930*. Stuttgart: M & P 1997, S. 9-36, hier S. 19. 而托美(Horst Thomé)认为文学可以算作一种特殊话语，在它面前关于人的知识被相对化，同时文学还会超越实证和标准而赋予特定对象更多意义。参见 Horst Thomé: *Autonomes Ich und "Inneres Ausland": Studien über Realismus, Tiefenpsychologie und Psychiatrie in deutschen Erzähltexten (1848-1914)*. Tübingen: Niemeyer 1993, S. 15. 本书的重点不在于讨论文学是否是一种话语，在使用文学话语这一表述时，更多是指代特定文本中对某一对象的集中表现与论述。

的一种也为特定时期的疾病文化语境贡献了独特的意义维度。

一、危机体验与观念杂糅

19世纪后半叶，德语国家经历着全方位的大变革，这一点正是健康与疾病成为人们体验与思考重点对象的背景。伴随着经济的高速发展、卫生条件的改善和社会福利的提高等，德国的人口在1871年到1910年，从4110万增长到了6490万。[①] 城市人口增加与城市化进程也使得城市里个体的生活状态成为各种话语讨论的对象。在人的预期寿命延长和生活质量提高的同时，人们反而更加在乎健康，关注疾病，对自我的身心状态保持敏感。这一时期，现代医学解释的涌现以及医疗机构的规模化与制度化也满足并维持着大众对身心问题的讨论兴趣，通俗读物等大众媒介也为人们提供了丰富的信息，在一定程度上加速了专业知识的世俗化和民主化，并进一步引起了普通人对生活与健康的关注和焦虑。

德奥两国搭上第二次工业革命浪潮的顺风车，以及柏林和维也纳等现代化大都市的涌现，改变着大众的工

---

① 参见 Achim Barsch/Peter M. Heijl: "Zur Verweltlichung und Pluralisierung des Menschenbildes im 19. Jahrhundert: Einleitung". In: dies. (Hg.): *Menschenbilder. Zur Pluralisierung der Vorstellung von der menschlichen Natur* (1850-1914). a. a. O., S. 7-90.

作强度与节奏。交通和通信因铁路、电报和电话的出现变得越来越快，越来越多的人"被加快了的时代速度波及"[1]，甚至连学生的学业负担也越来越重。"从表面上看，现代文明打造起来的资本主义大都市为形形色色的人们提供了传统文明所无法比拟的丰富多样的个人发展空间，但是人的生命内容及存在性质却发生了不可逆转的根本变化……"[2]这样的情况使人常常害怕自己无法适应现代社会的要求，产生了焦虑与危机感，进而大规模地出现神经衰弱与疑病症等精神问题。

政治层面上的危机同样引发了人的焦虑。德意志帝国在发展成为福利国家的过程中也日益专制化，并开始干涉个人生活，使得自由派与市民阶层在政治上感到受限与失望。这种转变最后进一步"被感知为以市民价值观为根基的文化的根本性危机与动荡"[3]。市民阶层的自信伴随着他们的价值观受到挑战与质疑而减弱，这些都体现在他们对社会与文化的病理学阐释之中，疾病与病态成了这种危机感与挫败感的隐喻。而不断陷入内部分

---

[1] Joachim Radkau: *Geschichte der Nervosität*. In: *Universitas* 49 (1994), S. 533-544, hier S. 538.

[2] 吴勇立:《青年穆齐尔创作思想研究》，25 页，上海，复旦大学出版社，2010。

[3] Volker Roelcke: "'Gesund ist der moderne Culturmensch keineswegs…': Natur, Kultur und die Entstehung der Kategorie 'Zivilisationskrankheit' im psychiatrischen Diskurs des 19. Jahrhunderts". In: Achim Barsch (Hg.): *Menschenbilder. Zur Pluralisierung der Vorstellung von der menschlichen Natur*. a. a. O., S. 215-236, hier S. 225.

裂和地缘冲突之中的奥匈帝国同样也赋予穆齐尔（Robert Musil）和施尼茨勒等维也纳知识分子强烈的危机体验。"施尼茨勒始终意识到，无论是奥地利社会，还是它作为个体的公民，都处在分裂状态……"①穆齐尔也说："1870 年，欧洲建设成了一个巨型的有机体，到了1890 年，这个有机体就产生了精神危机。"②

原有的阶级结构也变得松动，贵族的影响力不断消退，中间阶层扩大了。资本主义使得金钱成为身份的标志物，社会地位不再取决于阶级出身，"辨识一个人在社会上的身份与等级的方法变得越来越复杂"③。市民阶层的归属感及其与工人阶级的差异更多地是由一系列的象征物与准则决定的，如生活方式、居住环境、运动休闲方式、穿着打扮、谈吐举止以及文化教育水平。工人运动、社会主义运动以及妇女运动也都从各个角度冲击着传统而稳定的社会关系。

伴随着整个现实世界里的变革与不确定性，诸多长期以来稳固的观念和标准开始动摇，并以新的语言被重新思考与表达。如果说"世纪末"的十余年是这种危机状态的高潮的话，那么第一次世界大战就是这一高潮的收

---

① ［英］弗雷德里克·拉菲尔：《导读》，见［奥］施尼茨勒：《施尼茨勒中短篇小说选》，高中甫译，204 页，上海，上海文艺出版社，2015。
② Robert Musil: *Tagebücher*, *Aphorismen*, *Essays und Reden*. Hamburg: Rowohlt 1955, S. 259.
③ Andrea Kottow: *Der kranke Mann*: *Medizin und Geschlecht in der Literatur um 1900*. Frankfurt am Main: Campus 2006, S. 17.

场方式。"世纪末"文学作品里大量的疾病意象是这种危机氛围的体现。纵然具体作品中的疾病描写有其各自独特的内涵，但从根本上来看，它们都或多或少地反映着那个时代里"一种关于危险与失落的意识，亦即一种对根本危机的意识"①。文学里个人或集体的这样或那样的健康问题都与生活不安定、身份不明确、前途不明朗以及信念不坚定等现实问题相呼应。

医学学者克里斯蒂安·菲尔绍（Christian Virchow）在 2000 年的"'世纪末'（1890—1914）的文学与疾病"达沃斯文学大会开幕词中称：作为艺术史和文学史概念的"世纪末"时期是与 19 世纪现实主义及自然主义相对立的一股潮流，它意图返回非理性、神秘与神话，"世纪末"主张将自然主义引向一种所谓"神经质的浪漫主义"和"神经的神秘主义"。"世纪末"的基调是浪漫主义陶醉感，它反对市民主义，反对当时政治、经济和社会方面的权威，反对当时的道德及社会共识，也反对生命和生活的技术化和科学进步，是"一种对无风格时代的摆脱"②。与这种"世纪末"潮流相反，自然科学却没有相同的感受与行动。当时的医学和生物学领域不断有新发现

---

① ［德］卡尔·雅斯贝斯：《时代的精神状况》，王德峰译，65 页，上海，上海译文出版社，2013。

② Christian Virchow："Zur Eröffnung". In：Thomas Sprecher（Hg.）：*Literatur und Krankheit im Fin-de-siècle*（*1890-1914*）. *Die Davoser Literaturtage 2000*. a. a. O.，S. 9-11，hier S. 10.

和新突破，人们相信，持续的科学化与理性化会使人对
世界的观念发生改变，世界将经历彻底的祛魅，各种古
老的关联都将被消解。从 19 世纪中期开始，生物学逐
渐成为科学模式的代表，具有了极为关键的地位，甚至
影响了许多其他学科对自然和人的认知模式。以此为基
础的现代医学日益摆脱传统的浪漫主义自然哲学、启蒙
主义对疾病的道德化塑造以及文学对疾病的整体性想
象，而逐渐成为一门精确缜密的自然科学学科。生理
学、实验、细菌学等成了医学的代表，实证主义原则在
医学里得到了基本贯彻。代表性事件有 1882 年发现结
核菌，1905 年发现梅毒的致病原因即淡紫螺旋体，1880
年借助统计也澄清了梅毒感染与脑软化之间并无关联，
等等。在 19 世纪的身体学派①(Somatiker)学者的视野
里，文学中的疾病话语全是无意义和违反事实的，无外
乎是传说、隐喻、想象和各种错误意识的集合，对病人
及医学是有害的。② 文学对疾病的精神和社会层面的原

---

① 身体学派在西方医学史上指的是 19 世纪时兴起的一种解释精神疾病
的学说。在当时自然科学研究成果的基础上，身体学派认为人的精神
疾病在本质上是生理疾病，或者更具体地说是脑部疾病。参见 Erwin
Heinz Ackerknecht: *Kurze Geschichte der Psychiatrie*. 3. verb. Aufl.
Stuttgart: Enke 1985，S. 36.

② 参见 Gerhart Sauder: "Sinn und Bedeutung von Krankheitsmotiven in
der Literatur". In: Dietrich von Engelhardt/Hansjörg Schneble/Peter
Wolf (Hg.): *"Das ist eine alte Krankheit"*. *Epilepsie in der Literatur.
Mit einer Zusammenstellung literarischer Quellen und einer Biblio-
graphie der Forschungsbeiträge*. Stuttgart/New York: Schattauer
2000，S. 1-12，hier S. 3.

因、影响与治疗方案的思考受到忽视甚至质疑。

总之，这样的论述给人的印象是：这一时期的文学与医学，艺术与科学，心理与生理是截然对立的；"'世纪末'是对以实证科学为代表的时代精神的反抗"①。

然而，不同话语因其各自不同的侧重而显示出竞争姿态也许是事实，但它们之间简单的对立与反抗却不是事实的全部。纵观20世纪，从弗洛伊德的精神分析疗法到其后进入医学实践的心身医学和系统疗法，都反映出人们开始重视疾病的精神、社会乃至文化层面。20世纪的这种综合化趋势并非之前文学与医学截然对立后的突然和解或"世纪末"文学反抗科学主义话语霸权的成果。在笔者看来，它得益于两点。首先是"世纪末"时期各种疾病话语"互相影响、扩充、接近，以及通过使用相同或相近的概念来获得理解"②。这种交流与对话引发了思辨，暴露了各种极端立场的漏洞与局限，令后人能对各种话语保持警惕，更加全面与辩证地看待问题。其次，19世纪末，因为时代变革引发了人们普遍的危机体验与对精神健康的忧虑，于是人们以最新的生理学模式开展了心理学与精神病学研究，并对所谓神经系统疾病尤其关注。而当时的许多文学作品既为了获得某种时髦的科

---

① Hans Hinterhäuser：*Fin de siècle：Gestalten und Mythen*. München：Fink 1977，S. 8.

② Andrea Kottow：*Der kranke Mann：Medizin und Geschlecht in der Literatur um 1900*. a. a. O.，S. 43.

学风格去演绎这些研究成果，也会以艺术的方式呈现个体患病的心理与社会层面，部分文学话语反过来又被充实到医学的论述中。文学与医学在人的心身疾病上的合作，为之后医学实践中的综合化趋势奠定了一定的基础。

因此，本书更愿意强调"世纪末"时期及"世纪末"文学当中精神和观念的多面性和杂糅性。纵向来看，它是所谓"不同时代事物的同时存在"①，许多古老的思维、观念、想象和逻辑还未彻底湮灭，而许多当时的新的理论、学说、解释与判断也还未获得完全认可和绝对影响。一个极有代表性的形象是慕尼黑艺术与生活画报《青春》(*Jugend*：*Münchner illustrierte Wochenschrift für Kunst und Leben*)1900 年 1 月刊封面上的一尊雅努斯神像：一张脸疲惫地望向过去，另一张脸则充满期待地望向前方。② 横向来看，它是不同话语体系之间的碰撞与交织。以生物医学为代表的科学话语与哲学、美学及文学等话语之间存在着复杂的互动关系。这种徘徊和摇摆，好似"世纪末"文学中许多人物的生存状态，也反映出社会大变革之下危与机的双重可能，即质疑和摈弃某些旧的标准，同时又期待和找寻新的规范。这种不稳

---

① Sabine Haupt/Stefan Bodo Würffel（Hg.）：*Handbuch Fin de Siècle*. a. a. O. , S. 15.

② 雅努斯是古罗马门神，有前后两副面孔，既执掌开始和入门，又执掌出口和结束，象征矛盾中的万事万物。

定感还体现在当时各组二元对立价值的松动上，健康与
疾病便是其中尤为有代表性的一对。

二、颓废、退化与神经系统疾病的互映

在"世纪末"及作为其铺垫阶段的 19 世纪后半叶里，
伴随生物学和医学的进步，针对各种具体疾病自然有大
量新的研究成果，但是有一个特别的领域却是与疾病有
关，同时又指向更广阔的价值规范体系，包含医学范
围，同时又跨越不同场域，形成了与时代特质相呼应的
热烈讨论，那就是颓废、退化和神经系统疾病三者构成
的一个话语范围。在此，其中的讨论既针对这一时期大
量涌现的真实病症，又表达着特定的审美标准与时代意
识，同时也包含着更深远的人文思考。

颓废(Dekadenz)一词源自法语，德语国家在"世纪
末"对颓废的着迷和演绎或多或少是在追随和模仿法国
的一些作家，这些作家在欧洲大陆率先掀起了表现颓废
主题与意象的热潮，如波德莱尔、戈蒂耶和于斯曼。颓
废的拉丁语词源意义为倒塌和瓦解，19 世纪后半叶该词
的语用则可以追溯到 18 世纪对罗马帝国衰落过程的历
史学论述。例如，孟德斯鸠 1734 年的著作《论罗马盛衰
的原因》(*Considération sur le causes de la grandeur des
Romains et de leur décadence*)便将这个词与罗马帝国后
期在政治和道德方面的腐化堕落联系了起来。由此，颓

废一词开始有了这样一种基调：一种文明从其最初完好的道德水平层面不断滑坡和堕落。到了 19 世纪，颓废又进入了文艺批评领域，用以指称与古典主义审美理想相悖的风格。法国文学史家、批评家德西雷·尼萨尔（Désiré Nisard）在 1834 年出版的《衰落时期拉丁诗人风气的研究和批判》(*Etudes de mouers et de critique sur les poètes latins de la décadence*)中将颓废划定为古罗马历史中的一个特定时期，这一时期具代表性的文学的特征是修饰夸张、形象堆砌、修辞过度及人工造作。此后，这一概念及颓废文学这一标签频繁地出现在文艺批评中，人们的视角也从古罗马晚期文学逐步转向同时期的法国文学。[①] 波德莱尔（Charles Pierre Baudelaire）为颓废文学的辩护则开启了这一概念的正面化进程，并引发了人们对现代文学运动和古典审美标准的讨论，于是颓废这一概念在被讨论时便与"现代"和"古典"这一组对立概念有了关联。同时，波德莱尔也批判对进步的盲目信仰并攻击市民阶层的道德观，颓废与现代性之间的张力成了"世纪末"时期关于颓废的讨论的焦点。

　　法国作家、文学评论家布尔热（Paul Bourget）以"时代精神"为线索对当时的作家进行了评论，并发展出所谓颓废理论。他的学说深深地影响了德国文艺界，其中

---

① 参见 Roger Bauer：*Die schöne Décadence. Geschichte eines literarischen Paradoxons.* Frankfurt am Main：Klostermann 2001，S. 21-42.

也包括尼采和曼氏兄弟。① 他视波德莱尔为颓废诗人的
代表,认为颓废是"一种社会状态,这种社会产生出过
多不适应集体生活和工作的个体"②。他还以生理学话语
将社会比作一个有机体,每个个体就像细胞一样需要充
满活力才能保证整体的健康运转。这种医学隐喻和病理
学表达方式也是当时的人讨论颓废意象时的常见方式。
布尔热并不完全否定颓废,反而认为它与存在及审美的
细腻化相关,他相信,身为颓废者虽然意味着他们不繁
衍后代,但他们超越常人的细腻感知能力却能将快感和
痛苦升华至精湛的高度。他还在波德莱尔身上看到了疾
病与颓废的关联,因为波德莱尔就是在不停地呈现那些
对于简单的人来说是病态和不自然的东西。疾病在布尔
热眼里是一种偏离状态,并构成了这一时期文学里的常
见题材与文艺批评的常用表达。

1884 年,法国作家于斯曼(Karl-Joris Huysmans)出
版了小说《逆流》(A rebours)。这部小说迅速成为颓废文
学的经典作品,其主人公德塞森特也成了颓废生活方式
的代表。作为贵族家庭最后一代的他厌倦了巴黎的虚伪
和浮夸,转而避居于丰特奈小镇,过起了离群索居的生
活。他依据个人的审美喜好布置住所,沉浸在自己一手

---

① 参见 Klaus Schröter: *Thomas Mann in Selbstzeugnissen und Bilddo-kumenten*. Hamburg: Rowohlt 1964, S. 31-44.

② Paul Bourget: *Psychologische Abhandlungen über zeitgenössische Schriftsteller*. Minden: Bruns 1903, S. 21.

缔建的精神和物质世界中，对抗世俗的潮流。对主人公神经官能症的表现贯穿小说的始终，他的病征体现在情绪低沉、女性化、神经衰弱、无力、血液和神经系统过度紧张、厌倦、疲乏、嗜睡、消瘦、发热、欲望消退等方面，并暗示这其中含有家族退化的因素，因为他的母亲过早地死于肺痨，父亲则死于未知的疾病。然而，德塞森特最终却正是因为自身的疾病而不得不放弃乡下的逆流生活，回到了巴黎的主流世界。虽然他在思想上坚持一种反市民主义的立场，但他的身体却迫使他在市民世界里生活。这种精神与身体、理想与现实的矛盾成了1900年前后欧洲文学的重要主题。小说中的疾病一方面凸显了人物的个性与命运，即疾病在叙事中的功能性意义，另一方面也成了主人公话语行为的重要成分——他在评论艺术品以及个人和他人的生存状态时常常使用与疾病相关的词汇和表达。可以说，于斯曼在借人物的语言进行一种时新的病理化书写。除了疾病，《逆流》还涉及了几乎所有经典的颓废文学母题，它的问世及其引发的接受浪潮确立了颓废这一流行概念作为一种观察人生、创作和审视艺术作品的风格。19世纪80年代，颓废作为一种文艺运动也影响了德国的学者。有两个人物尤其值得一提，即尼采和巴尔（Hermann Bahr）。

尼采从布尔热那里接受了颓废这一概念，并最早在1888年的《瓦格纳事件》（Der Fall Wagner）一书中运用这一概念对瓦格纳进行批判。尼采把瓦格纳称作颓废艺

术家。"瓦格纳真的是个人么？难道不应该说他更像是
一种病？他将所有接触过的东西都变得病态化了。他使
得音乐生病了。"①但尼采又以他具有代表性的矛盾方式
论述了颓废和疾病的正面意义，即向着更健康状态的刺
激和提升作用，因为他意识到颓废和疾病正是生命力的
体现以及通往大健康的开始。颓废不仅代表着没落和下
坡路，也可以是向高级阶段的过渡。所以我们在尼采这
里看到一种在既想超越和克服颓废，又想肯定和赞扬颓
废之间的摇摆。"尼采充满矛盾的颓废说使得世纪之交
的德语文学在哲学、美学复杂性上被丰富并显得独一无
二，以至于人们可以说，与其他欧洲国家的传统线索对
比，德国有自己独特的颓废传统。"②颓废在很大程度上
成为尼采哲学思想的核心。尼采的早期创作中就包含着
一系列的双面性：结束与开始，碎片化与终极化，退化
与复兴，疾病与健康等，以及其中矛盾双方的转化关系。

对于德语文学尤其像青年维也纳派这样尊崇颓废美
学的群体而言，巴尔是19世纪后半叶法国文学的关键

---

① Friedrich Nietzsche: *Sämtliche Werke: Kritische Studienausgabe in 15 Einzelbänden*. Band 6. Hg. von Giorgio Colli und Mazzino Montinari München: Deutsche Taschenbuch Verlag 1988, S. 21.

② Julia S. Happ: "'Nietzsches Decadence im Licht unserer Erfahrung': Thomas Manns literarische Dekadenz im Wandel (Wälsungenblut)". In: dies. (Hg.): *Jahrhundert(w)ende(n). Ästhetische und epochale Transformationen und Kontinuitäten 1800/1900*. Berlin: Lit 2010, S. 179-208, hier S. 180.

性中介者。他将大量法国颓废美学题材与形象引入德语
世界，同时也通过在报纸上发表散文介绍、评论和推销
颓废美学。1891 年，他在《对自然主义的超越》（"Die
Überwindung des Naturalismus"）一文中强调颓废主义
作为一种新的文学运动，在对人的探究上与自然主义不
同，也比自然主义更深刻。同时，神经这一影响了整个
世纪之交时期的关键词开始被强调，新的文学要关注新
的人类，而这些人"更多靠神经进行体验，更多以神经
做出回应，他们的事情都在神经领域进行，他们的影响
都通过神经传出"①。

医学意义上的退化（Degeneration，Entartung）源于
从遗传角度解释由生理学无法解释的精神问题。1814
年，亚当斯（Joseph Adams）作为现代遗传学奠基人证实
了某些疾病的遗传性。19 世纪中期，法国医生卢卡斯
（Prosper Lucas）提出了某些生理特性可遗传的假设。而
针对健康家庭也可能生出患病后代这一现象，法国精神
病学家莫雷尔（Bénédicte Auguste Morel）于 1857 年提出
了退化假设，即著名的"莫雷尔法则"②。这一假设的核
心逻辑是一个家族谱系从原初的健康这样一种规范状态

---

① Hermann Bahr："Die Überwindung des Naturalismus". In：Gotthart
　Wunberg（Hg.）：*Die Wiener Moderne. Literatur，Kunst und Musik
　zwischen 1890 und 1910*. Stuttgart：Reclam 2000，S. 199-205，hier
　S. 204.

② 参见 Erwin Heinz Ackerknecht：*Kurze Geschichte der Psychiatrie*. 3.
　verb. Aufl. a. a. O. ，S. 53-59.

偏离，包括各种精神疾病症状在内的身心问题都是这种
偏离的表现，且这种偏离会代际遗传并逐步加剧，直到
整个谱系断绝。莫雷尔实际上是将各种具体疾病总括到
退化这种本质性生理进程之中，退化更像是他基于一种
宗教和哲学理念而发明出来用以概括代际健康恶化现象
的一种疾病。引人注目的还有，他认为不仅体弱多病及
先天或后天的残疾等生理层面因素会导致这种退化或偏
离，酒精、毒品、大城市里有害的生活方式以及道德不
端也是退化的诱因。因此，可以说这位医学家的疾病话
语里存在着一种人类学视角。他提出的"四代人模式"①
在当时非常流行，这在托马斯·曼的早期作品中也能观
察得到，因为很显然，布登勃洛克一家也是在第四代人
汉诺这儿彻底断了香火。

　　将莫雷尔的理论进一步扩充与发扬的是法国精神病
学家马格南(Valentin Magnan)。一方面，他将退化理
论与当时达尔文的进化理论相结合，视退化为物种进化
的同时被自然淘汰的个体的生物学进程。另一方面，他
用更加符合当时生理学观点的语言来解释和发展退化理
论。他虽然否定了莫雷尔的后天获得性身心特性可遗传
这一假设，却将道德堕落用当时兴起的胚胎学话语解释
为胚胎受损的引发因素，并更加强调其中的遗传规律，

_____

① 即出现退化问题的家族只会延续四代，到第四代人时会绝嗣。参见
Paul Julius Möbius：*Die Nervosität*．Leipzig：Weber 1882，S. 42-44.

使得病理性遗传慢慢地与退化这一概念等同。①

    同时期德国的精神病学在很大程度上是追随法国理论的，因此退化说在德国也逐渐成为主导性话语，不管是在专业领域内还是大众科学领域里。值得一提的是德国精神病学家莫比乌斯(Paul Julius Möbius)。他一方面发表了大量学术著作探讨神经系统与退化的关系，另一方面也因一套科普性健康丛书收入了他的一本论述神经质的册子而在专业领域外获得了极大的影响力，并塑造了当时大众关于相关话题的讨论，影响了当时许多带有文化批判风格的文学写作，许多研究者也指出了他的学说与托马斯·曼早期作品之间的丰富关联。② 他在《神经质》(Die Nervosität)这本科普读物中的主要观点为：退化是一种早就注定的情况，也是神经质的原因之一。他和法国理论家一样将众多具体疾病都置于退化这一总体性病因之下，但他区分了同态遗传和多态遗传，后者是他关注的重点。借助这一假设，他认为任何一种神经系统疾病在下一代人身上都会引发另一种神经系统疾病。他还提出旁系遗传和隔代遗传等间接遗传概念，并据此经常将家族成员身上某一具体症状诊断为整个家族退化

---

① 参见 Oswald Bumke：*Über nervöse Entartung*. Berlin/Heidelberg：Springer 1912，S. 10.

② 参见 Manfred Dierks："Buddenbrooks als europäischer Nervenroman". In：*Thomas Mann Jahrbuch*. Band 15. Frankfurt am Main：Klostermann 2002，S. 135-151.

的表现。他借助家族谱系树状图指出，后代个体身上所有的神经系统问题和精神问题都源自同一祖先。而在他看来本质上是因为这位祖先在神经系统方面出了问题才开启了这个家族的退化进程。可见，莫比乌斯因自身对神经系统疾病的关注而将退化与神经质合一，认为一种本质性的神经系统缺陷是退化的根源，而各种具体的神经质症状又是退化进程的表现，这是他与当时另一派学者在本质上的不同，后者多从体质与生理角度分析退化的根本原因，如胚胎受损。还有一点非常引人注目，即他与莫雷尔一样强调道德与规范，将个体行为方面的执迷，如过分追逐财富和家族兴旺，视作神经系统病变——亢奋、酗酒、忧郁、身心超负荷、羊癫风以及其他神经系统和精神疾病——的起因，这样的个体及其后代会以各种各样的形式从种群中被清除出去。"退化者在退化过程中如果有了后代，便会在后代身上打上不可磨灭的印记。父辈身上某些临时性的特质会在下一辈身上成为其体质的恒定的组成部分。"①莫比乌斯还区分了退化的不同程度，并强调，轻度的退化即遗传性神经质可以通过在择偶过程中挑选所谓健康、无退化隐患的人来使得后代的病症减轻。一个此类病人的命运在他眼里取决于两个因素，即其遗传性退化隐患的严重程度和外部的生存条件。莫雷尔的四代人模式也被他接受，同时

---

① Paul Julius Möbius：*Die Nervosität*. a. a. O.，S. 40.

他还特别强调不稳定性是退化者的本质特征，他们因退化的严重程度不同而表现出不一样的身心失衡问题。

总之，从莫雷尔开始的退化理论"在 19 世纪最后 30 年也流行于德国并影响了部分 1900 年前后的文学作品"[1]。在描述个体及家族健康恶化的过程中，该理论将具体的症状都归因于退化这一终极问题，退化被当作一种实体性的疾病来看待。而尴尬的是，人们一方面延续了启蒙运动以来的疾病道德化倾向，仍相信道德和行为层面的不端或偏离是退化最初的原因，并且这一假设还获得了胚胎学话语的包装；但另一方面，对退化者的后代而言，其疾病又是由其家族遗传决定的，对这些个体的道德施压在某种意义上又被医学解释取消了，当然他们又背负起另外一种压力，即医学对其悲剧性命运走向的预判。

正如巴尔所说的，"世纪末"文学在很大程度上是表现神经系统问题的文学，而神经这一概念及其对应的现象和讨论正好将精神与肉体紧密联系了起来，它既反映出 19 世纪生理学模式下对精神疾病身体层面的探索与强调，又表现出人们对生理学解释模式适用性的某种挑战或曰更高的要求，因为神经系统问题的表现如此多样，界定如此困难，这些在 19 世纪下半叶的神经系统

---

[1] Philip Ajouri: *Literatur um 1900: Naturalismus, Fin de Siècle, Expressionismus.* Berlin: Akademie Verlag 2009, S. 180.

疾病论述中可见一斑。

　　18 世纪早期启蒙运动医学家霍夫曼（Friedrich Hoffmann）视身体为一部液压机械，其中维持运转的是被称为神经液（Nervenfluidum）的物质，它介于物质与力量之间，疾病源于神经液的非正常运动。[①] 随后，哈雷尔在神经纤维上确认了感受性与应激性的存在。同时期的英国人卡伦（William Cullen）"认为生命是神经力量的功能，强调神经系统在病因上扮演关键角色，特别是精神疾病"[②]。到了 19 世纪下半叶，意大利医学家高尔基（Camillo Golgi）发现了神经细胞，人们才认识到人脑是一个由千万个细微的部分组成的复杂整体。人们还受到了电学和电报的启发，将神经系统想象为通过电流实现对外界刺激进行反应的交流系统。在这一理论影响下，人们发明出神经质（Nervosität）这一概念用以描述受到过度刺激的神经系统状况。而 19 世纪的工业化和技术进步又正好加快了社会生活的节奏，外界刺激的增加导致众多个体感受到各种不适，这一社会现象又反过来强化了这一解释。因此神经质这一新潮疾病与大众心理状态之间形成了呼应，它"反映了一个时代的社会文化

---

① 参见 Florian Steger/Maximilian Schochow："Medizin in Halle: Friedrich Hoffmann（1660-1742）und das Wechselspiel von Theorie und Praxis". In: *Sudhoffs Archiv* 99. 2（2015），S. 127-144.
② ［英］罗伊·波特：《极简医学史》，73 页。

现状"①。而且人们越来越强调环境的作用，即任何健康
的人都可能在不利的条件下变得神经质。

  与此同时，当时的精神病学又从功能角度出发使用
了一个相近概念，即神经官能症（Neurose）。它指的是
没有器质病变的神经系统功能障碍，人们将神经衰弱、
歇斯底里、疑病症、忧郁，甚至癫痫、帕金森病和舞蹈
症等都置于这一整体性概念之下，原因在于，这些疾病
的症状繁多，且都无法从组织病变上找到依据，人们只
是注意到这些疾病都和应激过程有关。在当时的背景
下，神经系统疾病学说的更新与系统化实际上也迎合了
大众对现实中精神问题增多的感受与解释需求，从心
痛、头痛到歇斯底里都可以用神经质这一概念来解释
了，虽然从今天的医学知识来看，这些判断是不科学的。②

  另一个相关概念则是美国神经病学家比尔德
（George Beard）提出的神经衰弱（Neurasthenie）。它特
指神经官能症的某一特定症状，即由外界持续影响而导
致的神经系统虚弱状态。比尔德特别指出，现代生活的

---

① Leopold Löwenfeld：*Die moderne Behandlung der Nervenschwäche*
  （*Neurasthenie*），*Hysterie und verwandter Leiden*. Wiesbaden：Berg-
  mann 1887，S. 1.

② 尤其是歇斯底里症，现代医学认为此病在历史上的存在更多是一种文
  化现象，是不同时期的医学学说塑造出来的形象，其症状涵盖范围极
  广。弗洛伊德在其精神分析理论的开创性著作《癔病研究》中则认为，
  其症状其实是由患者童年所遭受的心理创伤引起的。参见 Georges
  Didi-Huberman：*Erfindung der Hysterie. Die photographische*
  Klinik von Jean-Martin Charcot. München：Fink 1997.

重压、追逐工作效率导致的慌张不安以及大城市里被异
化的生活是病因所在，它们导致神经系统不堪重负。从
1881 年起，他的学说在德国被广泛传播。上述三个概念
尽管在很多情况下常常会混用，但是总的来说，人们还
是认为神经衰弱指向的是一种神经系统方面的病态，它
有着各式各样的症状，它"一方面体现为更高的感受性，
另一方面体现为虚弱、疲惫以及由此导致的工作能力的
降低"①。前文提到的莫比乌斯发展出了一个分类体系，
他认为神经质构成了神经系统疾病的中心区域，而这一
区域又与不同具体类型的神经官能症相交，在这一中心
区域的中央则是神经衰弱，它也因此"是神经质最纯的
形式"②。

　　医学界在探讨神经系统疾病的同时也在不断建立它
与其他现象间的因果关联。比尔德还只是认为神经衰弱
是由外界影响导致的文明病，而到了德语国家精神病学
界，人们不断地将它与退化理论相结合。因此，当时几
乎每一部关于神经质的著作都会在病因部分强调它的可遗
传性。例如，奥地利精神病学家克拉夫特-埃宾（Richard
von Krafft-Ebing）估计"遗传占致病因素的 80％"③。

① Wilhelm Erb: *Über die wachsende Nervosität unserer Zeit. Akademische Rede zum Geburtstagsfeste des höchstseligen Grossherzogs Karl Friedrich am 22. November 1893.* Heidelberg: Koester 1894，S. 11.
② Paul Julius Möbius: *Die Nervosität.* a. a. O.，S. 19.
③ Richard von Krafft-Ebing: *Nervosität und neurasthenische Zustände.* Wien: Hölder 1895，S. 16.

当时的观点是，神经系统方面的问题在遗传过程中不断显现是退化进程的表达方式，且与退化程度成正比例关系，退化的个体从出生起就会表现出各种症状，且退化者可以通过与所谓新鲜的血液的所有者通婚来使得症状减轻，但同时他继续传播了这些疾病。基于这一病因解释模式，当时在医学实践中诊断出的大量精神问题与退化理论在德语国家形成了循环印证。与此同时，大量偏离主流规范的行为也被精神病理化了，自杀、酗酒、同性恋等都被纳入医学的审视范围，成为退化导致的神经系统疾病的症状。19 世纪末 20 世纪初基因学说的迅速发展更加强化了遗传有优劣之分的逻辑，加上国家在公共卫生领域的介入，退化的个体和遗传性疾病便成了社会福祉的威胁。精神病被不断从遗传角度进行审视与诊断，成为优生学出于全体公民健康考虑而需要预防的对象。

福柯曾批判性地指出，19 世纪末的精神病学实际上是在机体紊乱与人格变质之间假设了同一种结构，仿佛有一个"元病理学"统治着精神医学与器质性医学，并为它们设定了相同的概念和方法，赋予其"在疾病的不同形式间所保证的统一性"①。与器质性医学的内在逻辑类似，精神病学将各种症状分配给不同的疾病类型，并定义重要的疾病实体。这背后隐藏着两个与疾病性质有关

———————————

① ［法］福柯：《精神疾病与心理学》，王杨译，20 页，上海，上海译文出版社，2016。

的公设，其一是疾病的本质化和实体化假设，其二是每个疾病类型都具有植物学分类式的统一性，即疾病也有层级关系和变种。人们只不过是在这两个公设的基础上建立起了器质性疾病与精神疾病的相似性。而正是这样的精神疾病解释模式后来在实践与理论上遇到的巨大质疑，使得现代病理学开始向一种器质和心理的全体性概念转向。对20世纪诸多领域影响深远的弗洛伊德正是在19世纪末从单一的对神经系统的生理学研究转向以科学实证主义为视角和前提，对心理与精神进行研究的。在他的精神病理学中，"疾病可能是人格的内在变质，是人格结构的内部破坏，是人格前途的逐渐偏移"①。在这个方向上，人们开始倾向于根据人格紊乱的程度来定义精神疾病。

因此，"世纪末"的神经医学里贯穿着生理学和器质性病理学思维模式对人的解释，这既是科学主义对时代转折背景下人的生存状态的关注，也是一种解释权的越界，即企图将人格问题纳入物质层面的解释。但同时，它也将人的行为方式从之前启蒙主义的道德论中部分地解放了出来，使精神疾病的根源部分地从主观的道德堕落转向客观的遗传变异。但它对病人来说并不一定是减压，因为它不过是将某些疾病从一种压力移到另一种压力之下，即对个体生理机能和种群繁衍的退化的恐惧。

---

① ［法］福柯：《精神疾病与心理学》，10 页。

综上，在这三个概念合围而来的范围内，我们明显可以感受到时代语境里多场域相互借鉴与引申的"越界态势"(Entgrenzungstendenz)①：颓废作为一种历史与艺术概念被不断补充加入疾病和退化的意象；退化作为一种生理学模式又包含了行为道德上的说教，以及对精神疾病的管辖姿态；神经系统疾病作为涉及人的身心统一性的疾病领域又在机体生理的退化上找根源，同时又与时代的颓废氛围形成共振。这里面既可以看到科学主义对身体的机械论与决定论理解，也可以看到艺术对生命的负面性事物进行价值转换的尝试。同时，在这些各异的时代声音里又能听出历史的回声：不管是古代体液说理论框架中疾病与天才的关联想象，还是启蒙运动时期疾病观里对规范与道德的强调。然而，对话的热烈与边界的模糊也反映出各种解释的不可靠，不管是医学道德化还是艺术病理化都证明了新兴的科学解释尚不成熟的一面，以及当时的人们对于身体、生命与生活的焦虑和关注。

三、艺术、社会与文化的泛病理化

"世纪末"时期的疾病话语中除了上述的概念交织、

---

① Helmut Koopmann: "Entgrenzung. Zu einem literarischen Phänomen um 1900". In: Roger Bauer/Eckhard Heftrich/Helmut Koopmann u. a. (Hg.): *Fin de siécle. Zu Literatur und Kunst der Jahrhundertwende*. Frankfurt am Main: Klostermann 1977, S. 73-92, hier S. 79.

各种场域间界限的融合，还存在着一种表达方式上的互
动。医学文本内大量出现隐喻和类比，"为了使各种关
联和结构的复杂性变得易懂，形象化的表现不断增
多"①。而以疾病和病理学话语评论医学外领域的趋势也
在上升，也就是基于相似性原则对艺术、社会与文化进
行的隐喻式病理诊断。

　　将退化理论引申到医学之外的领域，并使得退化成
为 1900 年前后文化氛围主导意象的是意大利法医学家
和犯罪心理学家龙勃罗梭（Cesare Lombroso）及出生于
奥匈帝国的犹太裔医生兼作家诺尔道（Max Nordau）。
龙勃罗梭将退化引入犯罪学领域，以类比的形式描述犯
罪行为的起因和生成。他还深入研究了天才这一问题，
因为西方一直都有对于天才与疯癫之关联的想象。他想
用科学的方法来证实这种关联，于是他将天才视为退化
的一种症状，并以统计资料及大量案例来对此进行佐
证。② 其核心的观点正是来自莫雷尔及其后继者，即他
们认为，生物的退化与其神经系统感受性的增强是相关
联的。这种更强的感受性既能解释退化者表现出的神经
质症状，又能解释退化者在文学和艺术上的出众才能。

---

① 　Heinz-Peter Schmiedebach："'Zellenstaat' und 'Leukocytentruppen'.
　　Methaphern und Analogien in medizinischen Texten des 19. und 20.
　　Jahrhunderts". In: *Der Deutschunterricht* 55.5（2003），S. 51-61，
　　hier S. 51.

② 　参见 Cesare Lombroso: *Genie und Irrsinn in ihren Beziehungen zum
　　Gesetz，zur Kritik und zur Geschichte.* Leipzig: Reclam 1887，S. 68-83.

有意思的是，龙勃罗梭的著作本身是想以现代医学来诊断艺术家身上的退化问题，是对艺术尤其是现代艺术的一种病理化判决，但他的作品被译介到德国后，却深深影响了德国当时的颓废文学，因为他将退化看成是伴随精神提升的脱离规范的过程，这反而令艺术家们着迷。与这种矛盾性相呼应，艺术家们看到，与"世纪末"的"没落相伴随的是精神与艺术的繁盛"①。于是，源自医学话语的退化概念与源自美学话语的颓废意象之间形成了互动。之前的自然主义文学偏好演绎遗传学说及其叙事模式，而"世纪末"文学则热衷于表现身心退化与精神升华的平行发展。

诺尔道则将艺术直接当作医学的研究对象来讨论，从而使得退化的话语更加流行。在其 1892—1893 年出版的两卷本专著《退化》（*Entartung*）中他以医学范式和标准来衡量艺术的优劣，以医学诊断的操作方式"勾勒出一幅现代文化、艺术、文学和美学的疾病图景"②。他与龙勃罗梭一样，将当时受追捧的天才视为退化的个体。更进一步的是，这些天才艺术家不仅被诺尔道认为是患病的人，在他们的作品及其追随者的行为举止中，

① Erwin Koppen：*Dekadenter Wagnerismus*：*Studien zur europäischen Literatur des Fin de siècle*. *Komparatistische Studien*. Berlin：de Gruyter 1973，S. 288.

② 刘冬瑶：《疾病的诗学化与文学的"病态化"——以本恩、卡夫卡、迪伦马特和贝恩哈特为例》，4 页，博士学位论文，北京外国语大学，2016.

他还"第一眼就看到了两种疾病状态的症候群或全貌……即退化与歇斯底里，后者在程度较轻的阶段里也被人称作神经衰弱"①，因为他认为审美模式能反映精神的状态。他针对现代艺术混乱、做作、神秘、阴暗的不和谐性所进行的猛烈抨击，也体现着当时许多人的审美立场和价值规范，这后来甚至成为纳粹批判现代艺术堕落性的理论基础。虽然诺尔道的学说最后遭到了人们的彻底质疑与抛弃，但从文化史的角度来看，它恰好反映了"世纪末"时期艺术与审美沦为医学研究和评论的对象，未与科学领域进行严格区分的事实。②

更有菲尔绍这样的医学家在政治讨论中运用医学形象来演绎其对社会问题的诊断。作为细胞病理学的奠基人和自由主义立场的政治家，菲尔绍常将自然与社会相互类比，细胞、个体、有机体与社会等概念构建起他最核心的隐喻体系。他对社会与个体的理解被投射到对有机体和细胞的理解上。例如，他将生物体比作"一个由平等的个体组成的自由国度，即使个体获得的天赋不同。它们因相互依赖而团结一致"③。反过来，有机体的整体性也被用来论证他对统一与民主的民族国家的追求

---

① Max Nordau：*Entartung*. Band 1. Berlin：Duncker 1892，S. 26.
② 参见 Andrea Kottow：*Der kranke Mann*：*Medizin und Geschlecht in der Literatur um 1900*. a. a. O.，S. 111-154.
③ 转引自 Constantin Goschler：*Rudolf Virchow*：*Mediziner - Anthropologe - Politiker*. Köln：Böhlau 2002，S. 280.

的合理性。此后,将国家想象成人的身体、用病理学的话语来针对社会问题进行分析讨论的做法流行了起来。

晚年的菲尔绍也未能摆脱这种社会病理学思维模式,他认为"医学是一门社会科学,而政治无非是更广义的医学"①。他始终相信,疾病仅仅是生命在改变了的条件下的另一种形式,其中便包括社会条件。他因所担任的公职而对传染病十分关注,并将这一疾病话语运用到对社会的分析上。传染病被他视作社会整体的某种障碍,并与社会文明发展的等级模式相关,同时也往往是社会这个肌体出现危机的警示信号。对于传染病的来源,菲尔绍后来从瘴气说②转向传染说,在社会达尔文主义的发展等级逻辑下将东方视为各种传染病的来源地,从而将本国和本国文化想象成受外界病毒侵袭的生物体。而这时,他宣布自己创立的细胞病理学已过时,并承认新的细菌病理学有更大意义。他的疾病观转向对内部细胞抵抗外部细菌的强调,从而更近似一种"敌友病理学"③。总之,我们在他身上看到了 19 世纪后期医学对社会和

---

① 转引自 Erwin Heinz Ackerknecht: *Rudolf Virchow*: *Arzt*, *Politiker*, *Anthropologe*. Stuttgart: Enke 1957, S. 36.

② 19 世纪之前,人们普遍相信,各种传染病是由空气污浊引起的。19 世纪晚期,人们发现各种病菌才是传染病的致病因素。参见 Wolfgang Wegner: "Miasma". In: Werner E. Gerabek/Bernhard D. Haage/Gundolf Keil u. a. (Hg.): *Enzyklopädie Medizingeschichte*. Berlin: de Gruyter 2005, S. 985f.

③ Constantin Goschler: *Rudolf Virchow*: *Mediziner - Anthropologe - Politiker*. a. a. O., S. 295.

国家进行的病理学描绘，以及这种模式的流行与转变。从这个意义上来说，当时的国家和社会面临的各种挑战与隐患，即某种社会危机状态也被病理化。社会成了患病或受疾病威胁的"身体"，其中的个体应得到更好的对待和管理，并应团结起来抵抗如传染病般的外来文化的侵袭。反过来看，国家和政权也由于这样的医学倡导而推行了更多的公共卫生政策，设立了更多体制化的医学研究机构，更多地介入了对民众身体的管理及其健康的维护。

从对社会和国家的病理化论述上升到对整个市民文化及当时的西方文化进行诊断的更是大有人在。前文提及尼采的颓废说中有一种负面事物价值的两面性，但在时代语境下，其更多的是对市民阶层意志衰退的诊断和批判。他以市民阶层的医生自居，借助流行的退化医学话语，断定市民精神在文化传承过程中出现了偏差："从唯意志的冰冷的理性，到虔诚主义，到多愁善感的敏感，到意志薄弱的没落。"①尼采看到了市民阶层作为主导社会发展的阶层中隐藏的病变趋势，正如他曾说："不论以任何形式，只要是在权力意志衰退的地方，也必定出现一种生理上的退化或颓废。"②

前文提到的克拉夫特-埃宾代表着医学家群体从专业

① 李昌珂：《"我这个时代"的德国——托马斯·曼长篇小说论析》，33页。
② ［德］尼采：《反基督》，陈君华译，87页，石家庄，河北教育出版社，2003。

出发对时代精神和西方文化进行的诊断。"神经质时代"
和"文明病"等医学与文化相结合的形象概念流行于当
时。他评论道：

> 人们可能认为，现代文明中的人类在不断趋于
> 健康、幸福和知足，正如在精致化的文化生活中，
> 思想启蒙、教育、舒适的生活及生活享受似乎保证
> 的那样。可惜现实并不是这样。现代文化中的人绝
> 不是心神安宁与身体健康的。谁若是研究下当前文
> 化生活中社会和生物层面的现实情况，就会对未来
> 做出令人悲伤的预测，现代社会正在走向道德的和
> 体质上的毁灭，如果有效的干扰因素不出现的话。①

类似地，弗洛伊德从他对性的研究出发，认为人类
的文化"建立在对人的欲望的普遍压制的基础之上"②，
欲望被压制将使人患病。学医出身的哲学家雅斯贝尔斯
更具体地指出："正如歇斯底里症是弥漫于 18 世纪以前
的精神空气中的人们的心理症状，精神分裂症则是我们

---

① Richard von Krafft-Ebing：*Über gesunde und kranke Nerven*. 5. durchges. Aufl. Tübingen：Laupp 1903，S. 2.
② Sigmund Freud：*Gesammelte Werke*. Band 7. Hg. von Anna Freud/ Marie Bonaparte/E. Bibring u. a. Frankfurt am Main：S. Fischer 1966，S. 151.

时代的精神特征。"①

当然，各个时期都有人利用对疾病和身体的隐喻来评述时代危机，但"世纪末"时期极为特别的是：这种危机感是如此的强烈与普遍，且人们已经开始对整个现代文明及人类社会感到失望。在这个过程中，医学，尤其是精神病学的理论发展，提供了异常有说服力的论述工具。人们如此热衷于对时代、文明与文化进行病理性诊断，时代与文化之被想象成患病的身体是如此流行，都印证了当时医学解释模式的强势和越界态势。但诊断对象从身体到精神，再向艺术作品、国家与社会、文明与文化的延伸，也使得疾病概念的内涵与外延变得模糊。疾病成了某种包罗万象的、可用来描述各种障碍与危机的万能形象，自然其内部也就掺杂进各种不同的价值立场与思维传统。这一点恰好与这一时期"不同时代事物的同时存在"的特征相一致。

四、对机械论和决定论的反思

除了在精神病理学以及被引申使用的大量医学隐喻中能感受到异常多元的思想内容，在这一时期的生命科学及其他相关学科里也存在着思维的对立与竞争。以生

---

① 转引自孙秀昌：《生存·密码·超越——祈向超越之维的雅斯贝斯生存美学》，270页，北京，人民出版社，2010。

化实验为根本研究方法的现代生命科学对待人体就像对待可被分解、被观察和被测量的机器，实验室成了认识人体与生命的主要场所，追求数量化与客观化的实验原则被确立为科学性的标志，并被扩展到心理学研究领域。人的生理和心理过程甚至都能被以曲线的形式记录下来，如体温和血压测量的大范围应用以及心电图测量仪的发明。尼采就曾揶揄道："人们可以用测力计测量丑的效应。"[1]

然而，对人体以及作为生命现象的疾病的机械论和决定论的解释也受到了质疑和反思。是否人的身体乃至精神完全像一台机器，可以被实验、被分解、被量化，直至找出导致机器运转不良的客观原因和受损零件？这一时期，在生理学内部就有着不同的声音。一方面，由歌德所倡导的视生命形式为有机系统的形态学被纳入现代生命科学，生物体的构型与整体性也同样被重视，细胞学、组织学和胚胎学仍在发展。另一方面，在形态学研究影响下诞生的细胞病理学等新学说中也包含着对生命独特性的理解。例如，"在德国医学浪漫主义阴影下长大的"[2]菲尔绍从细胞即细节入手探索人体与疾病的关系，开创了现代病理学，并自我标榜为机械地分析自然

---

[1] 转引自 Sabine Haupt/Stefan Bodo Würffel（Hg.）：*Handbuch Fin de Siècle*. a. a. O.，S. 696.

[2] Erwin Heinz Ackerknecht：*Rudolf Virchow：Arzt，Politiker，Anthropologe*. a. a. O.，S. 45.

的一代人，但他也认为细胞是机体的单位，机体是细胞的集合。任何生命现象皆表现在细胞之中，细胞被视作一个个更小的生命单位。从某种意义上看，他虽将分析细化到人体细胞层面，但又保留了对生命过程的独立性与实体性的承认，并未进一步用理化实验对生命过程进行分解性探究。一个个细胞对于他而言就是一个个活动着的具有主动性的人，他最终发展成为新活力论者。

活力论本源自古希腊亚里士多德的灵魂说，到了 19 世纪后半叶日渐式微，逐渐让位于机械论。新活力论则自 19 世纪 80 年代起昙花一现式地流行于一大批生物学家和医学家的学者圈子当中，他们相信生命体的特殊性，并赋予了它们无机世界里不存在的某种自主的力量。这其中最有名的便是生物学家及自然哲学家杜里舒（Hans Driesch）。他于 1891 年所做的海胆卵发育实验成为其理论的出发点。他将海胆卵第一次分裂后的两个分裂球分开培养后，发现每个分裂球都能发育成完整而相对较小的胚胎。在当时的条件下，这一结果无法用机械的因果关系及物理化学理论做出解释，因此他反对胚胎发育的机械论观点，认为卵作为一个和谐的、具有潜能的系统，其中隐藏着一种能调节生物发育的精神实体，即"活力"，以保持胚胎的完整性并使机体具有自修复和再生的能力。[1]

---

[1] 参见陈勃杭：《生物学中的"活力论"为何消失了？》，载《中国社会科学报》，2015-09-22。

虽然杜里舒的解释伴随着生物学中的新活力论这股潮流在 1900 年后很快被新的研究成果推翻，但这一现象生动地反映出"世纪末"时期人们对于生命理解的多样化。

当时，不仅自然科学内部出现了不同的声音，在人文学科领域也兴起了一股关注生命的热潮。德国哲学在 19 世纪下半叶到 20 世纪初的一个突出特点便是"哲学之思从抽象的概念领域一下子转向了生命、生存、生活"①。哲学家开始关注人的生命价值和意义，通过肯定人的生命价值来冲决理性绝对主义哲学观念，并与科学主义和技术思维对人的沉闷解释相竞争。"以前，'自然'或者'精神'曾是反对理性主义和唯物主义的战斗口号；现在，'生命'的概念具有同样的功能。"②

与古典哲学严苛的身心二分法相背离的是 19 世纪中后期起开始流行的生命哲学（Lebensphilosophie）③。叔本华的生命意志论及尼采对其进行的传承与改造奠定了它的基础。尼采的口号是：一切从身体出发！他"既敌视基督教，又对启蒙不屑一顾：这两种貌似对立的哲学，不是表现出对身体的压制，就是表现出对身体的反感"④。他认为，作为权力意志的身体是生命的唯一居

---

① 刘小枫：《诗化哲学》，131 页，济南，山东文艺出版社，1986。
② ［德］吕迪格尔·萨弗兰斯基：《荣耀与丑闻：反思德国浪漫主义》，卫茂平译，330 页，上海，上海人民出版社，2014。
③ 此处特指狭义的唯心主义生命哲学。
④ 汪民安、陈永国：《身体转向》，载《外国文学》，2004(1)。

所，是一切行动的凭据和基础，万事万物都要接受它的检测。尼采反对灵魂的总体性、理性的齐一性，试图砸掉一切身体的锁链，用充满激情的肉体及其无限的生命意志去替换"我思"的核心地位。①

此时，哲学对身体的发扬，虽然是西方哲学历史进程中反抗身心二元论倾向的一个发展结果，但从具体的时代背景来看，也是对日新月异的生理学发展的回应。哲学也要参与关于身体和生命问题的讨论，并试图以另一种路径为生命赋予存在的意义，而不是解释其内在的构造和运行法则。也正因此，狄尔泰以体验和理解作为人文科学有别于自然科学的准则，指出生命才是人文科学的出发点。生命的意义不能仅仅被表述为完全的逻辑判断，而要通过来自内在生命的多种表达才得以表现。"狄尔泰提出更高级的理解形式，就是从生命表达出发，追溯这些表达的生命整体性脉络。"②也就是说，理解生命不是说明生命的"事实"，而是领悟生命的"意义"。这一点，是哲学家们对现代科学生命解释的批判性补充，也是他们在时代的生命大讨论中找回话语领地的尝试。

1900年前后生命哲学的集大成者是法国哲学家柏格森（Henri Bergson）。他"一方面汲取了叔本华与尼采等人

---

① 参见吴华眉：《西方哲学身体观的嬗变及启示》，载《山东科技大学学报（社会科学版）》，2015(5)。
② 李岩、陈静：《狄尔泰历史主义的生命解释学》，载《理论月刊》，2007(3)。

的思想精髓，将'生命意志'发展为'生命冲动'，然后用一个具有生命哲学特色的概念——'绵延'来说明它……"①柏格森强调，世界的本质在于以生命冲动为基础的绵延。绵延是有机生命体独有的前进与创造之路，作为一种生命化的时间，绵延是一个整体，不可分割为因果关系的小单位，绵延与进化都是偶然的。因此，绵延、人的未来及生命领域都是不可预知的，而把握生命冲动与绵延需要运用直觉与审美。

　　生命哲学深刻地影响了之后雅斯贝尔斯等人的生存哲学(Existenzphilosophie)②，也是这一时期广义上有关疾病、身体与生命的话语组成部分，它与同时期的生物学、生理学和医学发展以及文学中大量的疾病书写一道，反映了"世纪末"时期人们对身体的关注。哲学话语虽然并未直接论述疾病这一现象及具体的病理学问题，但在其反理性主义及反科学主义的基调下，疾病自然有着与在其他话语里完全不同的意义内涵。在这样的生命观照下，疾病作为一种人类现象在物理化学层面的病因与原理并不是最重要的，它的存在意义才是关键。疾病的生成与爆发更多是长期被压制和被分离的身体彰显自身的过程，它的源头是作为生命活力的本能与冲动，它

① 朱鹏飞：《"绵延"说与柏格森生命哲学的兴衰》，载《西南民族大学学报(人文社会科学版)》，2005(9)。
② 参见[德]维尔纳·叔斯勒：《雅斯贝尔斯》，鲁路译，89～110页，北京，中国人民大学出版社，2008。

既是通往个体的有限性甚至毁灭的通道，又是生命整体绵延中的一环，孕育着前进与创造的偶然与可能。上一章中已经具体指出，叔本华曾强调疾病是人生痛苦本质的体现，但它又能激起人的强烈的自我意识；尼采认为健康与疾病都是生命的基本存在形态，而疾病尤其能激发强者的生存意志。"世纪末"文学里繁荣的疾病书写中有很大一部分正是将这样的疾病体验与理解美学化了，为现代医学解释下的疾病概念补充了生存意义上的维度。

五、"世纪末"文学中的疾病书写

疾病成为文学题材，被作家以文学的方式进行处理，与作家所处的时代往往有很大关联。[①] 他们通常不描写只有专家才了解的罕见疾病，而更愿意描写当时相对为人所熟知的疾病。以西方文学作品为例，前文中提到的《可怜的亨利希》的创作显然与麻风病曾在中世纪流行有关。类似的例子还有，中世纪晚期鼠疫的爆发成为《十日谈》的创作背景，19 世纪"不治之症"肺结核的普遍发生造就了艾菲这样的患病的文学形象[②]。精神困扰和当时打着神经系统疾病旗号的精神疾病之所以成为"世

---

① 参见［美］亨利·欧内斯特·西格里斯特：《疾病的文化史》，167 页。
② 艾菲是冯塔纳(Theodor Fontane)同名小说（*Effi Briest*，1895）中的女主人公，医生认为她的体质是所谓痨病体质，暗示了她最后死于肺结核。

纪末"文学中常见的疾病形象，与这一类健康问题在此期间被大量研究以及现代都市里的人们开始普遍感受到精神危机与生存障碍有关。

同时，某些疾病在当时的神秘程度也决定着它们能否激发文学界对它们产生兴趣。也就是说，当现实中医学对一种病无法做出令人信服的解释，或者科学解释还未在普通人群中得到广泛传播，或者医疗手段还不太奏效时，人们便会在日常及艺术中以想象的形式来解释这种病的病因、病程、疗法和结果，同时还会从隐喻化这一思维惯性出发，赋予这种病以道德、宗教、伦理甚至政治上的意义。

以肺结核为例，在 1882 年德国生理学家科赫（Robert Koch）发现肺结核其实是由结核菌所引发的之前，包括医学家在内，人们一直相信它在本质上就是病态的肿胀、消耗身体的肿瘤。从词源上看，来自拉丁语的肺结核（Tuberkulose）最初的意思就是肿块、突起或瘤子，而文学领域中它的各种解释就更多了。它既被理解为是由人的敏感、消沉和缺乏生命活力所导致的病，也被浪漫派视为能提升精神、升华情感的病。1882 年之后，虽然人们逐步了解到了肺结核的真正病因，并通过改善卫生条件及运用卡介苗作为预防手段降低了患病率，但很长一段时间里并没有发现更有效的治疗手段，患者的死亡率依然居高不下。因此，这种病仍旧活跃在日常话语及文学世界的隐喻里。直到 1944 年链霉素及其他药物陆续被发明之后，人类终于找到了治愈肺结核的有效手段，它才变得不再那么普遍和可怕，文学中对它的表现也就不再像之前那样流行。在"世纪末"及随后的二三十年间，肺结核作为一种疾病仍时常出现在西方艺术世界里①，便是其曾经的神秘感的最后遗存。与此同时，对精神疾病的研究与认识还处在起步阶段，不管是从19世纪中期起的神经或遗传角度，还是从后来以弗洛伊德为代表的精神和人格角度，都未能很好地解释病因并提供诊疗。因此，"世纪末"文学对疯狂行为、神经官能症、精神分裂症、歇斯底里症等精神症状或所谓神经系统疾病的表现也就较为突出。②

还有一点值得注意，正如医学史学家西格里斯特（Henry Ernest Sigerist）所说的："一段给定时期的主流疾病与这一时期的一般特性及风格之间，存在着某种关

---

① 如1894年施尼茨勒中篇小说《死》(*Sterben*)中的男主人公费利克斯，1896年普契尼歌剧《波西米亚人》(*La Bohème*)中的女主角咪咪，1898年挪威作家哈姆森(Knut Hamsun)的小说《维多利亚》(*Victoria*)中的同名女主人公，1906年出版的冯塔纳的长篇小说《玛蒂尔德·墨琳》(*Mathilde Möhring*)中的男主人公格罗斯曼，1917年德国作家克拉本特(Klabund)的小说《病》(*Die Krankheit*)中的男主人公许威斯特，1924年托马斯·曼的长篇小说《魔山》中的卡斯托普。

② 除了本书下面几章要涉及的托马斯·曼早期作品中的神经系统及精神疾病，奥地利的作家在当时维也纳的独特氛围及弗洛伊德精神分析学说的影响下尤其擅长描写此类问题，如穆齐尔在《托儿雷斯》(*Die Verwirrungen des Zöglings Törleß*, 1906)中对青少年施虐与受虐的表现，霍夫曼斯塔尔在长篇断片小说《安德烈亚斯》(*Andreas oder Die Vereinigten*，1912)中对精神分裂症的表现。

联。"①中世纪是一段集体主义时期，因此麻风病和鼠疫这两类在整个群体之中传播的疾病成为当时主要的表现对象。而18、19世纪时，阶级和地理的界限不断被打破，财富和爵位不再世袭，新趣味也就有了标榜优雅和显示阶级属性的功能。肺结核容易使得患者脸色苍白、身体瘦弱，连同美化它、使它浪漫化的新观念一起，在追求个性的时代成为对抗暴发户和庸俗趣味的手段。②

疾病与时代的隐隐的关联甚至催生了"时代病"这一概念。医学文本追求构建疾病的超时代性，而文学文本恰好热衷于和善于为疾病赋予时代意义，即为何某些疾病在某一时期或某一地点大量涌现，这反映着怎样的时代心理、有着怎样的生理学层面之外的文化原因。因此，某些疾病在某一时期的大规模的文学化表现能反映出其所处时代文化语境的症候。谈论文学中的时代性时，有必要区分"患有某种疾病"（Haben einer Krankheit）和"知道患有某种疾病"（Wissen darum, dass jemand eine Krankheit hat）③两个层面，其中的第二个层面指向的是疾病是被阐释出来的身心受损状态，而这种被阐释出来的东西又有其自身的历史发展过程，正是疾病知识对阐

①　[美]亨利·欧内斯特·西格里斯特：《疾病的文化史》，172页。
②　参见[美]苏珊·桑塔格：《疾病的隐喻》，40～41页。
③　Frank Degler/Christian Kohlross：Einleitung："Epochenkrankheiten in der Literatur". In: dies. (Hg.): *Epochen/Krankheiten: Konstellationen von Literatur und Pathologie*. St. Ingbert: Röhrig Universitätsverlag 2006, S. 15-20, hier S. 18.

释行为的需求使得时代病成为可能。反过来说，时代精神会选择以某些疾病话语来显露自身。时代病现象还有一个前提是"同时代的人能观察、感知、评定并宣称其所在的时代与之前的时代相比有或好或坏的差别"①。17世纪之前的人没有这种时代意识，因此也就没有时代病。自17世纪开始，忧郁、昏厥、肺结核、遗传与退化、神经衰弱和神经质、癌症、过敏与皮肤病、饮食障碍、艾滋病、注意力缺陷综合征、阿兹海默病、抑郁症等相继在某种程度上成为时代病，与当时时代的某些特质形成了呼应。尤其到了现当代，与生活方式息息相关的疾病尤其能够引发人的共鸣，这反映出，疾病既是现代社会与文明的他者和手下败将，同时又是现代生活方式的产物和伴随者。②

　　"世纪末"文学在很大程度上"是死亡与疾病的文学：没落总是作为一种生理过程与心理过程而为人们所体验的"③。这一过程便是时代危机的症状。有些作品以家族没落为象征表达人们对生存与种族延续的忧虑，并积极

---

① Jochen Hörisch："Epochen/Krankheiten. Das pathognostische Wissen der Literatur". In：Frank Degler/Christian Kohlross（Hg.）：*Epochen/Krankheiten：Konstellationen von Literatur und Pathologie.* a. a. O.，S. 21-44，hier S. 26f.

② 参见刘冬瑶：《疾病的诗学化与文学的"病态化"——以本恩、卡夫卡、迪伦马特和贝恩哈特为例》，33～34页。

③ Sabine Haupt/Stefan Bodo Würffel（Hg.）：*Handbuch Fin de Siècle.* a. a. O.，S. 351.

运用当时医学的遗传与退化理论话语。魏甘特（Wilhelm
Weigant）的自然主义戏剧《父亲》（*Der Vater*，1894）里的
主人公陷入了对于家族成员生理退化的怀疑中，他为儿
子身体的病弱深感自责。医生则解释说，他儿子身体的
病弱是由于父母双方血缘太近。最后，主人公仍旧自责
不已，杀死了自己的儿子，并自杀。

　　另一些作品则跳脱出了当时时髦的医学话语框架，
以具有艺术家气质的个体的生存体验反复凸显生命意志
的对立面，即"对生活的无能为力"①。也就是说，谁若
洞察了生命的奥义，在现实中反而无力生活，进而会患
上各种各样的疾病。与漂泊或孤独相关的患病状态成了
同时代人生存状态的代喻，患者内心的细腻乃至精神的
混乱则是时代精神的矛盾与动荡特质的投射。里尔克的
作品《马尔特手记》（*Die Aufzeichnungen des Malte
Laurids Brigge*，1910）里身为贵族后裔的青年诗人马尔
特正是在理想与现实的矛盾中在异乡巴黎漂泊并患病
的，他从小时候患病起就产生的强烈的恐惧既针对疾病
与死亡，也针对生存本身，即对沦为"被逐出社会主流
之外的'局外人'"的恐惧②。他被医生安排去萨尔佩特利

----

① Helmut Koopmann：*Deutsche Literaturtheorien zwischen 1880 und
1920：eine Einführung*. Darmstadt：WBG 1997，S. 18.
② 唐弦韵：《观看与回忆——里尔克小说〈马尔特手记〉中的身份认同问
题析论》，载《外国文学》，2013(6)。

埃医院①诊疗的过程"第一次证明了这样一个事实，即我
跟无家可归的流浪汉是一类人"②。与此同时，疾病及对
疾病的恐惧在使得马尔特精神敏感并产生神秘直觉的同
时，也导致主人公失去了对于现实的把握，令其感受到
时间的加速。疾病在这里呼应了人们对于那个危机重重
的时代的感受，批判了现代的城市空间，呈现了个体与
社会的冲突；同时，也体现了个体无安全感的生存状
态，记录了自我的消解过程：

> 现在来谈谈这种病，这种经常以令人琢磨不透
> 的方式降临到我身上来的病。我可以肯定，他们过
> 于低估了这种病的重要性，正如他们过分夸大了其
> 他疾病的重要性一样。这种疾病没有特别的症状，
> 它落到谁的头上，谁的特性就会变成它的症状。它
> 以梦游症患者的熟练经验，把每个患者生活中的好
> 像早已过去的、最深层次的危险挖掘出来，再次摆
> 在他面前，离他非常之近，情形非常之紧迫。③

除此之外，"世纪末"文学作品里常常通过疾病现象

① 巴黎一家极为著名和古老的医院，收容老年妇女、精神病患者、乞
丐、妓女等。
② ［奥］里尔克：《马尔特手记》，曹元勇译，65 页，上海，上海文艺出
版社，2007。
③ ［奥］里尔克：《马尔特手记》，71～73 页。

预演某种个体生命中可能发生的灾难情景，展现个体与
集体危机的终极爆发。同时，这种爆发也可被视作那个
时代对于末日降临的恐惧情绪的宣泄。施尼茨勒的小说
《死》(Sterben，1894)中的男主人公费利克斯被医生宣判
了死刑，女友玛丽决心"和他一起迎接死亡的来临，品
尝数月之久的恐惧的滋味"①。虽然作品的重点是展现人
物在极端状态下的心理变化，但小说中对于由疾病所导
致的一种倒计时感，以及在结尾处男主人公咯血而亡的
激烈场面的表现，仍然可以被视为是与时代性的忧虑相
契合的。类似地，霍夫曼斯塔尔的《提香之死》(Der Tod
des Tizian，1892/1901)借 16 世纪威尼斯爆发的大瘟疫
表现了一个时代的结束，及个体"生存状态的重大转折
和断裂"②，同样也透露出"世纪末"时期的危机。

综上所述，在充满变革与危机的时代背景下，各领
域对疾病及其相关负面生命体验的关切都反映出时代的
焦虑。同时，热烈的讨论发生在不同场域，各种声音中
包含着不同的立场，及其所提供的解释与意义也相互交
织、对立，这也体现着"世纪末"时期人们思维的活跃程
度与文化知识的异质性。在这样一种文化语境下生成的
疾病书写，或者说本身就参与了这一文化行为的疾病文

① 韩瑞祥选编：《施尼茨勒作品集：全 3 册》第 1 册，30 页，北京，人民
文学出版社，2016。
② 杨劲：《深沉隐藏在表面：霍夫曼斯塔尔的文学世界》，54 页，北京，
北京师范大学出版社，2015。

学话语，在很大程度上也带有上述各种声音及其相互关系的痕迹。"1900 年的前后各十多年时间是把握整个 20 世纪上半叶德语文学现代性转型的阿基米德支点"①，"世纪末"文学中的疾病书写中也蕴含着不少指向未来的思考，开拓了关于疾病和生命的理解方式。下面几章将以"世纪末"疾病书写的重要代表托马斯·曼早期作品中的疾病表现为例，详细阐释其中对疾病、身体、生命及生活的思考，具体呈现他的疾病书写与当时语境中疾病话语之间的互动关系。

---

① 吴勇立：《青年穆齐尔创作思想研究》，21 页。

第三章 疾病与生命体验的反讽

——若干早期中短篇小说

　　1901 年出版的《布登勃洛克一家》奠定了托马斯·曼的成名与成功。在这之前，他的作品主要是一些中短篇小说，而在这 12 篇中短篇小说中竟有 7 篇包含疾病母题，且它们对于理解作品都具有相当大的意义。从这一点便看得出来，托马斯·曼在文学创作的初期便已对疾病作为一种人类学与文化现象十分关注。不仅如此，这些作品中的主人公所患的疾病绝大部分都不是可以旋即康复的小病痛，它们要么是身体畸形和不治之症等伴随主人公一生的严重障碍，要么是心脏病和猝死等最终导致主人公死亡的残酷病症。可以说，曼氏作品中的疾病话语从一开始便具有某种存在主义特性，它们不是生活的插曲，而是常态，也不是可以轻易克服的挑战，而是人的宿命。

　　这种对疾病的"凝视"在一定程度上反映出"1900 年前后文学里几乎所有的人物形象都与现实生活保持着一

种时刻反思的关系"①。同时，疾病在文学作品中的大量表现也与 19 世纪中叶之后生理学等学科的兴起不无关系。一方面，对生命机能的新解释吸引了包括自然主义作家在内的众多文人参与观察、描写及思考，因为"它所有的问题最终都会通向哲学的领域"②。另一方面，生理学对疾病所做的解释也使得作家们逐步摆脱了传统疾病叙事中的道德主义，进而他们意识到，疾病是中性的存在，或者说在绝对健康与绝对疾病之间的中性地带才是人的普遍的存在状态。在这一点上，古希腊体液说医学对介于健康与疾病之间的中间状态的理解被重新激活。此外，从"世纪末"开始，疾病书写也成为现代派文学翻转某些既定规范的手段③。例如，对以健康与病态为代表的各种二元对立的打破，在生命与生活的复杂、矛盾与多面向中逐步成为新的认识。托马斯·曼正是在这样一种语境中，结合"世纪末"时期颓废派对死亡的着迷和对生存失败体验的玩味，开始大规模地通过疾病来呈现身体与生活的危机常态。本章将以他在《布登勃洛克一家》出版之前的 7 篇中短篇小说为主，再加上两部稍晚几年出版的小篇幅作品，多角度地呈现托马斯·曼

① Helmut Koopmann: *Deutsche Literaturtheorien zwischen 1880 und 1920: eine Einführung*. a. a. O., S. 18.
② ［美］亨利·欧内斯特·西格里斯特：《疾病的文化史》，174 页。
③ 参见 Thomas Anz: *Gesund oder krank? Medizin, Moral und Ästhetik in der deutschen Gegenwartsliteratur*. a. a. O., S. 21.

在创作的最初阶段对疾病与人生的理解。

一、疾病作为生命的常态

小说《追求幸福的意志》(*Der Wille zum Glück*,
1896)描写了叙述者的好友保罗短暂的一生。保罗在慕
尼黑爱上了一位男爵的女儿,然而男爵因为保罗患有严
重的心脏病而拒绝了他的求婚。其后保罗漫游各地,并
在五年后与叙述者在意大利相遇。恰逢此时男爵来信告
知保罗,自己的女儿还在等着他,而保罗自己也已改变
主意不想继续漫游。于是保罗动身返回慕尼黑成婚。却
不想在新婚之夜后他便病发身亡。叙述者对保罗之死做
了这样的解释:"当他追求幸福的意志已经圆满实现之
后,他的死去则是必然的。"(38)①

这种解释以及标题对"意志"的强调令人不难想到叔
本华和尼采的意志学说。在叔本华的学说里,生命意志
(Wille zum Leben)是世界的本体,其本质是挣扎,"它
没有目的、没有满足,欲望的暂时的满足也会立刻导致
空虚无聊,导致进一步的欲望和挣扎,因为欲壑难填。

---

① [德]托马斯·曼:《托马斯·曼中短篇小说选——死于威尼斯》,宁
瑛、关惠文等译,38 页,北京,燕山出版社,2006。本章中对托马
斯·曼中短篇小说文本的引用均出自此文献,以下只在引文后标明引
文出处页码。

所以人生在本质上就是无休止的痛苦"①。先天性心脏病
这一终身的生理障碍将保罗生命的痛苦本质具象化了，
正是这一具体的疾病导致了他长期的肉体折磨、社会弱
势及精神重压，又为他作为画家（艺术家）的漂泊感与孤
独感增加了底色。整个故事仿佛都是从他的疾病导引出
来的，这也正好契合了 19 世纪兴起的生命哲学对于身
体性的强调。有研究者指出，托马斯·曼在创作这部小
说的准备阶段里阅读了布尔热的《现代爱情生理学》
（1891），这部小说也是刚刚开始文学创作的托马斯·曼
想跻身现代派作家之列的一次努力。②

　　保罗无可避免地受制于自己强烈的生命意志，"这
位病人的自私的本能，煽起了他心中对爱情和健康的强
烈欲望，就是这种强烈的欲望又使两者在他身上得到谐
和、统一"（33）。这两者之所以相连，是因为叔本华强
调生命意志的积极意义在于对生命（健康）与繁殖（情欲）
的不懈追求。也正因此，在他追求爱情受挫时，他选择
在外漂泊，等待一个人静静地死去，而此时他对爱情的
惦念反而又留住了他的生命：

　　　　我相信，今年里面我已经是千百次地同死亡面

---

① 　邓晓芒、赵林：《西方哲学史》，280 页，北京，高等教育出版社，
2009。

② 　参见 Hans Rudolf Vaget：*Thomas Mann Kommentar zu sämtlichen
Erzählungen*. München：Winkler 1984，S. 62.

面相觑过。但是我还没有死。有一种东西留住我，
我赶紧起来，我想起了一件什么事情，我记住了一
句话，这句话我给我自己重复了不下二十次！同时
我的两只眼睛还贪婪地从我周围吮吸着一切光明和
生命的力量。……(35～36)

　　保罗的生命意志一旦被重新燃起，在收到男爵来信
后，他便迅速返回慕尼黑，去满足他的情欲，并实现他
潜意识里与健康市民结合的企图。新婚夜之后他即发病
而死，按照叙述者的解释，这再次凸显了生命的痛苦本
质，即"满足（最初）的欲求便意味着死亡"①，人的存在
始终要以欲求不被满足的痛苦感为前提。有意思的是，
作为具体疾病的先天性心脏病在这种特定场合致人死去
的原因，在这部作品里被作家以叔本华式的悲观主义诗
学化了，完全背离了此病的病理学原理。但反过来说，
选择这一疾病意象又是相当精妙的，因为在情欲满足的
高潮时它很可能令人失去生命的这一特征，十分符合叔
本华将性欲视为生命意志最强烈表现的构想。
　　叔本华还曾提出将禁欲作为消解意志的解脱之道。
保罗或许在求婚被拒之后意识到了生命的痛苦本质，便
以禁欲式的漂泊作为寻求内心安宁的方式，也就是他口

---

① 　Andreas Blödorn/Friedhelm Marx（Hg.）：*Thomas Mann Handbuch. Leben‐Werk‐Wirkung*. a. a. O.，S. 91.

中所说的"麻醉剂"(33)。而这类人也是托马斯·曼早期作品中反复出现的"患病的、优雅的、内心感受着危机的人……渴望达到无欲无求的状态"①。但这种尝试显然是不成功的，他并未真正断念，做到彻底的"敬而远之"(27)。正如上文所述，他对爱情(情欲)的惦念与对生命意志的自觉反扑而来又将他拉回现实世界，迎接他的却是突然的死亡，而且并不是叔本华心目中设想的无欲无求状态下解脱性的死。

叙述者在小说的最后一段尝试针对保罗的行为进行反思。然而，他在保罗新婚妻子的脸上似乎找到了答案："她站在他的棺材的前头，从她的脸上我又看出了在他脸上曾经出现过的那种坚定、肃穆和获取胜利后的庄严神情。"(38)可以说，小说里的所谓"追求幸福的意志"更接近于尼采的权力意志(Wille zur Macht)，因为小说的结局也表现了一个从禁欲理想中醒悟，回头直面欲望、奋勇向前的强者形象，体现着尼采对叔本华禁欲主义的拒绝。当然，保罗的死以及文字中对那种胜利感的反讽语气，也透露出托马斯·曼对于权力意志能否真正实现持保留态度。

托马斯·曼最迟应在不晚于 1896 年阅读了尼采《论

---

① Wolf Wucherpfennig: "Die Enttäuschung am Leben, die Kunst, die Macht und der Tod. Thomas Manns Frühe Erzählungen". In: Ortrud Gutjahr (Hg.): *Thomas Mann*. Würzburg: Königshausen & Neumann 2012, S. 119-141, hier S. 129.

道德的谱系》中的第三章"禁欲主义理想意味着什么？"。①
受尼采对叔本华的介绍与批判的影响，托马斯·曼一方
面接受了叔本华对生命意志的强调与对人生苦痛本质的
领悟，另一方面也深刻反思了叔本华那"极其彻底的经
验二元性和分裂状态"②，同时还肯定了尼采对禁欲主义
的质疑。自此以后，托马斯·曼几乎所有的作品里都有
这样一个基本母题："破坏一切和毁灭一切的力量突袭
充满克制的、希望以此获取尊严和有限幸福的生活。"③

　　可以说，生理障碍是保罗这类人的悲剧人生的关键
原因，人们更应透过它看到人身上具有某种普遍性的东
西。尼采认为这种叫作病的东西是"人的存在所固有的
任务"④。谁若是承受不住这种东西，它就会在他们身上
转化为厌倦生命、活力衰退和渴望终结后的颓废，这样
的人是患病的现代人中的病人，"是对健康人的最大威
胁。强者的灾难并非来源于最强者，而是来源于最弱
者"⑤。同时，对于他所推崇的健康人和超人而言，这种

① 参见 Herbert Lehnert：*Thomas Mann. Fiktion，Mythos，Religion.*
Stuttgart：Kohlhammer 1965，S. 231。

② ［德］托马斯·曼：《论叔本华》，见《多难而伟大的十九世纪》，朱雁冰
译，160 页，杭州，浙江大学出版社，2013。

③ ［德］托马斯·曼：《关于我自己》，见《托马斯·曼散文》，黄燎宇等
译，235 页，北京，人民文学出版社，2014。

④ Fernand Hoffmann：*Thomas Mann als Philosoph der Krankheit. Versuch einer systematischen Darstellung seiner Wertphilosophie des Bionegativen.* a. a. O.，S. 150.

⑤ ［德］尼采：《论道德的谱系》，周红译，98 页，北京，生活·读书·
新知三联书店，1992。

东西反而又是积极的，因为它可以像兴奋剂一般，激起强者的权力意志，从而达到天才与健康的高峰。疾病的普遍存在与其正面效果的相对性和条件性是尼采疾病观的核心，正如托马斯·曼也一再强调的："病只是一种形于外的东西，关键在于这种形式与什么相联系、以什么充实自己。"①保罗的疾病既隐喻了决定每个人生命痛苦的先天局限，又激发了一个艺术家在权力意志支配下去超越局限、追求健康，尽管这种努力也会带来悲剧性的结局。②

　　以叔本华和尼采的生命哲学阐释曼氏作品事实上已是研究托马斯·曼的经典模式，对本章第一部作品，同时也是曼氏疾病文学里最早的一个作品，进行哲学视角下的分析，意在展示与强调曼氏早期创作中的疾病话语始终是与关于身体、生命与生活的讨论相联系的，而通过作品内容与生命哲学的紧密关联，我们还可以看到，此时托马斯·曼对疾病的关注与表现又是在整个 19 世纪向 20 世纪过渡的时期内哲学和美学转向生命与身体的趋势下进行的。参与或促进这种转向的也包括自然科

---

① ［德］托马斯·曼：《从我们的体验看尼采哲学》，见《托马斯·曼散文》，290 页。
② 参见 Benjamin Biebuyck："Ironice verheiratet? Thomas Manns frühe Novelle 'Der Wille zum Glück' als eine narrative Konkretisierung von Nietzsches 'Zur Genealogie der Moral'". In: Martine Benoit/Carola Hähnel-Mesnard (Hg.): *Thomas Mann au tournant du siècle. Germanica 60*. Lille: Université Charles-de-Gaulle 2017, S. 47-65.

学里对身体的认知的增加以及社会层面的危机感与快节奏引发的自我关注。《追求幸福的意志》见证了这种正视身体、肯定生命的新思潮的勃发，同时也演绎了对健康和疾病的新理解，传达了"疾病与健康，都是生命的一部分"①的观点。

1896 年，托马斯·曼为参加一个有奖征文比赛而创作了小说《死》（*Der Tod*）。它以日记的形式记录了一位 40 岁的伯爵及其女儿在临死前的生活片段。伯爵从年轻时代起就坚信一则预言，即他将在自己 40 岁这年的 10 月 12 日死去。小说中的 15 则节选日记便从这一年的 9 月 10 日起断断续续地记录到 10 月 11 日，即伯爵认定的自己的死期的前一日。在这些日记里，意志消沉、思绪纷乱的伯爵不断地思考着有关死亡的种种。他 12 岁的女儿竟然在 11 日这天晚上死去。小说没有明确交代她真实的死因，但不免令人猜测是伯爵杀死了自己的女儿。伯爵自己最终是否如预言中所说在 10 月 12 日那天死去，小说并未透露。这部作品被认为是在"世纪末"潮流中托马斯·曼着迷于尼采哲学及颓废美学的表现②，

① 朱彦明：《尼采：疾病、健康与哲学创造》，载《中国社会科学报》，2015-08-25。

② 参见 Hans Rudolf Vaget：“Die Erzählungen”. In：Helmut Koopmann（Hg.）：*Thomas Mann Handbuch*，3. aktualisierte Aufl. Stuttgart：Kröner 2001，S. 546-552，hier S. 547.

同时也是作家集中思考和表现死亡的一部作品①。

　　小说的关键在于为伯爵设置了一个明确的死亡日期，有着"世纪末"文学里流行的末日来临与倒计时的意象。伯爵在这两个月以及近 20 年的时间里都在向死而生，并且平日里折磨他的似乎正是世纪之交时期的时代病——神经衰弱："我也不能多读书，因为这会儿我所有的神经都在折磨着我"（45），"我的头脑很衰弱，我只能一心想着：死亡，死亡！"（46）而日记片段里主观性极强的自述则令人很难判断，到底是死亡期限的逼近令伯爵愈发神经衰弱，还是他由于神经衰弱愈发严重以至于深陷抑郁症与厌世情绪之中，甚至产生了对死期的幻觉。因此，在世的病与离世的死之因果关系被模糊，小说制造出一种生死交叠的意味，令人不禁感叹生命不过是死亡的症状，死亡不过是生活的本质，疾病是一种涵盖生死两面性的更为完整的生活体验。这部小说在很大程度上具有针对"为尼采所启发的颓废母题而进行风格训练的功能"②。

　　19 世纪末，在关于颓废、退化和神经系统疾病的讨论中，伯爵这样的形象是极为典型的。他们承受不了越来越大的生活压力和越来越快的生活节奏。例如，工人

① 参见 Hubert Ohl：*Ethos und Spiel*. *Thomas Manns Frühwerk und die Wiener Moderne*. Freiburg im Breisgau：Rombach 1995，S. 63.
② Andreas Blödorn/Friedhelm Marx（Hg.）：*Thomas Mann Handbuch*. *Leben - Werk - Wirkung*. a. a. O.，S. 97.

们装卸货物的声音会"干扰"他，会让他"因为厌恶气得哆嗦"(44)。他们对往昔总是念念不忘："我回想起自己的青年时期，那是安宁的，受到照顾的。"(45)同时，他们时时倍感疲倦与病弱，属于家族里的短命者和退化者，正如这位即将在 40 岁时死去的伯爵，以及较他更为短命的女儿。与此同时，这样的人又有着敏锐的感受能力与某些方面的艺术天赋和追求。伯爵令他的医生觉得他像是个哲学家，他害怕死亡"会有某些世俗的和习惯的因素"(44)，听到死神那枯燥无味和充满市侩习气的话语他会感到失望，死亡被他审美为"这么高雅，充满神秘感的事情"(48)。因此，伯爵所患的或许是在神经衰弱的表象下更为本质的退化症，同时他身上也带有颓废派文学经典《逆流》主人公德塞森特的痕迹。① 在时代背景下，这样一个退化者与局外人，并为艺术与生活冲突所累的形象，象征着现代人身上普遍存在的某些问题——焦虑、悲观、矛盾心理，而一旦他相信死亡正像自然规律般掐着时间逼近，所有的病痛也就成为他生活中无法避免的东西。

另一部小说《衣柜》(*Der Kleiderschrank*，1899)中同样刻画了一种被死亡逼近与笼罩着的生存状态。主人

---

① 参见 Hans Rudolf Vaget：*Thomas Mann Kommentar zu sämtlichen Erzählungen*. a. a. O. , S. 59.

公万德尔·克瓦伦①被医生告知自己"病得不轻，已经是没有几个月活头了"(96)。他本打算从柏林乘火车前往佛罗伦萨，但在中途抵达某个小城时他临时决定下车，并住进市郊一家旅馆。当天晚上，喝了酒的他发现房间衣柜里有一个赤裸的女子，于是他夜夜聆听这位女子讲述她的故事，如痴如醉。小说最后又提醒读者道，谁能确定这所有神奇的经历不是真实的呢。这部作品一方面有着明显的颓废派文学的痕迹，如对死亡和情欲的表现，另一方面也带有当时慕尼黑新浪漫主义的特征，如其中的梦境、神秘和超越时空界限等母题。②

主人公姓氏中的"克瓦伦"在德语里是"苦难"(Qualen)的意思，已有研究者指出，托马斯·曼当时阅读了尼采的《悲剧的诞生》，里面正好有一段引自叔本华的文字，其中提到了"苦难"一词，因此他设计了这个名字：

在某种意义上，叔本华关于藏身在摩耶面纱下面的人所说的，也可适用于日神。《作为意志和表象的世界》第一卷里写道："喧腾的大海横无际涯，翻卷着咆哮的巨浪，舟子坐在船上，托身于一叶扁舟；同样地，孤独的人平静地置身于苦难世界之中，

① 主人公全名为 Albrecht van der Qualen，从名字判断，他应属于贵族。
② 参见 Andreas Blödorn/Friedhelm Marx (Hg.)：*Thomas Mann Handbuch. Leben - Werk - Wirkung*. a. a. O., S. 100.

信赖个体化原理(principium individuationis)。"①

从这个意义上来看，主人公的致命疾病、长途旅行及离奇的遭遇再一次蒙上了叔本华式的悲观主义色彩，成为对于人生痛苦本质的隐喻。这部小说作为"青年托马斯·曼接受这位哲学家(叔本华)思想影响的生动刻画"②，遵循"叔本华的梦游症想象，让万德尔·克瓦伦的自我在时空关系混乱的状态下进入隐秘世界的形而上的真实中去"③。万德尔·克瓦伦被医生宣判患上了不治之症，在世时日不多，恰似其生命早已被死亡设置了期限，让人备感人生的苦短，而他在这最后几个月里的长途旅行和随意停留则象征着人生的漂泊和偶然性。他对世界的看法也是消极的："他常常这样想，世事无常，所有这一切都是虚无缥缈、悬而未决之事。"(96)甚至故事在结尾处说道，可能发生的这一切"都是说不定、拿不准的事情"(101)，这更加说明人生不过是由幻象充斥的虚无。因此，万德尔·克瓦伦所患的未知疾病更像是

① [德]尼采：《悲剧的诞生：尼采美学文选》，周国平译，5 页，北京，生活·读书·新知三联书店，1986。
② André Banuls："Schopenhauer und Nietzsche in Thomas Manns Frühwerk". In：*Études Germaniques* 30（1975），S. 129-147，hier S. 130.
③ Manfred Dierks：*Studien zu Mythos und Psychologie bei Thomas Mann. An Seinem Nachlaß orientierte Untersuchungen zum "Tod in Venedig", zum "Zauberberg" und zur "Joseph" - Tetralogie*. Thomas Mann-Studien 2. Bern/München：Francke 1972，S. 47.

生存无法摆脱的某种痛苦特质，他在死亡之前的游荡象
征着人苦海泛舟式的生存状态。

　　除开这种生命哲学意义上的解读以及对主人公疾病
的抽象阐释，小说还带有隐秘的时代话语印记。小说开
头交代了主人公是在长时间的火车旅行后"从睡梦中醒
来"(95)的，而末尾又说到他也可能"还继续在他的那个
一等车厢里置身梦乡呢"(101)。如果将中间发生的离奇
故事设想为由梦游症一类的病症所引发的幻觉，那么小
说中有关铁路、神经与梦游症的文化话语便浮出水面。
小说第一段将火车停车与神经质的某种症状联系了起
来："……当火车突然停了下来……我们的神经系统中
原来所有的支撑点和节奏感，好像一下子被拿掉了；于
是就觉得特别心烦意乱，怅然若失，有一种被人遗弃的
感觉。"(95)这种关联想象曾在当时很多医学文本中出
现，并显得理所当然：长时间乘坐火车造成肌肉劳损，
进而导致神经衰弱，长时间观看窗外景物也使得人们沉
浸到完全主观的思维活动中，从而导致神经的敏感。①
因此，万德尔·克瓦伦在那具有存在意义的不治之症之
外还潜在地患有一种具体的时代病，即新的技术导致的
生活节奏加快以及由此给人带来的精神困扰，而这种困

---

① 参见 Moritz Baßler：" Literarische und kulturelle Intertextualität in
　　Thomas Manns *Der Kleiderschrank* ". In：Alexander Honold/Niels
　　Werber（Hg.）：*Deconstructing Thomas Mann*. Heidelberg：Winter
　　2012，S. 15-27，hier S. 22.

扰又在当时的医学话语里以神经系统疾病的名义被描绘。他的火车之旅也就象征着世纪之交时期技术、经济和生活的快速现代化，途中所发生的离奇事件则是由这种时代巨变引发的梦游症所激起的错觉、幻象。衣柜里的女子不过是他"内心里第二个自我在梦游中醒来时诉说的一个被称作'那个他'或'那个她'的陌生人的故事"①。此时的疾病不再具有第一个层面上那种不知名疾病的超验性，而是在具体时代语境下带有现代人生存状态的现实性。并且，主人公下车后不断偏离原定路线，从火车站和市中心向着郊区的方向行进，连同文本中的光源从电弧光灯到煤油灯再到蜡烛转变，透露出这种病态行为与体验中还含有逃离现代文明的指向性。

以上三部作品中的疾病描写体现着世纪之交时期的人们对身体生理层面的关注，以及疾病所指向的生理局限在人的生命与存在中的地位。人的带病状态也隐喻着人生的痛苦本质。在年轻的托马斯·曼眼里，生命不过是早已被宣判为要死亡与失败的意志，生活则是苦海泛舟式的漂泊。但托马斯·曼关于疾病的言说又不仅仅是形而上与抽象的，他还是一位记录时代变迁的有心人。他笔下那些颓废与敏感的退化者所患的正是那个时代普遍困扰着人们的各种疾病，其中体现的悲观、混乱与危

① Carl Du Prey：*Philosophie der Mystik*. Leipzig：Ernst Günthers 1885，S. 113.

机感也是其同时代人生存体验的一个重要部分。因此，托马斯·曼早期作品中疾病的存在特质是双重的，一方面是超越时间的，为人生所固有，另一方面是反映时代的，为现代人所特有。

二、疾病状态下弱者的反击

如果说托马斯·曼看到了生理的局限性和生命的残缺是人生的基本属性，身心的疲乏与不适是世纪之交时期人们的普遍感受，那么人们在这种存在状态下会有怎样的反应，尤其是极端反应？托马斯·曼有两部早期作品着重表现了病人情绪的爆发与失控。这些病人不仅要忍受疾病的折磨，他们同时也是社会中的弱者，他们的举动是生存压力下的自我发泄，也是对外界与他人的反击。这一类反击是无意义或无效的，会造成另一场更大的灾难。生命的病、弱、苦、痛引发人的失控与极端化，是托马斯·曼这一时期作品中透露出的一种恐慌。

小说《托比阿斯·敏德尼克尔》（*Tobias Mindernickel*，1898）原名《同情》。小说里，瘦弱、孤独且怯懦的敏德尼克尔常常受到邻人的嘲笑，总是感觉自己缺乏生活的勇气和力量，只是某天在路上帮助一个摔伤的男孩时他才短暂地拥有了某种自信心。后来有一天，他买了一只狗回家。每当小狗活蹦乱跳的时候，他便用冷酷的目光、可怕的语言恫吓它，甚至残忍地殴打它，而当小狗可怜无比地乞求他的呵护时，他又忍不住充满同情地、忧伤地照顾它。最后，在他看到小狗又恢复了活力时，他竟然将刀子刺进小狗的胸膛。在小狗的尸体旁，敏德尼克尔又伤心地痛哭不已。他"杀死小狗的动因在于它的生命力，这似乎表现出这只小狗相较于他这个人的优越性"①。

这部作品没有详细地刻画主人公的疾病，但是通过一系列的细节描写将其纳入了病人的范畴。例如，"他的那副瘦骨嶙峋的身躯都趴在一根拐杖上，好像他的整个身躯都全靠一根拐杖来支撑着似的，只见他拄着拐杖在艰难地一步一步地往上爬着"（86）。他还有着"塌陷的双颊和发炎通红的眼睛"（87）。这种人也是托马斯·曼早年曾多次表现过的"遭遇了大自然给他的后娘待遇"②的特定类型。与常人相比，他们就像是先天残疾的或患有先天性疾病一般而不得不面对生命的局限性的人：

> 仿佛上苍在赋予他生命的时候，没有同时给他同别人一样的镇定，力量，骨气，使他没有足够的能力和胆量去像别人那样昂起头来，挺起胸膛，堂

---

① Jürgen Brokoff："Sozialbiologie und Empathieverzicht. Thomas Manns frühe Novellistik und die Poetik des 'kalten' Erzählens". In：Stefan Börnchen/Georg Mein/Gary Schmidt（Hg.）：*Thomas Mann. Neue kulturwissenschaftliche Lektüren*. Paderborn：Fink 2012，S. 3-16，hier S. 6.

② ［德］托马斯·曼：《关于我自己》，见《托马斯·曼散文》，234 页。

堂正正地去作为一个人，大大方方地生活在自己的
同类中间。(87)

　　敏德尼克尔代表的既是人群中或在生理、或在心
理、或在其他方面处于弱势地位的人，也代表着叔本华
意义上普遍的人生苦痛，甚至有研究者认为这个形象就
是对这位生命哲学家的摹写①。小说在这一基础上，通
过敏德尼克尔与旁人及小狗之间的关系，展现了病弱者
身上某种常见的生存策略，同时也遵循尼采对同情者的
揭露，讽刺了他们"用尽一切手段谋求对生活的报复"②。
　　弱者敏德尼克尔在生活中所承受的委屈只有在帮助
摔倒的小孩，也就是在特定情况下比他更弱小的人时，
才会暂时被消解，他也因此在片刻间获得了这种由权力
假象造成的"坚定和自信的神色"，他原本不健康的眼睛
"也变大了，而且炯炯有神，放射出光芒"(88)。同样，
孤独的他买下小狗也是为了在自己的小天地里能有一个
可以对其施加权力意志的更弱小的对象。而当小狗表现
出的生机和活力仿佛超过了敏德尼克尔本人的生命力，
尤其似乎不再为他所控制时，他便采取各种暴力行为折

---

①　参见 Jonathan Kassner："'Vita Canina'. Der Hund als Allegorie in
　　Thomas Manns Tobias Mindernickel". In：Stefan Börnchen/Georg
　　Mein/Gary Schmidt（Hg.）：*Thomas Mann. Neue kulturwissen-*
　　schaftliche Lektüren. a. a. O.，S. 53-64，hier S. 53f.
②　Andreas Blödorn/Friedhelm Marx（Hg.）：*Thomas Mann Handbuch*.
　　Leben - Werk - Wirkung. a. a. O.，S. 99.

磨这个小生命；当小狗表现出弱小的一面，并且向敏德尼克尔乞求关怀时，他又流露出虚伪的同情和温柔。在这样的来来回回中，暴力不断升级，直至小狗最终被杀死。以这样的方式，弱者敏德尼克尔对其嫉恨的生命所施加的报复达到了顶点。

尼采认为传统基督教伦理里的同情是虚伪的，也是有害的。"同情乃是某种与那些提高生命的活力而使人奋发的冲动相对立的东西。"①因为生命固有其苦痛，事实上的弱者，其生命力已是受损的了。人们在同情他人，也就是比自己更弱小的人时，本质上是为了通过他人的感激来获得自我满足。同时，同情也会导致生命走向颓废与虚无，是对生命的损害。《托比阿斯·敏德尼克尔》以主人公指代不健康的现代人，以他借帮助摔伤的街边小童而获得虚幻的成就感来揭露其同情心的虚伪。小狗作为"无反思的、旺盛的生命的化身"②被主人公又折磨、又怜爱，则反映了弱者对生命力的敌视与损害。

托马斯·曼其他作品中患病的总是有艺术家气质的人，或者说，疾病总能升华人的精神，激发人的艺术天赋。但在这部小说里，病人敏德尼克尔及其病态（弱势）却并无积极意义。世纪之交时期某些价值规范的反转在

① ［德］尼采：《反基督》，73 页。
② Hans Rudolf Vaget：*Thomas Mann Kommentar zu sämtlichen Erzählungen*. a. a. O.，S. 71.

这部作品里不体现在对疾病这一类负面事物的接受与美化上，而体现在尼采对某些既有的德性的揭露和批判上。如果说，托马斯·曼在当时的时代氛围里面对疾病时具有一种极其复杂与矛盾的心态和视角，那么在此被表现的便是托马斯·曼心中的疾病与病人丑恶的一面，或者说是一种不健康的生存策略，即弱者以同情之名发泄心中对生命的怨恨，进而残害生命，最终走向颓废和虚无。敏德尼克尔的生活越来越孤独、极端与恐怖，是托马斯·曼在病弱者身上感受到的某种巨大的威胁，其中也暗含着同时代人对生存危机将以某种极端形式爆发的深深的忧虑，因为托马斯·曼的导师尼采已为时代做出了诊断："现在到处充斥着各种各样的失败的人。"①

与这部小说的主题类似的是小说《通往墓地的路》（*Der Weg zum Friedhof*，1900）。《通往墓地的路》的主题同样围绕"'强大的生命'与'弱小的边缘人'之间的对立"②。嗜酒、失业、丧妻丧子的匹普萨姆在一条通往墓地的步行道上遇到了一个骑自行车的小伙子。在此处骑自行车在匹普萨姆看来是公然的违反交通规则。他极力劝阻，未果，便一个人在那儿叫嚷着咒骂。突然，他倒在地上不省人事，最后被救护车拉走了。

---

① ［德］尼采：《反基督》，73 页。
② Andreas Blödorn/Friedhelm Marx（Hg.）：*Thomas Mann Handbuch．Leben - Werk - Wirkung*．a. a. O.，S. 103.

　　匹普萨姆首先让人想到了自然主义文学作品里常见的酒精依赖症患者形象。小说交代了他是如何因为嗜酒而一步步陷入后来的潦倒和孤独的境地的，同时也极为细致地描写了他"红得出奇，显得反常，而且还长满了许多小疙瘩"(117)的大鼻子，以此来凸显他酒精依赖症的严重程度。其次，主人公的三个孩子相继死去，也暗示了19世纪后半叶医学领域流行的家族遗传与体质退化等话语。这种人在生理上的退化在当时又常常与其行为上的偏离规范、意志上的颓废相关联。因此小说才会说"他在道德品质方面并没有做出丝毫的改善和提高，反而更加彻底地走向了毁灭"(117～118)。匹普萨姆与敏德尼克尔一样，"被刻画为丑陋的退化者的样子，而且是没有任何希望会有子孙后代的人"①，同时他也是社会意义上的失败者与边缘人，他与"生气勃勃"(118)的小伙子相遇后发生的冲突，就像敏德尼克尔与小狗之间的冲突一样，是生理上与生活中的弱者向生命力及生活本身发起的反击。

　　小说中，这条通往墓地的寂静的小路与一条壕沟之隔的车辆频繁往来的公路形成了对比，两者分别象征着疾病、颓废、失败、毁灭与健康、积极、成功、生活。正

---

① Jürgen Brokoff: "Sozialbiologie und Empathieverzicht. Thomas Manns frühe Novellistik und die Poetik des 'kalten' Erzählens". In: Stefan Börnchen/Georg Mein/Gary Schmidt (Hg.): *Thomas Mann. Neue kulturwissenschaftliche Lektüren*. a. a. O., S. 3-16, hier S. 5.

因如此，匹普萨姆这样的病弱者才坚持认为他所走的小道（通往死亡的道路）是步行道，无法容忍生龙活虎的年轻人在小道上骑车。从一定意义上来说，他是在为自己最后的领地进行防卫。匹普萨姆曾经做过抄写员，他后来失业固然有其主观原因，即酗酒，但也不免令人隐隐地怀疑，这或许也是由于世纪之交时期技术革新与生活节奏加快而导致的社会淘汰。年轻人在他去往墓地（死亡）的路上飞快地骑车，这其中的速度（效率）与得意（乐观）深深地刺激了主人公，引发了他绝望的反击。

　　托马斯·曼在这部小作品里似乎在"挑逗"病弱者身上常见的"自我压制"，诱发在他其他作品中多次出现过的情绪爆发及毁灭场景的发生。一直承受痛苦却又坚持不放弃生命的匹普萨姆，其出人意料地发狂与倒地是出于对生活的忍无可忍，也是对健康活力和社会主流的猛烈反击。但反过来说，小伙子所象征的生命与生活也始终要面对疾病、失败、毁灭等的突袭，就像在"这个春光明媚的上午"（117）他不可预期地遭受了一个酒疯子的纠缠。在叙事上，托马斯·曼以一种幽默滑稽的风格使得对立的双方都被相对化了，既不单纯嘲弄匹普萨姆的失常，也不决然控诉主流规范的蛮横。在某种程度上，生活的各种矛盾在这种反讽中达到了暂时的调和。①

---

① Hellmut Haug: *Erkenntnisekel. Zum frühen Werk Thomas Manns*. Tübingen: Niemeyer 1969，S. 106.

三、疾病通往毁灭抑或超越？

如果说《托马斯·敏德尼索尔》与《通往墓地的路》主
要刻画了病人在走向极端后突然情绪爆发的可怕场面，
那么《矮个子先生弗里德曼》和《艰难的时刻》则描绘了未
走向极端或自认为控制得住自我的病人的两种不同结
局。其中反映出的疾病观与对生活的理解也大相径庭，
构成了托马斯·曼青年时期思想的两个极端：毁灭与超
越。这其实也是整个"世纪末"时期文学的核心主题。

小说《矮个子先生弗里德曼》(*Der kleine Herr Friede-
mann*，1897)记录了约翰内斯·弗里德曼短暂的一生。
他出身于小城的上层市民阶层家庭，父亲在其出生前就
已病故。出生后不久，由于保姆的疏忽他跌落在地，身
上留下了永久的残疾，"他鸡胸驼背，胳臂又长得过长，
过瘦"(50)。在学校里，弗里德曼与同学的关系并不融
洽。16岁那年，他暗恋上了一位姑娘。在目睹这位姑娘
和别人相好的情形后，他备受打击，从此开始压抑自己
的内心情感，在宁静的日常生活和艺术享受中寻找所谓
幸福与安宁。在30岁那年，弗里德曼以为自己会平静
地度过余生，正如他的姓氏所暗示的[1]。但是当地新任

① 德语姓氏弗里德曼(Friedemann)一词在字面上由 Friede(和平、宁静)
和 Mann(男人)两个词组成。

军事长官及其夫人的到来打破了主人公的平静生活。弗里德曼陷入对林凌根夫人的爱慕之中难以自拔，最终他在表白被拒后投水自尽。

托马斯·曼本人后来对这部作品评价甚高，视其为自己"在文学道路上的第一次真正意义上的突破"①。作品出版后，《慕尼黑新闻报》上有人如此称赞道："托马斯·曼，这位生活在慕尼黑的作家，以其深刻的观察力崭露头角。他总是偏爱患病的主人公，那些不知在何时、不知在何处'遭受了创伤'的人——驼背的，患肺痨的。这些人连同他们的世界观一起遭遇失败。"②

弗里德曼的残疾同小说《海因里希殿下》中海因里希左手的萎缩具有一样的意义，即以身体的缺陷标志生命的不完美与存在的痛苦本质。相对于一时的病痛，残疾"造成的心理异常是更为恒久和钝重的，它包括'自卑情结'引发的苦闷，离群的背弃感，生存的基本焦虑等，由此有可能产生的如果不是一种自弃、自虐、自伤乃至自杀的倾向，便会是将逆转为一种针对健康、针对社会群体乃至整个世界的敌意与仇视"③。

弗里德曼由于残疾而对生活产生的"敌意与仇视"始于其16岁那年。在心上人与一位健壮的小伙子相好后，

① ［德］托马斯·曼：《关于我自己》，见《托马斯·曼散文》，234页。
② Hans Rudolf Vaget：*Thomas Mann Kommentar zu sämtlichen Erzählungen.* a. a. O.，S. 50.
③ 邹忠民：《疾病与文学》，载《江西社会科学》，2004(12)。

弗里德曼便断定自己作为残疾人（不健康的人）没资格享
受爱情。之后，在音乐、文学和戏剧表演中，在对各种
各样或悲或喜的情感的细细玩味中，"弗里德曼成了一
位审美主义禁欲者，他用艺术享乐升华性欲和病态"①。
尽管他生理上的残疾依旧存在，但在精神上，"这种生
活却充满了平静而又令人感到亲切的幸福，而这种幸福
又恰巧是他自己为自己创造出来的"(52)。30 岁生日时，
弗里德曼满以为自己在与生理缺陷以及命运不幸的斗争
中取得了最终胜利，未来的日子将会平静地到来。

弗里德曼对待生活以及疾病的策略是牺牲欲求，用
理性压制自我，在艺术中寻求情感补偿。人们又一次看
到，叔本华所推崇的禁欲主义作为化解人生苦痛之道被
一个患病的年轻人接受。② 然而，在主人公身上，对禁
欲主义原则的坚持是虚幻与脆弱的。林凌根夫人的出现
立马扰乱了他的安宁，唤起了被他压制的肉欲，使"他
对生活充满了深情的热爱"(62)。

　　她出现了。虽然他也试图保护自己的安宁，可

① Børge Kristiansen: "Die 'Niederlage der Zivilisation' und der 'heu-
lende Triumph der unterdrückten Triebwelt'. Die Erzählung 'Der
kleine Herr Friedemann' als Modell der Anthropologie Thomas
Manns". In: *Orbis Litterarum* 58. 6 (2003), S. 397-451, hier S. 399.

② Werner Frizen: *Zaubertrank der Metaphysik. Quellenkritische
Überlegungen im Umkreis der Schopenhauer-Rezeption Thomas
Manns.* Frankfurt am Main: Lang 1980, S. 47.

是，他心中的一切却都因为她而激动不已。这种感
情是他从青年时代起就在心中极力压抑的，因为他
感觉到，这种感情对他意味着痛苦和毁灭。这种感
情以可怕的，难以抗拒的威力袭扰了他，并且试图
使他走向毁灭！（62）

　　由此可见，禁欲只是一种迫不得已的生存策略，弗
里德曼从未真正放弃对包含感官欲求在内的圆满生活的
向往。"弗里德曼因此而处于一种特殊的尴尬境地之中，
一方面他对生活的渴望被极大地压制，以至于他没有成
为这种形而上的生活强力的牺牲品，但另一方面他又没
有通过叔本华的所谓彻底心死来完全消除这些强力。"①
尼采在《禁欲主义理想意味着什么?》一文中对禁欲主义
原则大加批判，受其思想影响的托马斯·曼便以弗里德
曼的失败来对此进行演示。

　　　禁欲主义理想起源于一种业已败落，但仍在为
　　其生存而殊死搏斗的生命的自我保护和自我拯救的
　　本能。它表明发生了部分生理障碍和心理枯竭。为
　　了反抗这种状况，尚未被触及的最深层的生命本能

---

① Børge Kristiansen："Die 'Niederlage der Zivilisation' und der 'heu-
lende Triumph der unterdrückten Triebwelt'. Die Erzählung 'Der
kleine Herr Friedemann' als Modell der Anthropologie Thomas
Manns". In：*Orbis Litterarum* 58. 6 (2003)，S. 397-451，hier S. 406.

不断地起用新的工具和新的发明，禁欲主义理想就是这样一种新工具。①

在一定程度上，小说是从林凌根夫人的角度来观察与揭示主人公的生存之道的。两人第一次见面时，"林凌根太太注意地打量了他一会儿"（56），之后又多次写到她"神色自若地，仔细地打量着他"（56）。她的洞察与讽刺，令弗里德曼彻底暴露了身体的残疾和内心的空虚：

> "弗里德曼先生，您是什么时候落下残疾的？"她问道，"您一生下来就是这个样子么？"
>
> 他咽了一口唾沫，因为他觉得喉咙好像哽住了。然后，他便低声地，规规矩矩地回答说：
>
> "不是的，夫人。在我很小的时候，我被保姆不小心跌到了地上，于是就落下了残疾。"
>
> "您现在多大岁数了？"她又问道。
>
> "三十岁了，夫人。"
>
> "三十岁了，"她重复道，"在这三十个年头里，您觉得不快乐吧？"
>
> 弗里德曼摇了摇头，嘴唇在颤抖。"不是的，"他说，"说我不快乐那只是假话和想象。"
>
> "那么，您认为您很快乐？"她问。

---

① ［德］尼采：《论道德的谱系》，97 页。

　　"我尽力这样做。"他说。于是她又接着说：

　　"您很坚强，很勇敢。"(66)

　　弗里德曼后来突然向林凌根夫人示爱，一方面是出于生理欲望，另一方面是因为他深知对方已看穿自己。弗里德曼需要与她亲密接触，渴望与她结合，而林凌根夫人却拒绝了弱者的邀约。不仅如此，"她突然发出了一阵短促、自负和轻蔑的笑声，并猛地一用力，让自己的手挣脱了他那热乎乎的手指头。接着，她便抓住了他的胳膊，从侧面把他完全摔倒在地"(66～67)。

　　这样的行为对弗里德曼来说是引诱过后的戏弄和羞辱，它触碰到他的生理缺陷和柔弱内心，"努力维护的市民体面被激情的侵袭摧毁了。在弗里德曼之后，同样的事在托马斯·曼笔下的其他主人公身上一再上演。"[1]她将他推倒在地的动作和小说开头交代的弗里德曼在出生不久后便被保姆失手摔到地上的情节形成呼应，是对主人公生命的再一次否定。这双重的否定，即永恒的生理性残疾与最终的生活失败，导致弗里德曼最终选择自我了断。

　　弗里德曼代表着托马斯·曼笔下这样一类人："他们都面对着一种'侵袭'，并体验到，费力营造的内心的

---

① Hermann Kurzke：*Thomas Mann*：*Epoche‐Werk‐Wirkung*. a. a. O.，S. 57.

安宁不过是脆弱的人工堡垒，它在生命的洪流中终将被冲垮。"①在这部小说中，保姆的过失是对主人公在生命的开始便遭受的厄运的隐喻，弗里德曼的残疾象征着生存的缺憾与苦痛，他的禁欲主义是对疾病的超越构想，也是对生活的经营策略，其最终遭受林凌根夫人的情感侵袭及否定，暗示着生命激情里暗藏的冲击与灾祸。在这里，人们可以感受到托马斯·曼在青年时期最为悲观的人生理解：生命的病态，生活的徒劳，以及人生的注定走向毁灭。患病之人在本质上是无药可救的，压制欲望与升华精神作为待病之道，不过是徒劳的。市民生活乃至现代文明濒临崩溃的场景是托马斯·曼早年频繁表现也是为他所深切忧虑的，正如他自己所说，如果这里反复上演的"不是再一次的坍塌、不是用理性和放弃苦心孤诣建立的高度文明的姿态的再次崩溃又是什么？文明的失败，被压抑的本能世界的胜利和欢呼"②。

然而，托马斯·曼对于如何弥补疾病所象征的生命缺憾及解决由其引发的人生危机并不是没有过积极的思想探索。1905 年，他为纪念席勒逝世 100 周年创作了一部短篇小说《艰难的时刻》(*Schwere Stunde*，1905)。小

① Irmela von der Lühe："'Die Amme hatte die Schuld'. Der kleine Herr Friedemann und das erzählerische Frühwerk Thomas Mann". In: Thomas Sprecher (Hg.)：*Liebe und Tod - in Venedig oder anderswo*. Die Davoser Literaturtage 2004. a. a. O., S. 33-48，hier S. 48.

② [德]托马斯·曼：《关于我自己》，见《托马斯·曼散文》，235 页。

说的情节极为简单，主要是对人物内心活动的描写。深
夜里，主人公席勒一边承受着重伤风的折磨，一边深陷
在《华伦斯坦》的创作瓶颈之中。他踱步于房内，虽然内
心疲惫不堪，身体虚弱至极，但却思绪万千。在围绕事
业、天才、痛苦、伟大等主题进行了一番思考之后，他
终于走出混乱与犹豫，完成了作品。

　　小说固然主要是在讲述伟大人物克服精神危机的故
事，其中甚至还融入了托马斯·曼本人在自己的创作过
程中经历创作阻碍与精神折磨时的相似体验。[1] 但疾病
与健康在此同样被席勒感知与反思。一方面，引发他感
受到生理上的痛苦的重伤风与他心理上的绝望与气馁形
成了呼应，他既需要克服精神上的困难，也需要忍受身
体上的不适。疾病成了人的生命过程中各种具体障碍的
象征。另一方面，在故事发生的这个夜晚之前，主人公
席勒已经长期处于不健康的状态：

　　　　在这里，在胸前这个部位，每当他呼吸，咳
　　嗽，打哈欠，这个地方就疼痛。这是一个可怕的，
　　使人感到针刺一样钻心疼痛的小警告，自从五年前
　　在爱尔富特得了这种感冒发烧病以来，这种警告就
　　从来没有停止过。他得的是一种很严重的胸部疾

---

① 参见 Andreas Blödorn/Friedhelm Marx (Hg.)：*Thomas Mann Hand-buch. Leben - Werk - Wirkung*. a. a. O.，S. 120.

病——这到底是什么病呢，它又到底想怎么着呢？
其实他自己知道得非常清楚，知道那是什么病，也
知道结果将会是个什么样子。（236）

　　疾病于是又有了托马斯·曼之前多部作品中那样的
存在气息。结合现实生活中席勒死于肺结核的事实，小
说《艰难的时刻》里的疾病指向伴随生命整个过程的苦
难，尤其是如席勒这一类艺术家的人生所面临的不利条
件。因此，在小说中席勒最终克服了创作瓶颈，走出了
困境，不再绝望，这在一定程度上也是对疾病及其象征
的人生苦难的超越。
　　小说借主人公的内心活动阐明了具体的超越策略。
首先，他承认"在过去的这些年里他对自己，对自己身
体这部精密仪器，他犯下了不可饶恕的罪过！……从来
不把健康放在心上"（236）。但这么说并不意味着他要彻
底转向对自我的关心，因为"道德不是良心的可鄙的技
巧，而是斗争和困境，是激情和痛苦！"（237）于是，连
同疾病在内的痛苦被美化为催发业绩的美德。浪漫派对
疾病升华效应的想象与尼采提出的疾病提升健康层级之
说在这里得以显现，而这种转化的前提是"身体要足够
健康，激情昂奋，才能够去干那些超过自己身体极限的
事情"（237）。因此，席勒之所以能超越疾病与痛苦，成
就事业及美德，前提条件是他本质上的健康与积极，他
拥有尼采所说的权力意志。反过来说，正如托马斯·曼

在赞扬席勒时曾说过的，"障碍是意志最好的朋友/我向名为弗里德里希·席勒的英雄致意"①。

其次，主人公席勒认为天赋才能不能轻松愉快地为人拥有，发掘人的天赋才能往往意味着追求、鞭策、重任、劳累，但人们不应该将这些不轻松太当回事，"蔑视它们，这样就能够使一个人成为天才，变得伟大"（237）。因此，为了超越疾病与苦难，人们需要对由两者引发的紧张与焦虑看得淡然，"不要总是冥思苦想"，"不要陷入混乱"。（239）古典文学针对治疗疯癫经常开出的伦理处方——"要工作，要行动起来"（240），也成为这里的待病之道。

第三条建议则是为自己设立更远大的目标。"伟大！非凡，与众不同！征服全世界！要使自己的名字流芳百世，永垂不朽。"（237）在这样的雄心壮志里，疾病与痛苦成为要被超越的对象，其规模与程度成为衡量人之伟大的标尺。谁付出的代价更大，经历的痛苦更多，谁就更伟大。小说里频繁提到的"那个人"即歌德，他在小说里与承受痛苦、超越痛苦的席勒形成对比——他如神灵般轻松地取得了成就，而席勒历经苦难才成为英雄。因此托马斯·曼认为："人的尊严在精神之中，在病之中，

---

① Thomas Mann: *Große kommentierte Frankfurter Ausgabe. Werke - Briefe - Tagebücher*. Band 14: *Essays*. Textband. Hg. von Heinrich Detering. Frankfurt am Main: S. Fischer 2002, S. 83.

有病的天才比健康的天才更有人情味儿。"①

可以说，这部类似人物素描的小说在为席勒这类天才的成功抗病史立传，"……表现的是另外一场战争，即一个人内心的战争，作家与自我作战，与自己的作品作战，与自己表现的对象作战"②。疾病在小说中既是阻碍其工作的具体障碍，又是其生活与事业整个道路上如影随形的苦难与折磨。托马斯·曼综合了人文传统里所有美化疾病与苦痛的理想，为具备英雄潜质的或者尼采所谓本质健康的天才型人物提供了一套完整的转化策略，将病痛转化为激情、意志、斗争、天才、行动、伟大、尊严等，唯有这样，病痛才不会真正阻碍生命的洪流。在这部小说里，以及在席勒这样的人物身上，生命的存在更多地体现在精神层面上，而在那些表现走向死亡与毁灭的作品里，在那些被影射为退化者的人物身上，生命的身体性则被置于更高的地位。生还是死？精神还是肉体？升华的成功还是压制的失败？托马斯·曼早年关于生命，同时也是关于他自身生命的思考，摇摆在这两极之间。他渴望成为席勒那样历经磨难的英雄与天才，却也担心自己不过是被身体条件决定了的弱者与颓废者，正如世纪之交时期的思想氛围一样，他的思绪

① [德]托马斯·曼：《歌德与托尔斯泰》，朱雁冰译，37页，杭州，浙江大学出版社，2012。
② 罗维扬：《从混乱走向光明——读〈沉重的时刻〉》，载《名作欣赏》，1997(6)。

中交织着悲观与乐观、绝望与希望。在某种意义上，这部为距其时已为百年前的经典人物所写的小说也是托马斯·曼为包括自己在内的现代"病人"及其所处的时代开出的一支兴奋剂。

困苦和虚无的年代，被认为是经历痛苦和考验的年代，其实是非常富足和收获丰盛的年代。而现在，虽然有了一点点小小的幸福，虽然他从那种不顾一切的精神进入到受某种法规和市民社会的约束中，他有了工作，有了荣誉和地位，有了妻子和孩子，但是他已经是疲惫不堪，已经是筋疲力尽了。他已经完了，没有勇气和信心再去干什么了——放弃和气馁，就是剩下来的所有东西了。（236）

这"富足"却"困苦"的年代，这小有成就却又"筋疲力尽"的人，很容易让人想起世纪之交时期像托马斯·布登勃洛克一样的人。

四、疾病与健康

前述两部作品之间的对比透露出托马斯·曼对疾病及生命的理解出现两极化的趋势。不仅如此，他这种思想上的双面性与矛盾感也体现在某些作品当中，也就是说，一部作品中存在着相互反讽的两个声音，围绕以疾病和健康为代表的生命体验展开了讨论。没人否认托马斯·曼是一位反讽大师，而他在这方面的才华也体现为对对立事物的双向反讽。

小说《小路易斯》(Luischen，1900)中的颠覆性及现代性越来越为研究者所认识①，在很大程度上，其艺术价值体现在文中对各种规范的双向突破和循环讽刺。此部小说的主人公是肥胖无比的、"身体上的异常与骇人叠加"②的律师雅各比和他美丽迷人的妻子阿木拉。雅各比对阿木拉唯唯诺诺，而阿木拉却与作曲家罗伊特纳有私情。春天时，阿木拉建议举办一场盛大的庆祝活动，竟然提议让自己的丈夫穿上婴儿的红绸裙表演舞蹈以作压轴戏，而她和情夫将联袂为其伴奏。一开始对此表示拒绝的雅各比最后出于对妻子的怕与爱同意了这个提议。故事的结局，是雅各比在进行震惊全场的表演时，或许是察觉到了阿木拉与罗伊特纳的私情，瞬间倒地身亡。

小说中雅各比的肥胖是病态的，"人们常常会观察到，当他的嘴冷漠地咧开时，一股突然出现的血流怎样冲到那肿胀的脸上，使脸色变得略黄而苍白"(107)。他的猝死也暗示他或许患有肥胖者身上常见的心血管疾

① 参见 Andreas Blödorn/Friedhelm Marx（Hg.）：Thomas Mann Handbuch. Leben - Werk - Wirkung. a. a. O.，S. 104.

② Astrid Bischoff："Das Selbst im Blick. Scham，Blick und Tod in Thomas Manns Luischen". In：Stefan Börnchen/Georg Mein/Gary Schmidt（Hg.）：Thomas Mann. Neue kulturwissenschaftliche Lektüren. a. a. O.，S. 323-350，hier S. 331.

病。他的"自轻自贱"和"卑躬屈膝"(107)，尤其是他与
妻子之间反常的权力关系，透露出他性格上甚至是性能
力上的无能。① 阿木拉的情夫则"放荡不羁，无所顾忌，
快乐逍遥，自鸣得意，而且十分健康，总是夸耀自己从
不生病"(108)，与雅各比形成了强烈的对比。小说在塑
造不健康的雅各比这个形象时，不再遵循疾病天才的传
统，不再用疾病升华精神乃至增强创造力来对他进行补
偿，反而极力挖苦他市民生活的平庸和身体的动物性特
征(用"大象""熊""狗"和"动物"等词汇来比喻或称呼
他)，挑战他的性别身份规范，在大庭广众之下揭露他，
并最终令他由于愤怒而崩溃。

　　在这里，作为弱者的雅各比被阿木拉及其情夫捉弄
和伤害，他的病态及其内心的脆弱、不安和混乱被无情
地揭露。他与阿木拉的婚姻就像"一场约定好的、反常
的虐待试验"②。若论对病弱者形象的挖苦力度和打击程
度，曼氏名下很难再找出一部可与《小路易斯》相比的作
品了：一个普普通通的市民代表，不过就是肥胖了些、
懦弱了些，就要遭受背叛、戏弄与示众。如果说，过度

_____

① 参见 Heinrich Detering：*"Juden，Frauen und Litteraten." Zu einer Denkfigur beim jungen Thomas Mann*. Frankfurt am Main：S. Fischer 2005，S. 28.
② Ulrich Weinzierl：*"Die 'besorgniserregende Frau'. Anmerkungen zu Luischen，Thomas Manns 'peinlichster Novelle'"*. In：*Thomas Mann Jahrbuch*. Band 4. Frankfurt am Main：Klostermann 1991，S. 9-20，hier S. 14.

肥胖的律师雅各比所代表的是这富足却困苦的时代里病态化了的现代市民生活，那么被讽刺和揭露的则是这种生活的虚伪和错乱，而最后晚会现场的"恐惧"与"无声"(114)则宣告了整个集体的忧郁和胆怯。

戏弄与揭露这病态主流社会的人，在小说里同样是被讽刺的对象。阿木拉虽然性感迷人，仿佛象征着有无限活力，却不问道德的原始冲动。但小说不忘频频指出她外貌上的异族特征和智识上的局限性。"……她的皮肤却是地道南方人那种无光泽的暗黄色的……她那呆滞、冷漠的丰满形象，使人想起一位苏丹王后。她的每一个懒散迷人的动作都给人留下一种印象，似乎她的智力也完全隶属于她的内心。"(106)阿木拉的情夫罗伊特纳虽是一位托马斯·曼笔下少见的健康的艺术家，可是他的"眼里总含着做作的灿烂的微笑"，这一类所谓"小的形式主义艺术家"一旦遭遇生活的灾难和考验，"就会痛不欲生，不再卖弄，不再炫耀了"。因为他们不懂得"跟苦难'做斗争'"(108)，不是《艰难的时刻》里伟大的、本质健康的艺术家，只不过是些看似健康、开朗，实则意志脆弱的半吊子艺术家。

这两人合谋的演出"是一种令人惊异的突然袭击，这是突如其来的神经刺激，连脊背都感到不寒而栗；这是一个奇迹，一次揭露，一次骤然间近乎野蛮地掀开面纱，撕碎帷幕"(114)。他们所代表的活力与健康，竟也可以如此蒙昧和冷酷，并制造了巨大的灾祸。他们合作的艺术——与生活相对的艺术，原来可以如此善恶不分，麻木不仁。如果说读者透过这两人的视角对动物般的雅各比加以嘲笑，那么反过来，人们也会通过叙述者的讽刺口吻感受到这两人的滑稽和愚蠢。例如，雅各比在台上倒地而亡时，"阿木拉·雅各比和阿尔弗莱德仍然坐在钢琴面前，相互背过脸去。他低着头，仿佛还在倾听他所弹的向 F 大调的过渡；她呢，迟钝的头脑使她无法立刻明白眼前发生的一切，只是一脸茫然地环顾四周"(115)。这样，小说便以一种双向反讽的方式表现了健康与疾病这一组二元对立的价值松动。在世纪之交的时代语境里，这也是"好"与"坏"、"艺术"与"生活"、"男性"与"女性"等一系列体系规范被审视和被质疑的表现，乃至出现布洛赫在描述 1900 年前后的欧洲时的所谓"价值真空"①。

在小说《特里斯坦》(*Tristan*，1903)中，叙述者的摇摆或曰恍惚更为明显。小说女主人公商人之妻加布里埃尔因患肺结核被丈夫科勒特杨送到了爱因弗里德疗养院。疗养院里有一位作家施皮奈尔对擅长音乐的女主人公很着迷。他多次不顾医生嘱咐请求她弹奏钢琴，还给她的丈夫写信控诉其将女主人公引上了错误的生活道

---

① Hermann Broch：*Hofmannsthal und seine Zeit*. München：Piper 1964，S. 48.

路。不料，加布里埃尔在演奏之后因病情突然恶化而
去世。

　　小说在澄清加布里埃尔所患为何病的过程中做了特
别的安排。她的丈夫在送她入院时，一而再、再而三地
强调她得的只是气管炎。他如此反复地强调不免令人生
疑(134)，而且如果她所患的只是普通的气管炎，则她
毫无必要从波罗的海海滨赶到遥远的南部山间来疗养。
最后，女主人公大量咯血而死。她死时，她的丈夫吞吞
吐吐地说："我承认，血可能来自肺部……"(157)这些
都让人确信病人所患的正是那个年代令人谈之色变的肺
结核，而肺结核恰好是 19 世纪末、20 世纪早期文学作
品中最为经典的病症，这生动地体现着各种文化知识是
如何共同塑造了人们关于它的想象的。桑塔格在《疾病
的隐喻》里已就肺结核的隐喻内涵进行了深入的辨析。①

　　1882 年，科赫发现肺结核的病因是结核杆菌，而小
说《特里斯坦》的创作已是在 20 年之后，但在实际生活
中，不管是专业医学人士还是一般民众对肺结核的认识
仍深受传统体液说及体质理论的影响，即相信某些人是
所谓易患肺结核的体质，而患上这种病后人会获得精神
和艺术创造力的提升；肖邦、诺瓦利斯、济慈等患有此

_____

① 　参见本书第二章第二节。

病的艺术家恰好为此提供了一系列生动的例证。[①] 于是，
代表当时流行的审美主义的施皮奈尔便在这样的语义传
统和话语氛围里对加布里埃尔进行了艺术化的感知。在
他眼里，这位女病人身上集合了情欲意义上的妩媚、艺
术修养上的高贵和超凡脱俗的人格魅力。他对这位结核
病患者的迷恋，透露出大众话语对于肺结核的美化。并
且，施皮奈尔对她的观察也体现出对肺结核的美化过程
是如何地充满了想象力的。他说："我只能给您描绘一
幅不准确的图像。我只在路过时朝那位夫人瞥了一眼，
这实际上就等于没有看见她。但是我所见到的影像足以
唤起我的想象，让我获得一个形象，一个美丽的形
象……天哪，她真美！"（140）同样，他对她的家族往事
及其婚前生活也按照自己的意愿肆意想象，使她符合他
心目中同时也是当时大众的疾病想象中的易感人群形
象，即敏感、柔弱、有艺术家倾向的没落大家族的后
代。总之，从一出场开始，她就"被描绘成具有超脱于
尘世，在一定程度上脱离了物质需求的气质"[②]的人。

---

① 参见 Katrin Max："'Gott sei Dank, daß es nicht die Lunge war！'.
Krankheitskonzepte in Thomas Manns Tristan als Elemente kulturellen
Wissens. Strukturalistische Kulturanalyse". In：Tim Lörke/Christian
Müller（Hg.）：*Vom Nutzen und Nachteil der Theorie für die
Lektüre. Das Werk Thomas Manns im Lichte neuer Literaturtheorien*.
Würzburg：Königshausen & Neumann 2006，S. 197-211，hier S. 203f.

② Katrin Max：*Liegekur und Bakterienrausch. Literarische Deutung
der Tuberkulose im Zauberberg und anderswo*. a. a. O.，S. 114.

从施皮奈尔的视角出发，以肺结核代表的疾病成为审美对象，加布里埃尔的迷人之处便是疾病正面效应的体现，与之形成对照的是她的丈夫科勒特杨。他成了不能欣赏加布里埃尔的病态美及其艺术才华的俗人，一个健康、富有却丑陋、庸俗的商人。"他中等身材，宽肩膀，强壮，短腿，一张滚圆的红脸膛，碧蓝的眼睛被遮在浅黄色的睫毛下，宽大的鼻孔，湿润的嘴唇……总之，他喜欢多吃多喝，而且喜欢吃好菜，喝好酒，他那样子简直就像一个真正的美食家和品酒大师。"(135)此外，他调戏侍女的轻浮举动也被施皮奈尔视为市民的不道德行为而嗤之以鼻。

除了丈夫科勒特杨，与病弱而迷人的加布里埃尔形成对照的还有一个人，即她与科勒特杨的"极其活泼可爱、发育良好的儿子"(135)。加布里埃尔的病情正是在生下这个孩子之后才逐渐加剧的，直到最后她被送至疗养院，仿佛她的疾病和死亡与这个婴儿的健康和成长形成了一组此消彼长的矛盾："这个强壮的婴儿竟以巨大的能量无情地占据和保持他在生活中的位置，与此同时，这位年轻的母亲却好像是在柔和的宁静的低烧中憔悴下去……"(135)在施皮奈尔的眼里，一定程度上也是在叙述者的眼里，疾病是美妙的，健康是可鄙的。疾病与健康的对立作为艺术与生活的矛盾的类比形式在这部小说里被模式化地进行了表现。[①]

　　与《小路易斯》类似的是，《特里斯坦》整体上的反讽式叙述也在不同的视角之间转换。以科勒特杨和他的儿子为代表的市民的生活，同时也是"健康"的生活，遭到了文人施皮奈尔的讽刺，而施皮奈尔又被叙述者加以戏谑。从外貌上来说，他被病友们恶毒地称为"腐败的婴儿"（136）；从性格上来说，他性情孤僻，从不跟人交往，偶尔还会做出鲁莽的举动。他作为作家的唯一作品被评价为"无聊得不近人情"（136）。这样一位失意、古怪的病态文人，住在一个充斥着各色病人的疗养院里，深深感到"我们都是在伤痛和生病的情况中苦熬岁月，内心始终意识到自己的无用……我们的整个内心状态，我们的世界观，我们的工作方式……都具有极不健康的、破坏性的、消耗精力的作用"（139）。可以说，施皮奈尔代表着其同时代的颓废者，他们意识得到自己的病态和无力，在美化疾病等负面事物、嘲笑生活的庸俗的同时，也受到了生活的嘲笑和驱逐。他在给科勒特杨发去檄文式的信之后，却被对方当面质问，然后"他站在那里，不知所措，听从训斥，就像一个可怜的，头发花白的大个子男学生"（156）。在小说的结尾，健壮的小科

---

① 参见 Peter Burgard，"From Enttäuschung to Tristan. The Devolution of a Language Crisis in Thomas Mann's Early Work"，*The German Quarterly*，1986(3)，pp. 431-448.

勒特杨对着施皮奈尔大喊大叫，并将他赶跑的场景更加讽刺了他在面对健康生活之时的弱小与胆怯。

　　加布里埃尔的人生与病史也充满着反复与矛盾的色彩。小说中交代说她父亲既是商人又是艺术家，按照当时尚在流行的患病体质说及托马斯·曼其他作品里商人家庭艺术家化的发展模式（如布登勃洛克一家），这仿佛已经暗示了加布里埃尔属于肺结核易感人群。[①] 她不顾父亲的反对，坚持与身体健康却庸俗的商人科勒特杨成婚，并称"这是关系到我个人的幸福的"（143）。在某种程度上，这可被视为她为了改变自身退化趋势而通过婚姻在家族遗传上做的努力。终于，她迎来了健康、强壮的后代。她出于"人的本性"（143）一直在顽强地消除疾病的潜在威胁，包括她暂时与家人分开，来到疗养院，主动接受治疗，都是在尝试摆脱疾病的困扰。然而，她追求健康、摆脱疾病之路在施皮奈尔出现后发生了转折。后者一再赞美她的迷人，怂恿她重拾钢琴演奏的技艺，这使得加布里埃尔渐渐忘记了不许弹琴的医嘱，放弃了与患病体质的战斗，最终走向了死亡。看得出来，她对疾病与健康乃至艺术与生活的理解不是一成不变

---

① 按照当时流行的医学理论，退化的家族成员容易感染肺结核，个体通过遗传获得的素质感受性扮演了重要角色。参见 Friedrich Jessen：*Lungenschwindsucht und Nervensystem*. Jena：S. Fischer 1905，S. 19. 而小说中对加布里埃尔娘家人的诸多描述都符合当时人对退化家族的想象，如古老大家族的后代、亲人早逝、性格柔弱、沉迷艺术等。

的，而是经历了逐步的转变。疾病及艺术不再是被她坚定驱逐的对象，健康和生活也不再是她孜孜以求的目标。而同时，被重新唤起的对疾病及艺术的亲近感却将她的生命导向毁灭，被放弃的健康与生活却还有健壮的后代在现实中去延续。

传统的阐释学话语强调加布里埃尔的死是由于审美主义代表施皮奈尔通过艺术对其进行引诱，从而向健康市民生活的代表科勒特杨一家发起的复仇。[①] 实际上，结合当时的肺结核病症的想象和话语，加布里埃尔的人生发生变故在施皮奈尔作为外界因素之外，更本质的原因还是她的生理潜质以及"她自己抗拒这一决定论的努力"[②]。而唯独对于加布里埃尔那交织着宿命与反抗、疾病与健康、艺术与生活、死亡与升华等对立因素的人生，小说的整体叙述没有进行尖刻的讽刺。或许是因为那样的生存状态才是人生本来的面目，她的丈夫科勒特杨与她的仰慕者施皮奈尔不过是两个极端罢了。总而言之，托马斯·曼在作品中对以健康和疾病为代表的各种

---

① 参见 Klaus Gerth: "Gabriele Klöterjahn. Die Figuren in Thmas Manns 'Tristan' mit einem Anhang aus dem 'Simplicissimus'". In: *Praxis Deutsch* November-Heft (1985), S. 54-61.

② Katrin Max: "'Gott sei Dank, daß es nicht die Lunge war!'. Krankheitskonzepte in Thomas Manns Tristan als Elemente kulturellen Wissens. Strukturalistische Kulturanalyse". In: Tim Lörke/Christian Müller (Hg.): *Vom Nutzen und Nachteil der Theorie für die Lektüre. Das Werk Thomas Manns im Lichte neuer Literaturtheorien.* a. a. O., S. 197-211, hier S. 207.

极端倾向进行了反讽与反思，显示出他当时便已拥有极
为立体和辩证的生命理解，而这也正契合了世纪之交时
期整个社会与人的精神层面的过渡性和双面性。故事发
生的地点也同样透露出这种特质，配有"按摩，电疗，
注射，淋浴，沐浴，体操，发汗和吸氧……"(133)的高
山疗养院在 1900 年前后既是最新医学知识的实践场所，
也是基于体液说医学的传统养生术仍在发挥作用的地
方，它本身就是个汇集各种关于疾病与生命话语的公共
场域。托马斯·曼在 20 多年后创作的长篇小说《魔山》
里又一次将故事发生的背景设置在疗养院，其中各种思
想的论争在很大程度上也是小说《特里斯坦》对生命体验
双向反讽的延续。而这种双向特质在托马斯·曼第一部
长篇小说《布登勃洛克一家》中便更为明显了，肉体与精
神、退化与升华、毁灭与新生之间的相互审视，都潜伏
在家族的发展进程与个体的生存状态中。

第四章　身体退化与精神升华的悖论

——长篇小说《布登勃洛克一家》

　　1901 年出版的《布登勃洛克一家》(*Buddenbrooks*：*Verfall einer Familie*)是托马斯·曼的第一部长篇小说，一经问世便广受好评。托马斯·曼也凭借这部作品获得了 1929 年诺贝尔文学奖。小说描述了 19 世纪一个北德商人家族的没落过程。老约翰作为实现家族兴盛的第一代人，创建了一个颇具规模的家族商贸公司，使布家成为城里的名门。他的儿子约翰继承公司之后，行事保守谨慎，小心翼翼地看守家业。第三代人约翰的长子托马斯继承公司后，一段时间里意气风发，将事业与家族声望推向了高峰，而后却诸事不顺，公司的业务大不如从前。在他 40 多岁意外身亡后，公司按照其遗嘱清盘结算。他的儿子，即第四代人汉诺天生体质孱弱，16 岁时便夭折，此后整个布家家业彻底凋败。正如小说副标题"一个家族的没落"所明示的，这是一部表现市民阶层大家庭在渐趋鼎盛后走下坡路的作品。托马斯·曼在处理这一主题时，不仅从布家公司的经营活动与布家人

的精神活动两方面去刻画这一进程，还非常明显地运用
了疾病这一母题，使布家四代人在家道中落的同时在身
体健康方面也出现代际退化的现象，勾勒出一条健康退
化的曲线，与小说的没落主题形成呼应。当然，作为带
有传记色彩的作品，其中的生、老、病、死也是托马
斯·曼家族史的某种对应，而反复被表现的坏牙母题更
是与托马斯·曼本人的患病经历密切关联的。①

　　第一代人老约翰算得上健康长寿的老人，他有着
"红扑扑的、一团和气的脸膛"，"虽然年纪已经将近七
十岁，他的衣着却仍然保持着年轻时的式样"(4)②。第
二代人约翰与老约翰相比，"面孔也不如老人的丰满"
(5)，意志力更是不如，随着"身体的衰老病弱，他的宗
教热诚也与日俱增"(204)。第三代人托马斯的"体质并
不很好"，"又很容易害寒热病"(200)，进入中年后他的
"健康情况一天不如一天"(532)。他的三个兄妹同样忍
受着各式各样的病痛。第四代人汉诺作为家族的最后一
代，其健康问题已极端严重，他"体质虚弱，面色苍白"
(510)，16岁时便因伤寒而死。整个家族的男性长子一
代比一代死得早。这种代际退化的叙述结构与当时医学

① 参见 Eckhard Häussermann："Trotz schwerer Zahn-Operationen vollendete Thomas Mann sein Lebenswerk". In：*Zahnärztliche Mitteilungen* 85.7(1995)，S.110-117.

② ［德］托马斯·曼：《布登勃洛克一家》，傅惟慈译，4页，南京，译林出版社，2009。本章中对《布登勃洛克一家》文本的引用均出自此文献，以下只在引文后标明引文出处页码。

领域的退化学说，尤其是与莫雷尔的"四代人模式"高度
吻合，是同时期医学知识在文学作品中留下的痕迹，同
时也说明了这部作品中部分地包含着基于近现代生命科
学的理解方式，即遗传与身体的决定性以及退化进程的
不可逆转，仿佛布家的衰落是一个客观上早已被注定的
过程，任何个人的努力在自然规律面前都是徒劳的。

　　与体质恶化相伴的还有一代代人神经系统的病态
化。第二代人约翰在给托马斯回信时便提到自己与他一
样，年轻时也有这种"神经质的病象"(151)。第三代人
就更加明显地患有各种神经系统方面的病症：托马斯患
有神经衰弱，克利斯蒂安由于"半边身子的神经太短"
(340)左半身经常酸痛，冬妮则患有神经性胃病。而第
四代人汉诺为什么死于伤寒？研究者迪尔克斯认为，
"极有可能是因为托马斯·曼将这种病痛归入了神经系
统疾病的症候群"①，这也符合当时的医学认知。正如家
庭医生朗哈尔斯所总结的："一切都是神经的毛病。"
(541)根据医学史与时代文化语境，神经系统疾病之所
以成为这部作品中如此多人物的病根，是因为对神经系
统疾病的关注与谈论成了 19 世纪的一股潮流，它也正
好反映了生理学派的基本观点，即生命是神经力量的发

---

① Manfred Dierks："Buddenbrooks als europäischer Nervenroman". In：
Thomas Mann Jahrbuch. Band 15. Frankfurt am Main：Klostermann
2002，S. 135-151，hier S. 143.

挥，神经系统从病源角度来看是关键因素。小说的叙述者以这样的口吻说道："我们的愿望和行动是基于我们神经系统的某些需求而产生的，这种需求很难用言辞精确说出来。"（352）因此，这部小说也被迪尔克斯称为当时"欧洲神经小说"类型的代表作。

与当时的疾病话语相一致，在小说中，退化、神经系统疾病及颓废也形成了共振。布家人一代比一代更加体弱与短命，伴随着这种退化发生的是各种神经系统疾病症状的加重，这既包括托马斯所患的经典的神经衰弱，又包括他的弟弟、妹妹身上各种可被归因于神经系统疾病的疼痛，到了汉诺，疾病便以伤寒的形式进行了总的爆发。而被艺术家们推崇的颓废气质，不管是关涉世界观还是审美能力，也在一代代人的身上逐渐显现。第二代人约翰虔信宗教，"这可不是什么优点。虔诚更多是颓废的一种前兆，是没落进程的开始"①。托马斯从小便具有文艺潜质，非常敏感。在汉诺身上，音乐天赋与厌世情绪并存，既演绎了"以生理退化为代价的精神进化"②，又表现了当时疾病话语中退化、神经系统疾病与颓废之间的关联性想象。布家人越生育越退化，神经系统便越病态化，同时布家人也越来越具有颓废者气质。

---

① Hermann Kurzke：*Thomas Mann*：*Epoche - Werk - Wirkung*. a. a. O., S. 74.

② 黄燎宇：《进化的挽歌与颂歌——评〈布登勃洛克一家〉》，载《外国文学》，1997（2）。

此外，疾病也是布家家族记事簿里的常见条目。例如，"汤姆出麻疹、安冬妮害黄疸病的事，克利斯蒂安水痘怎样痊愈了"(49)全都被记录了下来，祖先的病史也历历可考："他什么时候出过紫癜；什么时候害过真性天花……什么时候他害热病，烧得脑筋昏乱"(49)都是家族记忆的重要组成部分。从这个角度来看，布家四代人的疾病"具有家族史的意义"①，成为繁衍过程中的一个个脚注。托马斯·曼年轻时深受左拉、龚古尔兄弟、陀思妥耶夫斯基等人的影响，在他们的作品中就已非常集中地出现了对疾病题材的处理。与以往文学流派不同的是，19世纪后期的自然主义文学开始以一种临床病史的方式表现患病的细节和过程，用以突出人的存在状态和生存环境，及其所在家族、阶级乃至整个社会的衰败。例如，左拉称他庞大的《卢贡·马卡尔家族》长篇小说系列为"第二帝国时期一个家族的自然史和社会史"，并在最后让一个医生从遗传角度对整个系列进行了总结。这样一种家族小说模式及对所谓"肉体的宿命性"②的表现，或多或少地影响了托马斯·曼在《布登勃洛克一家》中对疾病题材的文学化处理。

---

① Dietrich von Engelhardt："Krankheit und Heilung bei Thomas Mann". In：Peter Stulz（Hg.）：*Literatur und Medizin*. Zürich：Chronos 2005，S. 71-92，hier S. 75.
② ［法］埃米尔·左拉：《戴蕾斯·拉甘》，毕修勺译，14页，长春，时代文艺出版社，2002。

托马斯·曼还暗示性地运用了特定疾病的某些隐喻性来烘托人物的性格特点，最有代表性的便是伴随冬妮一生的"神经性的胃弱症"（311）。冬妮的虚荣以及她不自量力想要"发扬光大自家门楣"的想法（92）是小说中所反复讽刺的，对这个人物形象的刻画始于其儿童时起对富贵生活的爱慕。例如，面对哈根施特罗姆家的精美糕点时她差一点经不住诱惑，"为了这点美味蛋糕她想她什么都肯出的"（55）。长大后，冬妮及其女儿的婚姻一再失败，她所寄予厚望的弟弟托马斯及托马斯的儿子汉诺相继去世，她光宗耀祖的愿望逐渐落空。如果按苏珊·桑塔格所说的，肺是一种"精神化的部位"①，那么胃便自然地令人想到食欲、贪婪与愚蠢，而胃病以及肠胃消化不良则蕴含对贪恋之物无力据为己有的讽刺意味。于是，胃部在作品里便隐射了冬妮对不切实际之物的盲目追求，胃病则反映了生活带给她的负担，"因为她什么都不懂，因为她不能反思"②。不仅如此，小说反复强调她患的是神经性的胃病，将冬妮心理上的紧张和扭曲与生理上的病痛以时髦的神经话语巧妙地连接了起来。例如，冬妮在考虑是否应接受佩尔曼内德求婚的那个夜晚，关于家族荣誉的考虑压得她身体不适："我睡不着，我告诉你，我老是想心事，想得头都痛了……你

① ［美］苏珊·桑塔格：《疾病的隐喻》，30页。
② Hermann Kurzke：*Thomas Mann*：*Epoche‐Werk‐Wirkung*. a.a.O., S.78.

来摸摸，我想我也许是发烧了，胃病也犯了；要不也许是贫血的缘故，我太阳穴上的血管都涨了起来，突突地跳，涨得很痛。"(286)正如当时的医学家莫比乌斯所相信的，过分追逐财富和家族兴旺也可能是神经系统病变的起因。[1] 按照这一医学解释，过分在意家族荣辱的冬妮患有神经性胃病也就顺理成章了。这一运用疾病的隐喻性来刻画人物的方法还出现在其他人物身上。例如，虔心宗教、向往彼岸的克拉拉死于脑结核。

下文中将对小说中分属三代人的四位人物分别进行分析，对他们的疾病描写相较于其他人物要丰满得多、细致得多，与人物生存状态之间也有着更多的关联，疾病的内涵偏向也有明显的不同。

一、身体的觉醒与生命的出场

《布登勃洛克一家》的情节越往后发展，配合着家族衰落和谱系退化的主题，意味深长的疾病描写便越多。相对于托马斯和汉诺身上反复出现的疾病主导母题[2]，第九部第一章里老参议夫人伊丽莎白的临终场景较少受到关注，但事实上，那连续的自然主义风格的细致描写

---

[1]　参见 Paul Julius Möbius：*Die Nervosität*．a. a. O.，S. 33f.
[2]　主导母题(Leitmotiv)指的是在作品中为了强化某一主题意义而反复出现的意象，一般认为托马斯·曼是从瓦格纳的音乐中借鉴了这种技巧。

不仅为布家人此后要经历的生、老、病、死拉开了帷幕，也透露出时代背景下有关生命思考的转向。

作为铺垫，小说中多次强调老参议夫人因衰老而日渐对宗教产生兴趣，同时为了纪念比她早去世的丈夫而想"全部承受丈夫笃信上帝的宇宙观"（235）。她欢迎所有来访的牧师，其中一位牧师在布家唱的歌谣反映出典型的基督教身体观，即对肉身的唾弃与对天国的向往：

> 我真是具臭皮囊啊，
> 是个肢体残缺的罪人，
> 我天天沉耽在邪癖里，
> 罪恶侵蚀着我的胸膛。
> 主啊，不要让我在罪恶里彷徨，
> 快把我接回你的天堂，
> 你只当我是一条癫狗，
> 扔给我根骨头，把我牵走！（236）

老参议夫人还亲自组织了"耶路撒冷晚会"，里面有一对奇怪甚至可以说丑陋的老姑娘，即孪生姐妹盖尔哈特，她们"自觉精神已胜人一筹"（237），夸张的是，其中一位"虽是个聋子，别人无论在说什么，她却都能知道"（237）。这些人对老参议夫人影响甚大，令她因肉体满怀愧疚、对精神满怀敬畏。因此，她追问原本安于岁月静好的自己在晚年转向宗教的动机时，发觉这"也出于一种模糊的本能所驱使，叫她求上天宽恕她那过于强盛的生命力，让她死前减少一点痛苦吧！"（463）她的高寿以及健康的身体，在她内心以及上帝的宇宙观里居然是罪过。她原以为凭借信仰和精神能够压抑肉体的活力，同时消解上帝对她身体眷恋尘世的惩罚，安稳度过余生。然而，"在可以健康地生活时她从未思考过病痛和死亡"①，末了，小说却偏偏让她在临死前经历病痛的极端折磨。这一方面是在讽刺她此前崇尚精神的策略的徒劳，另一方面也令具有时代气息的生命观在她的感悟中渐渐显现——她在短短几日内所经历的正是一场关于身体的反思。古老的生命观念与现代的生命理解在老夫人最后几日的身体里展开了搏斗。

　　按照家庭医生的诊断，这是一个从黏膜炎到肺炎、再到肺样变直至肺水肿的急性过程。令老参议夫人措手不及的是，这突然的侵袭在"事先没有给她任何精神上的准备"（463），疾病的爆发伴随着肉体的存在感冲决了她长期以来以精神之名压制肉体的行为。于是，老参议夫人在生命的尽头便补偿式地"将自己的思想和注意力全部放在疾病上"（463），"以致除了医生之外，她几乎不跟别人谈话"，她"不厌其详地跟他们讨论自己的病

———————
①　Dietrich von Engelhardt: "Die Welt der Medizin im Werk von Thomas Mann". In: Dieterich von Engelhardt/Hans Wißkirchen（Hg.）: *Thomas Mann und die Wissenschaften*. Lübeck: Dräger 1999, S. 41-76, hier S. 50.

情……"(464)其间，代表精神与彼岸的盖尔哈特姐妹试图将老参议夫人从对尘世与肉体的关注中争取回来，这也短暂地起到了一点作用：

> 只有天知道，她们在床旁边跟病人嘀咕了些什么。当她们走出去的时候，她们的眼神显得比往常更清澈、更温和、更神秘莫测，而老参议夫人躺在里面，眼神和面容和走掉的两人也一模一样。她非常安静地躺在那里，气色平和，比任何时候都更加平和……(464)

可老夫人还是"从天国回到了尘世"(464)，张开双臂支持两位家庭医生的工作，继续配合对疾病进行观察、体验与诊治。终究岁月不饶人，她注定即将死去，她"无限忌妒似的死死地盯住身旁的一个人。这些人穿得衣冠楚楚，能够自由地呼吸，生命是属于他们的"(466)。临死前，老夫人经历了数小时令人感到恐惧的折磨，小说以极为细致的描写呈现了老夫人所经受的痛苦，将肉体的强大摧毁力展现了出来。"生前完美的形象与突如其来而发、恐怖、令人作呕的死状形成对比，这种对比也指明老参议夫人的存在状态。"[1]此时，老夫人挣扎的性质也发生了变化："还是在和死亡挣扎么？不是的，她现在

---

[1] Karen-Henrike Berg-Tribbensee：*Fatalismus und Vorausdeutung in Thomas Manns "Buddenbrooks"*. Westfällische Wilhelms-Universität Münster，Staatsexamensarbeit. Münster 1996，S. 50.

是为了要到死那边去在和生作斗争。"（467）如果说老夫人在生前基于宗教的生命观多少还怀有向往天国的精神，那么此刻的向往死亡在深层意义上却开始具有了现代性，也就是说，出于对肉体之力的敬畏，选择放弃无畏的挣扎，自主决定自己生命的归宿。最终，她"露出一丝带有恐怖的突然喜悦和一点令人战栗的阴沉而温柔的神色"，大喊了一声"我来了！"（468）然后，便离开了人世。而在这期间，医生却不得不出于"职责""某些宗教和道德上的根据"和在大学里听人宣讲过的"理论"，违反病人的意愿，"用各种针药加强病人心脏的跳动"（468）。

看得出来，患病的肉体在片刻间仿佛一个突然觉醒的他者，带着强大的原动力动摇了老夫人此前看似稳固的生命观，令其经历了多段式的观念转变。在身体健康的时候，她尊崇宗教的身体观，因为自己的健康与生命力而感到歉疚，漠视身体的尊严。而当她真的即将迈入"天国"之门时，却又忍受不了肉体的折磨，转而无比留恋尘世，开始关注自己的身体。到最后，生命的意志敌不过疾病的残暴，老夫人选择了放弃战斗和自决，在尚无法实行安乐死的年代以一种更自主的姿态走向天国，但这早已不是基督教意义上的向往彼岸了。

"20世纪是身体登场的世纪，只是当身体出场时，却总是处于疾病和痛苦之中"①，老参议夫人的离世场景

---

① 夏可君：《身体：从感发性、生命技术到元素性》，3页，北京，北京大学出版社，2013。

便透露出强烈的时代气息。尽管小说情节所反映出的时间背景是在 19 世纪中叶，但此处对肉体作为一种力量突然崛起的场景表现，以及对于生命被体验过程的关注，却是小说生成年代——"世纪末"时期——的潮流。"感受到自身的变化，身体才会出场，是有着体验的生命，身体总是身体的体会，否则仅仅是一个自然状态的事物而已。"①对身体的正视与对生命的体验不正是现代医学发展的联动效应以及从尼采开始直到 20 世纪初的生命哲学发展的基本路径吗？基督教神学里精神高于肉体的视角以及压制生命此在性的策略，在老夫人这里先被继承，又被抛弃。而托马斯·曼的创新性或许在于，他虽和同时期许多作家一样表现"为了自治而顽强斗争却沦为失败者，被疾病与死亡击倒的市民形象"②，但又在老夫人因病而死这一问题上增加了一层更自主的维度，即不仅承认身体与生命的此在并为此努力，同时也接受它们的有限性，在一定时候坦然退场。

二、神经衰弱下的伦理重压与生活反思

毫不夸张地说，托马斯是整个故事以及布家家族命运承前启后的角色。公司业务和家族荣耀的顶峰都是由

① 夏可君：《身体：从感发性、生命技术到元素性》，13 页。
② Thomas Anz：*Gesund oder krank? Medizin, Moral und Ästhetik in der deutschen Gegenwartsliteratur*. a. a. O., S. 20.

他实现的，但同时，生意上的接连失败以及家庭遭受的各种打击也是在他这一代渐渐酿成无法挽回的悲剧结局的，而他的身体与疾病也成了被反复运用的意象，配合表现个体命运的盛衰与起落。如果说老参议夫人经历的是基督教生命观压制下的身体的觉醒，那么托马斯则让人看到，家族长子的身体在其所承受的事业重压下不堪重负，终于反抗。

事实上，小说一早就埋下了伏笔："他的体质并不是很好。"（200）托马斯青少年时期的健康状况就暗示了他的外强中干。牙齿自然是最明显的所谓主导母题，小说反复强调"他的牙齿生得不太好"（10）。结果，40多岁的托马斯正是在拔牙时被医生发现他的"齿冠折断了"（553），于是他打算先回家。在路上，他突然失去意识跌倒在地，然后很快就断了气。冥冥之中，这让人感受到某种宿命论的气息。"体质即命运这一为当时医学人士所信奉的学说在这里生根发芽。"①

除了牙病所代指的体质问题，作品中从托马斯16岁起就多次提及他"青筋毕显的窄窄的鬓角"（65），以一种形象的方式暗示他的神经系统天生脆弱。青年时期，他还向他父亲提到过自己"神经质的病象"（151）。他父亲则回答说自己年轻时也是如此。这就更加增添了一丝

---

① Manfred Dierks："Buddenbrooks als europäischer Nervenroman". In：*Thomas Mann Jahrbuch*. Band 15，2002，S. 135-151，hier S. 146.

家族遗传的可能性。此外，托马斯还曾"害咯血症"
（181），"又很容易害寒热病"（200）。然而在父亲去世
后，托马斯接手公司，一个积极进取、雄心勃勃的家族
长子形象便诞生了，不再有对他的病症和忧郁情绪的描
绘①，取而代之的是"强烈地闪耀着对行动、胜利和权利
的追求以及想要征服幸福的野心"（218）。他要的是"坚
忍不拔的精神和心灵的宁静"（225），他认为"一个人甚
至在波罗的海边上一个小商镇里也能成为恺撒"（234）。
甚至在选择伴侣这件事上，他也表现出了功利心和野
心，他不仅看重盖尔达的家世和可观的嫁妆，也着迷于
"她长得更高、更丰满、更美丽，不论在身体方面或是
精神方面都发育得更完美"（244）。仿佛托马斯的健康问
题伴随着他的成长与对家族产业的继承已经解决，而布
家的血脉也将通过他的理性的联姻方案得以改良。

　　然而托马斯的状态连同布家的权势在冲上高峰之后
便急转直下，正如托马斯所暗暗担忧的："房子盖好以
后，死神就要来了。"（361）小说首先暗示了加快的时代
节奏与事业的重压给托马斯带来的改变。他感慨道：
"要做的事还有多少啊！……时代在变化，在新时代面

---

① 　马克斯认为托马斯中间很长一段时间表现得很健康，尤其是与同样遗
传了家族退化特质的克里斯蒂安相比，是因为他在当时的医学知识里
可被视为一种特殊的神经官能症，它不发作时并不会有太多异常。参见
Katrin Max：*Niedergangsdiagnostik：Funktion von Krankheitsmotiven
in "Buddenbrooks"*. a. a. O. ，S. 108.

前我们有无数要尽的义务。"(304)每天早晨，"他就无比紧张地活动起来，想问题呀，写东西呀，计算呀，到这里或那里走走呀，他一天的时间被各种事务填得满而又满"(305)。时间上的紧张感恰好造成了"我们紧张不安的时代"①中众人所普遍感受到的不适与压力，但托马斯的难处在于，"他自己和别人对于他的才能和精力的要求却有增无减，私事和公务成堆地压在他头上"(352)。于是，"恢复疲劳呀，颐养精神呀，为了振奋精神一天更换几次衣服呀"(352)之类的事情越来越频繁。"这就意味着：托马斯·布登勃洛克虽然刚刚三十七岁，精力却已锐减，身体很快地衰竭下去……"(352)不仅托马斯自身重又开始暴露出生理上或精神上的各种健康问题，就连他当初的理性择偶也为家族结出了疾病的果实②。盖尔达并不像他一开始想象的那样健康，她的神秘与迷人、她天生的艺术家气质到头来不过是"病态的"(291)和"神经质的"(347)，而这些却都遗传给了托马斯的后代汉诺，"这个在外表和形体上仍然具有这一家族那么多特点

---

① Wilhelm Erb：*Über die wachsende Nervosität unserer Zeit. Akademische Rede zum Geburtstagsfeste des höchstseligen Grossherzogs Karl Friedrich am 22. November 1893.* Heidelberg：Koester 1894，S. 6.
② 前文已说到，托马斯选择与盖尔达结婚时一个很重要的原因是托马斯认为她身体健康。当时莫比乌斯的学说就提到，与新鲜血液多次婚配后甚至能够消除家族退化的病原。因此，托马斯的择偶决定中潜藏着改善家族遗传基因的理性动机。但最后盖尔达暴露了自己作为另一种退化者的身份，以至于布家第四代人汉诺的退化情况更加严重。参见 Paul Julius Möbius：*Die Nervosität.* a. a. O.，S. 35.

的继承人，竟然会完完全全秉承了母亲方面的气质"（423）。

托马斯的状态越来越差，往日的势头已难再维持下去，小说开始大规模表现他的消沉与疲惫，他身体上的变化映衬着精神上的萎靡，他曾经饱满的面容变成了假面具，承载了太多荣耀与压力的身体日益衰老：

> 当他独自一个人的时候，他的面相改变得多么叫人不能认识啊！他的嘴角和两颊的肌肉一向绷得紧紧的，对于他的坚定的意志唯命是从，如今却松弛了，变得软绵绵的；他的一副久已是勉强做作出来的警觉、谨慎、和蔼而精神饱满的面容像是一个假面具似的突然从脸上落下来，代替它的是疲惫不堪的愁苦之色；眼睛带着忧郁、迟钝的神情凝视着一件东西，却又什么也没看见；他的眼圈渐渐泛红，终于被泪水模糊起来——他没有勇气再欺骗自己了，那些在他头脑里此起彼伏、纷乱、沉重的种种思想，他只抓住其中最令人痛苦不堪的一个：托马斯·布登勃洛克虽然才四十二岁，却已经是一个精力枯竭的人了。（392）

刚开始的时候，"每次身体不舒适都要使他心怀歉疚似的"（403)，而慢慢地，"……他心头就涌起一阵疲倦、厌烦的感觉，他的眼神也暗淡了，面容和身姿也一蹶不振了。这时，他心中只有一个想法：他要向这种忧

郁的绝望的心情屈膝……"（506）伴随着"健康情况一天
不如一天"（532），托马斯频繁地预感到自己时日不多，
曾经支持他行动、野心和生存的那种致力于家族发展的
大生命观也涣然瓦解了。他开始阅读叔本华的《论死兼
论死与生命本质不灭之关系》，并"从中吸取了厌弃生
命、将个体消解于死亡的学说"①。"最后他把什么都放
弃了，任凭上帝去安排一切。"（539）

　　托马斯的病被朗哈尔斯医生确诊为神经衰弱，医生
建议他去海滨休养几个星期。在望海亭上，托马斯凭借
大海与山岭的不同意象辨析了人类看待生命与生活的两
种目光：

　　　　眺望崇山峻岭的目光是淡定的、傲慢的、幸福
　　的，那目光里包含着奋发向上、坚定不移和蓬勃的
　　朝气。但是那辽阔大海的波涛却永恒地滚动着，使
　　人感到神秘、麻木和命运的不可逃避。眺望大海的
　　目光也像在梦中似的迷蒙、无望，仿佛它已经深切
　　地看到悲惨和杂乱的生活内部，如今什么事都已经
　　被看透了……（547）

　　同时，他也看透了"健康和病态，两者的区别就在

---

① 　Philip Ajouri：*Literatur um 1900*：*Naturalismus*，*Fin de Siècle*，*Expressionismus*. a. a. O.，S. 184.

这里。人们神采奕奕地爬到那犬牙交错、峰峦巍峨的山岭里，用来考验自己饱满的生命力。但是也有些人被杂乱的精神世界弄得疲惫不堪，却想从外界事物的无限单纯中得到休憩"(547)。托马斯坦承他现在更喜欢大海的单纯，而自己从前更偏爱的高山已让他感到"恐怖、羞愧""难以捉摸"和"孱弱无力"(547)。托马斯已然选择放弃生活与健康，做好准备坦然迎接死亡与疾病。

在接下来的一章里便迎来了托马斯的最后一天。身为议员的他因为剧烈的牙痛而提早离开议会，去布瑞希特牙医那儿拔牙，齿冠却被折断①。托马斯不想在忍受拔牙的疼痛后再次忍受四次拔除牙根的折磨，想改日再去拔除牙根，不料在回家的路上，他突然失去意识摔倒在地，几个小时后，他气绝身亡。②

对于托马斯所患疾病的爆发及其突然的死亡最为基础性的理解当然是将其视为反讽手法，这揭露了市民阶层事业伦理(Leistungsethik)③的重压，嘲讽"他就这样

---

① 托马斯·曼惯于在人物名字上制造隐喻。牙医的姓氏布瑞希特(Brecht)在德语里也是动词"折断"(brechen)的人称变格形式，它既暗指此处齿冠被折断，又预示托马斯即将面临的意外身亡与家族大厦的轰然坍塌。

② 传统的阐释中完全排除了托马斯的死与牙病的关联，仅仅从主题思想上去理解死因。例如，库尔茨克认为："事实上托马斯不是真的死在牙齿上，而是死于由常年的反思与做作的追求而导致的生命力损耗。"参见 Hermann Kurzke: *Thomas Mann*: *Epoche - Werk - Wirkung*. a. a. O.，S. 76.

③ 参见 Lothar Pikulik: *Leistungsethik contra Gefühlskult*: *Über das Verhältnis von Bürgerlichkeit und Empfindsamkeit in Deutschland*. Göttingen: Vandenhoeck & Ruprecht 1984，S. 16-67.

为追求成名致富孜孜不倦地工作着"(306)。毕竟，托马斯的精神连同身体健康状态是在他作为家族继承人全身心地投入商业与政治事务后一步步恶化的。他的所谓"理想主义"(234)的伦理要求是以对自我的压制与重塑为前提的，无论是他的天生体弱、某种艺术家气质，还是他的初恋对象，都是他为了事业与名利必须改变或放弃的。于是他异常看不惯克里斯蒂安在身体和心理上"过于关心自己"(224)，"因为我自己过去也有过这种倾向……这只会使我精神分散，懒于行动，使我心旌摇荡"(225)。"面对无情的生活，他就需要常常使自己的感情就范……学习以严酷处世，也学习忍受严酷而不以为严酷，学习把人世的严酷当做自然事理"(394)。只不过，"年轻时代的那种蓬勃的幻想和积极的理想"(503)最后都失败了。

　　这本是一个经典的主题，但小说在剖析其深层次的原因时，却使用了大量的疾病意象，构建起具有时代特质的医学维度，即身体的决定性。牙齿的健康与托马斯最后的死亡之间的医学话语关联①也令人不得不从体质的宿命论角度来总结托马斯的一生。他心理上的抑郁倾向以及意志的颓废则被反复依靠神经话语来解释。小说

---

① 当时的美国神经病学家比尔德(George Beard)写道："那些体质虚弱的人的牙齿很少会健康。"[George Miller Beard: *Die Nervenschwäche (neurasthenia)，ihre Symptome，Natur，Folgezustände und Behandlung*. Leipzig: Vogel 1881，S. 76]

只是让医生出场，确认托马斯患上了神经衰弱，而不是让神父或其他人来从精神角度解决他的问题。也就是说，托马斯遭遇心理危机只不过是因为他的神经系统出了器质性的问题，这正是当时主导精神病学的生理学派的观点。而按照 19 世纪末比尔德的理论，由现代生活的重压、追逐工作效率而导致的不安以及大城市里被异化的生活才是导致神经衰弱的原因。同时，这种神经衰弱在当时莫比乌斯的学说里也正是退化的典型症状，与代际间的病态遗传有关。所以托马斯才会强调，"他的生命在祖先身上就体现过，将来则借着子孙后代继续活下去"（533）。只不过，依据当时的医学知识来看，布家人属于退化的谱系，汉诺的更加严重的身心问题正是托马斯病态体质的延续。而在这一过程中，托马斯没有选择身体强健、生育力旺盛的初恋对象安娜而是选择同为退化者的"古怪"（249）女子盖尔达作伴侣，按当时的遗传学理论，这只会让布家人的退化进程加快。可见，当时医学里退化、颓废与精神疾病之间知识与话语的交织也体现在托马斯这一人物形象上。他被确诊的神经衰弱恰好也是"世纪末"时期的时代病，因此也就有了极为丰富的内涵，这里说的神经既指向实在的器官，又指向个人体质乃至其代际遗传，而衰弱既是一种量化思维下想象出来的身体测量结果，又透露出时代变迁中人们对于资源与能力短缺的忧虑。

正如前文所述，托马斯在这场与天性和命运的战斗中慢慢地改变着自己的观念，没有将他的市民伦理观坚持到底。这一方面可以被视作身体状态对思想的影响，另一方面，作品也通过托马斯的所思所言，翻转了对生命与生活的认知，创造性地加入了对负面事物的正面理解，为医学视阈里对有关疾病与健康的冰冷解释增添了诗学成分。以浪漫派和尼采为代表的疾病升华说，便以这样的方式进入了小说。托马斯离死亡越近，在他的思想层面就出现越多的灵气。布家四代人的四个级别的"意识发展"（单纯—虔诚—哲思—艺术）①在他这儿顺利上升到第三级。一开始，他还只是"在自己的讲话里引证海涅或者别的诗人的几句话"（250）来卖弄文雅。到后来，他竟然将生命中的幸福和兴盛视作衰败的"标志和征候"（361），将星星的闪耀视作早已黯淡的星体的延时显现，并且还能以山与海的形象阐述他在看待生命与死亡、健康与疾病时的思想转变。显然，托马斯在病态化与走向死亡的过程中变得更加超脱和深邃，他跳出了逼仄的生命，从宇宙宏观角度来审视整个人生，与生理医学研究越发进入身体细节的路径相反。托马斯·曼对生命与生活的哲学思考仿佛被越来越多地浇注到托马斯这个人物身上，"他不惜笔墨，精雕细琢地塑造了托马斯

---

① Peter Pütz："Die Stufen des Bewußtseins bei Schopenhauer und den Buddenbrooks". In：Beda Allemann/Erwin Koppen（Hg.）：*Teilnahme und Spiegelung. Festschrift für Horst Rüdiger*. Berlin/New York：de Gruyter 1975，S. 443-452，hier S. 448.

这一'正面'形象"[1]。他精神上的雅致化与成就感则冲淡了疾病与死亡给他带来的挫败感与羞耻感。如此这般，托马斯·曼便以诗学手段将一个从医学角度来看带有决定论色彩的叙事相对化了，他并不想推翻其中的规律性，只想赋予其医学之外的理解方式及意义维度，这也为"世纪末"时期包括部分科学家在内的诸多人文主义者所热衷，即不满足于单纯解释生命的机理，而是追求理解生命的意义。

三、疑病症里的失序恐惧与自我关注

小说给人的印象是，克里斯蒂安与托马斯在性格、能力、生活轨迹方面完全不同，形成了一组强烈的对比。托马斯代表的是人们眼里顶梁柱式的长子形象，克里斯蒂安则活脱脱一个不成器的纨绔子弟。在第一部第一章的末尾却有一个容易被人忽视的细节："果真是汤姆[2]和克里斯蒂安回家来了，他们带进来第一批客人……"(8)这两兄弟像"双生子"[3]一样并肩走进故事之中，仿佛暗示着两人也是不可分割的整体，因此对他们

---

[1] 黄燎宇：《进化的挽歌与颂歌——评〈布登勃洛克一家〉》，载《外国文学》，1997(2)。

[2] 汤姆是家人对托马斯的爱称。

[3] 参见 Herbert Lehnert：*Thomas Mann. Fiktion，Mythos，Religion*. a. a. O.，S. 70.

俩的理解不能仅仅基于他们是两个完全独立的个体，也
要考虑到他们的存在的互相辉映与依托。这种一体两面
化正是"世纪末"时期文学作品中的典型现象，一如前
文提及的《青春》杂志 1900 年 1 月刊封面上的双面人。
此外，已有研究指出，兄弟俩的病症以当时的医学认
知来看，不过是神经衰弱的两种不同的亚类型①。托马
斯·曼将当时医学界对神经衰弱的某些认识套用到了作
品人物的疾病症状表现上。

  在一定程度上，克里斯蒂安所有的遭遇也可被视作
托马斯在追求成功的过程中感受到的恐惧。他的病痛与
颓废不仅是他个人的生命形态，也是令托马斯在潜意识
里极度担忧并渴望避免的一种发展的可能性。从童年时
代起，托马斯就严肃认真、举止有节，被家族寄予了更
大的期许；克里斯蒂安则"喜怒无常，有时候会现出一
些滑稽而突如其来的傻态，有时候又会把全家人吓得灵
魂出窍"(59)在对待身体这件事上，托马斯虽然体质不
好，却在积极上进的意志的引导下，长得越发结实，而

---

① 按照当时的神经衰弱学说，托马斯所患的是疲乏型神经衰弱，克里斯
 蒂安所患的则是过激型神经衰弱。参见 Anja Schonlau："Das
 'Krankhafte' als poetisches Mittel in Thomas Manns Erstlingsroman：
 Thomas und Christian Buddenbrook zwischen Medizin und Verfallspsy-
 chologie". In：*Heinrich Mann Jahrbuch* 15. Lübeck：Schmidt-
 Römhild 1997，S. 87-121；Rudolph von Hössling："Symptomatolo-
 gie". In：Franz Karl Müller（Hg.）：*Handbuch der Neurashenie*.
 Leipzig：Vogel 1893，S. 89.

他的弟弟却从小时候起就一再装病①：

> "你们想想，要是我一不小心……把这个大核
> 吞下去。它正卡在我的嗓子眼里……堵得我出不来
> 气儿……我跳起来，憋得两眼发蓝，他们也都急得
> 跳起来……"他忽然惊惶失色地呻吟了一下，不安
> 地从椅子上欠起身来，仿佛要逃走似的。
>
> 参议夫人和永格曼小姐真的跳了起来。
>
> ⋯⋯⋯⋯⋯⋯
>
> "没有，没有，"克里斯蒂安说，渐渐地安静下
> 来，"我是说，假如我把它吞下去！"(59)

如果说托马斯是要通过克制自己对身体的过分关注
与担忧，实现自己"心灵的宁静"(225)，那么克里斯蒂
安自小便在自己的身体上投入了过多的精力，发现了其
中太多隐秘的乐趣。他在众人面前反复表演和模仿莫不
是出于这个原因，当然他的艺术天赋也正体现于此，甚

---

① 克里斯蒂安与托马斯在症状上的巨大差异与他们性格及命运的差异形
成呼应，与上文提到两人分属神经衰弱的两种类型这一解释不同，马
克斯认为克里斯蒂安所患的应该是当时语境下神经官能症中的歇斯底
里症。详细症状分析参见 Katrin Max：*Niedergangsdiagnostik：
Funktion von Krankheitsmotiven in "Buddenbrooks".* a. a. O. , S. 147-198.
本书的重点并不在于诊断人物最可能患了什么病，而是在阐释中参考
包括医学在内的各种疾病话语。对于此处的理解来说，克里斯蒂安身
上最为关键的症状是疑病，而这在马克斯的研究里也正好属于歇斯底
里症的各种症状之一，因此此处主要围绕这一点展开。

至可以说"由于摆脱了个人欲望和各种利害关系，他已进入康德所定义的审美状态和叔本华所讴歌的认识状态"①。然而，这在市民商人的眼中是无用甚至是病态的，托马斯"禁止这种对自我和感觉的自恋性展示"②。所以托马斯才会在克里斯蒂安某一天再次胡言乱语和夸张表演之后评论道："这和一个人发烧谵妄有什么两样呢？一个说谵语的人同样也是语无伦次……哎，事情非常简单，克里斯蒂安过于关心自己了，过于关心自己内心的事情了。"(224)违反市民规范的克里斯蒂安甚至被托马斯严厉地斥责为"一个赘瘤，是生在我们家庭身上的一块烂肉！"(274)托马斯还以一种启蒙运动时期的道德化口吻并依靠实干主义的治疗策略奉劝自己的弟弟：

> ……工作吧！不要再姑息、再培养你这种反常的情态了，不要再唠叨你的病了！……如果你变成个疯子，我老实跟你说，这不是不可能的，我一滴眼泪也不会为你流，因为这是你自己的过错，你一个人的过错……(475)

如果说，"托马斯·曼将克里斯蒂安设置为哥哥托

---

① 黄燎宇：《〈布登勃洛克一家〉：市民阶级的心灵史》，载《外国文学评论》，2004(2)。

② Hermann Kurzke：*Thomas Mann*：*Epoche - Werk - Wirkung*. a. a. O., S. 69.

马斯的互补性角色"①，在一定程度上患有疑病症的克里斯蒂安背后还有个更深层的疑病症患者，那便是托马斯。克里斯蒂安仿佛是一个替身，代托马斯演绎了市民规范之外放任身体与意志的失序生活，他的病痛以及被判决为病态的浪荡生活都是为追求理性与效率的托马斯所恐惧的。"疾病使市民的事业要求得以免除。从这个意义上来讲，它使人获得自由，却是以不承担责任和不与社会发生关联的方式。"②

克里斯蒂安抱怨哥哥总是以健康者自居，无视他身体的病痛。可托马斯却说："也许我的病比你的更厉害呢。"(475)因此，托马斯对弟弟的约束与指责一方面是出于他作为兄长的义务，而另一方面，其中的"冷淡、怨恨和蔑视"(474)也是因为他在弟弟身上看到了他的另一个可能的自我，这个令人感到不堪的自我是托马斯极力躲避与无比厌恶的。

克里斯蒂安反复强调他左半身的酸痛是因为"这半边身子所有的神经都不够尺寸"(340)，而神经系统出了问题正是布家成员之间某种生理上的共性，当然也是那个时代的流行话语。无论是托马斯还是冬妮，克里斯蒂

---

① Anja Schonlau："Das 'Krankhafte' als poetisches Mittel in Thomas Manns Erstlingsroman：Thomas und Christian Buddenbrook zwischen Medizin und Verfallspsychologie". In：*Heinrich Mann Jahrbuch* 15. Lübeck：Schmidt-Römhild 1997，S. 87-121，hier S. 100.

② Hermann Kurzke：*Thomas Mann：Epoche - Werk - Wirkung*. a. a. O.，S. 79.

安还是汉诺，都是神经系统出了问题，才引发了这样或
那样的病症。而一边身子的神经尺寸不足，更为形象地
指向了托马斯所斥责的"缺少一般人称做均衡、称做心
灵平静的东西"(224)。似乎可以说，克里斯蒂安的半身
酸痛隐喻着托马斯对自己的神经系统问题进一步恶化以
及自己心理的失衡倾向的整体恐惧。托马斯对弟弟这么
说道："因为我不愿意成为你这样的人，如果我内心里
曾经躲避着你，这是因为我必须提防着你，因为你的本
性，你的举止对我是危险的……"(476)

　　尤为具有讽刺意味的是，克里斯蒂安一直认为自己
病得很重，一定会比哥哥托马斯早死。小说最后却是托
马斯突然辞世，克里斯蒂安虽进了精神病院，可至少活
下去了。在托马斯的市民理性与自我压制被疾病与死亡
冲决的同时，人们似乎也能隐隐地感受到作品里透露出
的对克里斯蒂安的同情与庇护。像他那样过分关注自我
或许会常常显得滑稽，引人不悦，但也许恰是这样的病
症才能使自己"被死神弃绝"，死神也就只好"继续用各
色各样的引不起任何人尊重的小把戏耍弄他"(559)。这
里面或许也隐藏着某种较为现代的健康理念，即为托马
斯所鄙夷的对自我产生兴趣、深入观察自我，以及不约
束自身的情感。虽然依据当时的市民伦理来看这是"道

德欠缺"①，但却又是现代人为了生存不得不有的养生态度。因此，托马斯与克里斯蒂安这兄弟俩也代表着"世纪末"时期的人对待身体的两种倾向以及它们可能的结局，传统的自我规训有可能像托马斯一样面临随时的崩溃，而祛除理性与功名崇拜后对自我的关注，却可以令自己像克里斯蒂安一样，以不完美甚至是病态的形式延续生命。作品似乎预告了不完美的现代人之普遍的存在状态就是克里斯蒂安那样的带病生存与老龄化的结合。他有时候忽然陷入其中的那种说不出却又无法摆脱的恐惧——"他害怕是自己的舌头、食道、四肢，或者甚至是思想器官猝然麻痹失灵"(542)，也异常典型地存在于现代人的健康焦虑之中。

某种指向未来的思考也隐藏在克里斯蒂安最后的遭遇里。托马斯死前，克里斯蒂安想娶一位风尘女子的想法被他断然否定，他威胁道："我要让人宣布你神志不健全，让人把你关起来，我要让你毁灭！毁灭！你懂不懂?！……"(477)他死后，克里斯蒂安的婚事便没了最后的阻碍。然而，婚后克里斯蒂安精神恍惚的问题越来越严重，于是他在妻子与医生的劝告下进了一家精神病疗养院。这家疗养院看管病人十分严格，克里斯蒂安想离开而不得，小说中也暗示了他的妻子可以借此过她从

---

① 参见 Katrin Max：*Niedergangsdiagnostik：Funktion von Krankheitsmotiven in "Buddenbrooks"*. a. a. O.，S. 168f.

前那般浪荡的生活。这令人想到，现代医学有时会"使
根植于社会关系中的苦痛形式被界定为疾病、被医学
化，并被置于医学领域与政府的控制之下，作为个体的
身体状况加以处理"①。医学可以成为某种控制人的工
具，医学机构也可以成为某种禁锢人的场所。小说中也
设置了对现代医学进步性与发展进程的表现。例如，在
医学生莫尔顿身上体现 19 世纪的科学、民主和自由等
进步思想；讽刺老一代家庭医生格拉包夫只会"永远给
病人开鸽子肉和法国面包的食谱"(391)，而新一代的家
庭医生朗哈尔斯却已开始运用神经和红血球等当时最新
的生理学话语。但是，在对克里斯蒂安结局的简短描述
里，联系 20 世纪的人类历史，仿佛也能预见现代人面
临的疾病与医学被权力操控的恐怖景象，而这也正是"世
纪末"时期人们对各种事物泛病理化倾向的一种担忧。

　　克里斯蒂安这个"浪荡的波西米亚"②身上还有明显
的疾病与艺术家的关联意象。他的模仿力(224、379)、
语言的表现力(542)，甚至外语能力(378)都不得不让人
承认他确有某些方面的天赋，而布家也只有他能与汉诺
这个更典型的艺术爱好者找到共同语言，"看见这座傀
儡戏院的时候，他的喜悦和他侄儿的简直没有什么两

---

① 张有春：《医学人类学》，60 页。
② ［美］彼得·盖伊：《历史学家的三堂小说课》，刘森尧译，131 页，北
　京，北京大学出版社，2006。

样"（444）。在表演之后他却又常常感到痛苦与抑郁：

> "我常常去听音乐演奏，"他说，"我非常喜欢看那些人拨弄乐器！……真的，做一个艺术家多么美妙啊！"
>
> 说着他又表演起来。但是突然间他停了下来，他的神情一下子变得严肃了，这个表情来得那么突然，仿佛一副假面具从他的面上掉了下来似的。他站起身，用手梳理了一下稀疏的头发，坐到另一个位子上。随后他一直沉默不语，情绪非常恶劣，他的眼睛惶惑不安，从他脸上的表情看，仿佛他正在倾听一个神秘恐怖的声音。（224）

这种源自古老体液说的天才与抑郁症患者间的关联意象出现过多次，而这也恰好演示了"世纪末"时期龙勃罗梭和诺尔道等人对艺术家及天才的病理化评判。"退化者不总是罪犯、娼妓、无政府主义者和疯子。他们有时也是作家和艺术家。这些人会表现出相同的精神特质，大多数情况下，也会带有相同的身体特质……"①若是把《布登勃洛克一家》中的布家人物形象整体视作当时医学话语里的退化者家族群像的话，那么克里斯蒂安与下文中要分析的汉诺便是典型的退化型艺术天才。

---

① Max Nordau：*Entartung*. Band 1. a. a. O. , Vorwort.

四、颓废人生的诗化延续

如果说第四代人汉诺代表疾病与艺术"两条交叉行进的线索"①的交汇点与高潮，那么从遗传角度来看，他的父亲托马斯与母亲盖尔达的结合便是汉诺生存状况的根源。一方面，布家从四代人的发展来看属于在体质上不断退化的谱系，另一方面，盖尔达家族的人沉迷于艺术且擅长艺术，再加上她标志性的青眼圈和头疼病，都暗示出这是另外一种类型的退化家族。于是，在当时的退化与遗传学说解释范围内，这样的结合会不可避免地加速退化的进程，加强其病症的症状。小说中强调汉诺和他父亲一样牙齿不好，"……他的牙齿，一直是许多灾病、痛苦的根源"(426)。同样，他与母亲盖尔达在面部特征乃至气质上的相似也反复被提及，进而从生理学角度暗示了"正是生物学意义上的'遗产'对他的健康状况是致命的"②：

　　……在这对眼睛里，父亲瞳子的淡蓝色和母亲

---

① 延德莱艾克(Helmut Jendreiek)指的是在退化过程中生命力下降的线索和"在汉诺的艺术及厌世的认知能力中达到顶点与终极的敏感化与精神化线索"。参见 Helmut Jendreiek：*Thomas Mann. Der demokratische Roman*. Düsseldorf：Bagel 1977，S. 133.

② Katrin Max：*Niedergangsdiagnostik：Funktion von Krankheitsmotiven in "Buddenbrooks"*. a. a. O.，S. 11.

眸子的棕黄色结合成一种淡淡的、随着光线而变化
的无从确定的金棕色。鼻梁两旁的眼窝很深，罩着
一圈青影。这就过早地给这张小面孔——虽然还很
难称之为面孔——平添了一些表现性格特点的东西，
这对于一个刚出世四周的婴儿是颇不合适的。(334)

相对而言，上一代人的健康问题虽各有侧重，但还
在可控范围内（托马斯的死在某种程度上可被视作意
外①），而汉诺从小便是一个全方位的退化者，表现出了
各式各样的退化症状，不仅有身体机能上的，还有心理
层面上的。他"学走路和学说话都出奇地慢"，"……发育
确实有些迟缓。还在褓褓中的时候，他就必须和病魔做斗
争"。(355)在很小的时候，"他就喜欢紧闭着嘴唇，显
出一副痛苦和惶恐的神情……这种神情越到后来和他那罩
着一圈淡蓝阴影的独特的金棕色眼睛益加协调……"(356)

小说尤为着重表现他精神世界的颓废倾向。这一种
倾向当然在他父亲托马斯生命的最后几年里也同样越发
明显。但汉诺的精神颓废与体质退化构成的和弦则达到
了顶点。这种颓废首先表现在面对外界和成长时的胆怯
与抗拒上。小说特意将汉诺的童年设置在战火纷飞的德

---

① 也有专业牙医曾指出，托马斯很可能是由于突发心肌梗死而死，由供
血不足引起的疼痛传导到下颚被病人误感为牙疼，这甚至被命名为布
登勃洛克综合征。参见 F. P. Moog: "Herophilos und das Buddenbrook-
Syndrom". In: *Deutsche Zahnärztliche Zeitschrift* 58(2003)，S. 472-476.

意志帝国统一前后，通过对比表达出他对自己的小世界和童年生活的留恋，因为：

> 这样的年龄，生活还没有撞疼我们，责任感和悔恨也还都不敢损伤我们，那时我们还敢于看，敢于听，敢于笑，敢于惊讶，也敢于做梦，然而另一方面世界却还不曾向我们提出什么要求……那时我们非常愿意与之亲热的人还没有用他们的焦急不耐来折磨我们，逼迫我们及早显示出能够担当某些职务的标记和证明……唉，时光飞逝，没有多久，这一切就会像巨石似的加在我们头上，我们就要受压迫，受折磨，一会儿被拉长，一会儿又被挤短，直到我们完全被毁灭为止……(368)

这种"拒绝市民生活却又缺乏能力和力量将逃避规范坚持到底的矛盾"[1]正是从法国小说《逆流》开始蔓延开来的一种叙事模式。《逆流》的主人公最后不得不回到巴黎，而汉诺最后却不幸早逝。除此之外，小小年纪的汉诺还有着寻常小孩不可能有的敏感和忧郁。听着童话故事，他可以想象出里面的人物"心里愁得慌"(390)，听到一首诗，他就可以莫名地哭起来。布尔热认为，没落

---

[1] Andrea Kottow: *Der kranke Mann: Medizin und Geschlecht in der Literatur um 1900*. a. a. O., S. 31.

时代的市民们"之所以不会产生后代，是因为过度细腻的感受力和尤为稀罕的感情使他们成为充满欢乐与痛苦的艺术家，他们精致却不实用"①。作为布家男性中最后一代人的汉诺便是这样的颓废者。

汉诺的"这种喜欢啼哭，这种毫无生气，毫无精力"（426）令他的父亲托马斯无比担忧，"他本来是希望让他成为一个真正的布登勃洛克，一个性格坚强，思想实际，对外界的物质、权力有强烈进取心的人"（424）。因此，托马斯将施加在自己身上的规训与自制也尝试着加之于儿子身上。但最后，他不得不接受现实，承认自己改造计划的失败。托马斯在遗嘱里声明在他死后布家的公司将清盘结算，正是因为他在自己一步步颓废的同时，在儿子身上也看不到家族与公司所需要的那种商人的务实精神。

除了家族遗传方面的原因，小说也为汉诺与"对他有责任在其中活动与生活的那种环境格格不入"（423）增添了时代维度。19世纪下半叶到"世纪末"时期的社会发展加快了人们工作与生活的节奏，各个社会群体都感受到了持续的紧张与压力。在托马斯身上，压力主要来自事业发展与竞争；在汉诺身上，压力主要是由于教育的体制化及随之而来的学习任务的巨增。对他来说，"学

---

① Paul Bourget：*Psychologische Abhandlungen über zeitgenössische Schriftsteller.* a. a. O. , S. 24.

校机构及其内部的人员与规则是充满敌意的外部世界即
社会的模型"①。小说最后一部的第二章极为细致地描绘
了学生汉诺冬日里的一天：从早上六七点必须爬起来的
挣扎，到由于没有完成家庭作业而导致的胆战心惊，再
到一节又一节课上的考查、提问和判分带来的折磨。时
代变革的表层体现在学校设施的改善上：

> 学校里一切都是簇新的，一切都洁净悦目。时
> 代精神已经占了上风……虽然房屋的整体仍然保留
> 着原来式样，过道和十字回廊上面仍然是哥特式的
> 雄伟的拱顶，但是讲到照明和取暖设备呀，宽敞光
> 亮的教室呀，舒适的教员休息室呀，化学、物理和
> 绘画教室的实验设备呀，这一切却都是完全按照新
> 时代的舒适原则修建起来的……(576)

但汉诺们感受到的却是"另一种新精神"伴随着改扩
建及新校长从普鲁士而来：与从前相比，"如今威信、
责任、权力、职务、事业这些观念都成了至高无上的东
西"(586)。对于汉诺来说，新学校及其代表的时代精神
令他感到不堪重负，因此他绝望地说道："我却不成，
我感到多么厌倦。我想睡觉，想什么都不知道。我想
死，凯伊！……"(600)小说将关于学校生活的冗长的一

---

① Jochen Vogt：*Thomas Mann "Buddenbrooks"*. München：Fink 1995，S. 97.

章安排在描写汉诺患伤寒而死的一章之前，或多或少地暗示了时代变革对于汉诺的健康乃至命运的影响，反映出托马斯·曼"洞悉了建设时期的表象，认识到了威廉帝国体制上的虚伪"①。

类似地，针对汉诺所患疾病的诊治及保健计划也带有时代变迁的痕迹。一方面，这表现为诊断主体从格拉包夫医生变为朗哈尔斯医生。前者不过偶尔卖弄点拉丁语名词、基于古老的养生法开开食谱罢了；而后者既能用红血球不足等最新的生理学话语解释汉诺的体质虚弱，又能运用身体检查与测量及抽血化验等医学新手段，还能开得出鱼肝油和砒丸等时新药物。另一方面，托马斯和朗哈尔斯医生都认为：为了增强体质，在服食补药之外汉诺还需要参加体育训练。而体育教员开办的每周一次的体育训练班，作为"给本城年轻人一个培养勇气、力量、技艺和意志的机会"(511)，则鲜明地指向19世纪末体制化的体育教育对国民公共健康的管控。而其中"需要遵守的纪律和制度"(512)以及小孩子们表现出的那种对力量与竞争的崇尚，正是普鲁士统一德国后的新时代的精神与信条，而这却也是汉诺骨子里"怯生

---

① Irmela von der Lühe："Die Familie Mann". In：Hagen Schulze/Etienne Francois（Hg.）：*Deutsche Erinnerungsorte*. Band 1. München：Beck 2001，S. 257.

生地唯恐避之不及"(512)的。①

在汉诺患伤寒而死的那一章中充满了对病发过程的自然主义风格描写，这也是托马斯·曼借助当时的医学文本进行文学创作的一个具体事例②。然而，正是在引用医学知识之后，小说中也透露出托马斯·曼对医学效力范围的质疑。朗哈尔斯作为新一代医生的代表，被称赞为"有真实本领的高明医生"(607)。他虽然能很快诊断出病人所患的病症，并毫不犹豫地采取相应措施，但他的困惑却在于：

> 他自己也不知道这些疗法究竟有什么价值，有什么意义，有什么目的。因为有一件最重要的事他并不知道，他在这个问题上自己也好像在黑夜中摸索一样，那就是病人究竟活得成活不成……他并不知道，他称作"伤寒"的这个病症，在这个病人身上

---

① 19世纪末，社会上对"学校负担过重"已多有讨论，甚至1877年的德国公共健康维护协会（Deutscher Verein für öffentliche Gesundheitspflege）大会就以此为主题，声称当时的学校体制有害于"大众身体素质发展"，而小说里表现汉诺学校生活的这一章也正好发生在1877年。参见Paul Julius Möbius：*Die Nervosität*. a. a. O.，S. 58f；Bernd M. Kraske：*Revolution und Schulalltag in Thomas Manns "Buddenbrooks"*. Bad Schwartau：WFB 2005，S. 27-43.
② 有研究证实这一章中托马斯·曼对伤寒的描写在很大程度上是借鉴自当时的《迈耶会话大辞典》（*Meyers Konversationslexikon*）。参见Christian Grawe："Eine Art von höherem Abschreiben：Zum 'Typhus'-Kapitel in Thomas Manns Buddenbrooks". In：*Thomas Mann Jahrbuch*. Band 5. Frankfurt am Main：Klostermann 1992，S. 115-124.

只是一件无关紧要的小灾殃，是受感染后的一个不
很愉快的后果呢，还是使病人解脱的一种形式，是
死亡本身的一件外衣？如果是前者，那感染本身本
来也许就能逃避开，或者即使受了感染，借助科学
之力也能把它驱除掉；如果是后者，死亡不论采取
哪一副面具出现，任何医药对它都是毫无作用的。
（607～608）

很明显，朗哈尔斯医生的自我反思表明科技进步在
疾病与死亡作为一种存在意义层面的事物方面有无法解
释和判断的地方。也就是说，疾病本身往往不是事物的
本质，而只是更具本质性的事物的表象。"文学作品以
其观念、隐喻性和象征性满足人们阐释疾病的需要，而
这超越了所有自然科学、医学及社会心理学解释能
力。"①小说也以这样的方式指出，汉诺最后的死不仅可
以从生理层面和医学意义上来理解，还可以从个体求生
意志的薄弱及其对解脱的追求去考虑，"……如果他听
到生命的召唤声音就害怕地、厌倦地打了个寒战，那么
这个唤起他回忆的呼唤，这个快乐的、挑衅似的喊声，
只能使他摇一摇头，只能使他伸出抵挡的双臂……"（608）
于是，小说在结构和细节上为布家人精心构建起的退化

① Bettina von Jagow/Florian Steger (Hg.): *Literatur und Medizin: ein Lexikon*. a. a. O., S. 2.

医学因果关系被相对化了，也就是说，在生理医学取得进步并日益强势的年代，文学纵然会借鉴医学话语对人的解释，受到它的影响，但仍然会超越器质层面，保留对人的独特理解。相较于对人进行解释，理解正是医学的弱项。

这种诗学化的理解也体现在对汉诺短暂人生的美学接受上。汉诺虽然体弱多病，颓废消沉，16 岁时即死去，但是小说用精神与艺术为汉诺的生命做了富于诗意的注释。这样的美化其实有着悠久的传统。正如前文中介绍过的，自古希腊起就有基于体液说的关于疾病与天才的关联想象，到了"世纪末"前后，这一想象在龙勃罗梭等人那里转变为对现代艺术家的病理学指控。小说一方面通过克里斯蒂安与汉诺等角色演绎了当时对退化型艺术天才类型的构建，另一方面也通过表现汉诺的具体的艺术思想与实践来为其进行辩护，至少他们没有道德和法律上的亏欠，也没有艺术上的虚伪，有的只是对于自我的诚挚以及与市民规范之间的冲突。

小说里充满着对汉诺病痛的直接表现。首先，"汉诺所受的这些疾病的缠扰以及种种痛苦自然而然地使他在非常幼小的年龄就懂得了许多事理，使他变成一个人们通常称作为早熟的人"（427）。于是，他获得了某种高雅的风格，并时常"以一种忧郁的高傲形式"（427）表现出其心底更深邃和更严肃的世界。他甚至因此而拥有了非凡的观察能力，"实际看到的比他应该看到的还要多"，小小年纪，他便看穿了父亲的痛苦、疲惫以及"费力的造作"（514），令人不得不佩服他对人生的深刻理解及其中蕴含的智慧。

更为直观的则是小说中对汉诺音乐才华的表现。他沉浸于音乐，"……是自我解放和放松，是对带来苦难的生命意志的超越与解脱"①。与面对世俗生活的严苛要求感到无能为力不同，才7岁大的汉诺，便怀着"信仰、爱恋和无上的崇敬"（417）投入到音乐的鉴赏和学习中。而他表现出的"翱翔的幻想力""洋溢的天才"和"倾向于深沉和庄严的情绪"（418）令他的音乐老师费尔先生对他肯定不已。他在私人音乐课上的如鱼得水与在公立学校里"毫无理解希望地痴呆呆坐在九九表前面"（419）的颓态形成了鲜明的对比，正如他的艺术天才与他的体质虚弱之间的对比一样。于是，音乐对于汉诺便有了一种功能："把自己从每天的痛苦中解救出来，引导到一个温柔、甜蜜、庄严而又能给人无限慰藉的音响的国度里……"（419）除了在音乐中能体验到的日常世界里难得的幸福，小汉诺甚至在演奏时体验到了本该属于成年人的快感。8岁时，他在自己谱写的幻想曲里以一种"素面朝底"②的形式暗地里演绎了充满情色意味的场面：

---

① 李昌珂：《"我这个时代"的德国——托马斯·曼长篇小说论析》，28页。
② 黄燎宇：《〈布登勃洛克一家〉：市民阶级的心灵史》，载《外国文学评论》，2004（2）。

让意志再克制一分钟，不要马上就给予满足和解决，让它在令人痉挛的紧张中最后再受一分钟折磨吧！因为汉诺知道，当幸福到来的时候，也只是片刻就要消逝……汉诺的上半身慢慢地挺伸起来，他的眼睛瞪得非常大，他的紧闭的嘴唇颤抖着，他痉挛地用鼻孔吸着气……最后，幸福的感觉已经不能再延宕了。它来了，降落到他的身上，他不再躲闪了。他的肌肉松弛下来，脑袋精疲力竭地、软绵绵地垂到肩膀上，眼睛闭起来，嘴角上浮现出一丝哀伤的、几乎可以说是痛苦到无法形容的幸福的笑容。（421～422）

同样风格的演奏也出现在汉诺因伤寒而死之前一章的末尾。可见，音乐成了汉诺短暂悲剧人生的一种反转和延续。他的疾病、孱弱的体质以及面对现实世界时的胆怯由于16岁那年的伤寒而得到了结，但他的精神与感官却借助于音乐得以早早地变得强大与自由，甚至提前体验了人生的各种快感。从这个意义上看，小说将汉诺充满病痛的与压抑的生活诗意化了。

最后，凯伊作为汉诺的朋友仿佛与他结成了某种秘密关系，这也是托马斯·曼在其早期作品中多次表现的青春期同性恋情母题。人们"猜疑在这种友情后面藏有什么不规矩、敌对的东西"（584），故而将他们俩都看作与众不同的怪人。如果说克里斯蒂安是托马斯所要避免发展成为的对象，那么凯伊在一定程度上便承载了汉诺对一个更好的自我的期许，成为他生命精神的延续与升华①。在汉诺眼中，凯伊在面对其他孩子的欺负时拥有野性的还击能力，"能对什么都嘲笑"，"有一种能和他们对抗的东西"（600），更加乐观和开朗。同时凯伊在写作上的才华，也令汉诺钦佩，汉诺相信他一定会成名。汉诺死前"虽然什么人也认不出来了，可是当他听见凯伊的声音时，脸上却现出了笑容。凯伊一个劲地吻他的双手"（611）。因此可以说，凯伊这个形象也是小说对汉诺悲剧人生的一种诗意转化，凯伊式的健康活力与汉诺式的病弱颓废不是对立的，而是携手的同盟者，这其中的纽带与契机便是艺术。

以上便是小说《布登勃洛克一家》里众多病人中最重要的四位。折磨或摧毁他们的疾病各不相同：老参议夫人生前虽然健康、高寿，却在短短几日之内死于急性肺炎；托马斯的神经衰弱越发严重，最后竟于拔牙之后摔倒在地意外死去；克里斯蒂安始终在述说他左半边身子

① 古特亚尔(Ortrud Gutjahr)认为托马斯·曼中篇小说《托尼奥·克略格尔》(*Tonio Kröger*，1903)中的主人公的形象在很大程度上与汉诺相似，如出自大市民家庭、忧郁、有艺术气质，甚至有同性恋倾向，同时又与凯伊一样想成为作家。结合《托尼奥·克略格尔》最后积极乐观的结局，可以说汉诺被托马斯·曼通过隐秘的文学手段扭转了命运，延续了生命。参见 Ortrud Gutjahr: "Beziehungsdynamiken im Familienroman. Thomas Manns Buddenbrooks". In: ders. (Hg.): *Thomas Mann*. a. a. O., S. 21-44, hier S. 39.

难以解释的疼痛，结果却被关入精神病院，惨度余生；汉诺体质羸弱，身体各方面都有问题，其短暂的一生终结于一场伤寒。在整体上，小说以当时的代际退化学说作为医学线索，令人相信，"《布登勃洛克一家》中布家的没落可以被解释为不断发展的退化进程"①。

小说为他们的疾病又赋予了具有启发性、批判性和审美特性的精神维度：表现老参议夫人的临死挣扎主要是为了讽刺她之前由于崇奉宗教灵肉观而对蓬勃的生命力不知珍惜，令其见识了躯体爆发出来的巨大能量，表达出"世纪末"时期人们对于身体与生命的重视；写托马斯的神经衰弱及其最后狼狈的死自然是在嘲弄他所坚持的市民伦理思想，也表达出了"世纪末"前后人们面对工作与事业时的紧张与焦虑。同时小说还借助于托马斯转变了的视角制造出对死亡和疾病形而上的接受可能；克里斯蒂安反复叨念他左半身神经短一截，恰好形象地表达了"世纪末"时期人们的隐忧——神经系统失衡，"是受规范松动之累的危机年代的症状"②。他对自我的过分关注也就成了商人托马斯所要提防的某种反面的发展可能，而小说同时也借克里斯蒂安再一次讽刺了托马斯对自己身体的漠视，因为其最终的暴毙还不如克里斯蒂安

---

① Katrin Max：*Niedergangsdiagnostik：Funktion von Krankheitsmotiven in "Buddenbrooks"*. a. a. O.，S. 63.
② Andrea Kottow：*Der kranke Mann：Medizin und Geschlecht in der Literatur um 1900*. a. a. O.，S. 11.

终老于精神病院；汉诺则是全篇疾病母题表现的高峰，从当时的医学理论来看，他的衰颓应是意料之中家族退化的结果，但小说同时又将他的疾病与充满病痛的短暂人生诗意化了。通过表现汉诺的精神世界和艺术才华，也通过音乐给他带来的无限美好体验及好友凯伊这个形象，小说仿佛在暗示：汉诺的人生也可以突破其短暂性和苦难去理解，医学对人的精确解释中始终要附上人文主义对人的无限可能性的理解。可见，《布登勃洛克一家》既是一部受当时医学话语影响的作品，演绎了关于退化、颓废和神经系统疾病的多样化解释，又是一部针对泛科学主义及其决定论进行反思的作品，践行其他话语场域里对生命的不同理解尝试。如何理解身体退化与精神升华这两种极端生命体验相交织的悖论人生，成为小说《布登勃洛克一家》的一个核心问题。在下一章中，托马斯·曼看待汉诺人生时的浪漫的想法在几年后的另一部长篇小说中得到了进一步释放，并伴随着托马斯·曼的个人生活进入新阶段，而转向在现实层面与社会层面上进行思维实验，探索拯救身陷危机的个体与集体。

第五章　祛除障碍的童话方案

——长篇小说《海因里希殿下》

　　《布登勃洛克一家》的成功为年轻的托马斯·曼带来了巨大的名声，同时促使托马斯·曼对昙花一现式的成功产生了某种担忧。托马斯·曼逐渐怀疑是否"还能在商人与代际小说里通过挖掘过去那个世纪的精神来取得成就"[①]。1909 年，托马斯·曼终于推出了他的第二部长篇小说，普通读者对这部《海因里希殿下》(*Königliche Hoheit*)充满了期待与好感，但出版市场在积极反响之外还有不少来自评论界的批评的声音。在很长一段时间里，这部小说因其俗套的王子和公主的故事及喜剧结局而被认作曼氏创作中文学价值不高的一部作品[②]，这反映出评论家们对于曼氏早期作品中极具标志性意义的悲观、死亡和毁灭风格的某种偏爱。托马斯·曼生前曾多

[①]　Michael Neumann：*Thomas Mann*：*Romane*. Berlin：Schmidt 2001，S. 52.

[②]　如乌斯林(Hans Wysling)评价说："在《海因里希殿下》里，将自身童话与社会领域相结合的尝试还是失败了。"参见 Helmut Koopmann (Hg.)：*Thomas Mann Handbuch*. a. a. O.，S. 395.

次抱怨：几乎没人能认识到这部小说的独特价值，要是没有它就不会有后来的《魔山》与《约瑟夫和他的兄弟们》，"《海因里希殿下》是我人生的一次实验"①。在这里，个体与集体如何排除障碍、走出危机是实验的核心内容。

故事发生在 19 世纪末、20 世纪初一个虚构的德意志公国里。这个小公国经济不振，社会闭塞，面临着重重挑战。主人公是名为克劳斯·海因里希的王子，天生左手萎缩的他在成年后成了多病的兄长——在位大公阿尔布雷希特二世——的代表，代其履行君主的各项义务。一位美国富豪为了治疗自己的肾结石到公国的矿泉园来疗养，随行的女儿伊玛与海因里希渐渐互生好感，而同时海因里希也逐渐接受并适应了自己作为大公代表的身份与职责。最终，两人不再猜疑与犹豫，走入了婚姻的殿堂，公国的经济也因得到伊玛父亲的资助而转好。

在这部带有新浪漫主义风格的现代宫廷小说里能看到托马斯·曼与卡佳成婚这段经历的影子。同时它也反映了托马斯·曼在思考婚后人生规划的阶段里的个人体验与感悟。托马斯·曼早期作品中被偏爱的艺术家、孤独者、局外人等主题在小说中继续出现，同时小说的结局又童话般地宣告了各组对立的和解。从某种程度上来说，这也是对以海因里希的生活为代表的某种存在状态

---

① Thomas Mann: *Gesammelte Werke in dreizehn Bänden*. Band 11. a. a. O. , S. 573.

所持的乐观态度。① 在呈现这种存在及为此寻找出路的思考中，疾病再一次全方位地扮演了重要角色。如在《布登勃洛克一家》中一般，《海因里希殿下》里面也几乎没有几个健康的人物。疾病及与其相关的残障、疯癫等母题在构建作品的意义空间时发挥了巨大的作用。

　　但是，"与《布登勃洛克一家》相区别的是，家族退化在《海因里希殿下》里并不是作为一种事实被表现，而更多是作为一种可能的，而不是切实的发展被处理"②。此外，布家人所面对的各种疾病，或是命运对其自我的嘲讽，或是个人对于失控的恐惧，或是死亡对于痛苦人生的解脱，即使从家族遗传的角度来看，作为本质性疾病的退化也是作用于整个布家的某种蛮横力量。疾病在这里更多地是要与之周旋和斗争的他者形象。布家人在这一点上都以失败告终，人们唯有在另一个层面，即精神与艺术层面，去尝试理解它所带来的正面意义，从而超越它的绝对的悲剧性。而在《海因里希殿下》里，正如第一章以"障碍"为标题所暗示的，疾病具有了存在意义上的终身性与普遍性，它更多地指向人的身份与本质，需要人们思考如何与之长期相处。因此，下文中将会从

---

① 参见 Andreas Blödorn/Friedhelm Marx（Hg.）: *Thomas Mann Handbuch. Leben - Werk - Wirkung*. a. a. O., S. 26.

② Joachim Rickes: *Der sonderbare Rosenstock. Eine werkzentrierte Untersuchung zu Thomas Manns Roman Königliche Hoheit*. Frankfurt am Main u. a.: Lang 1998, S. 146.

疾病的标识作用出发，分析这部小说的疾病书写中人物存在与身份的危机，小说在时代精神的影响下为其寻找到的拯救之道，并揭示其童话色彩与喜剧结尾背后仍存有的怀疑与讽刺。

一、残障作为身份标识

小说从主人公海因里希的出生开始。在前任大公老约翰的期盼中，小王子降生了。然而，新生儿"仅有一只小手盲目地来回做着抓物动作"①。前任大公面对小王子先天的左手萎缩②感到愤怒与无法接受，急需一个可以令他接受的解释。犹太医生扎梅特以明确的医学见解排除了大公对于小王子左手萎缩是由于遗传的猜测，指出小王子左手的"畸形纯粹是机械性的"，是由于在特定情况下产生的"羊膜线"缠绕并束缚住了胎儿的肢体，最终造成其"肌肉、细胞组织或器官的萎缩"，而且这种情况无法事先发现，"障碍的形成是在隐蔽状态下进行

① ［德］托马斯·曼：《海因里希殿下》，石左虎译，15 页，上海，上海人民出版社，2014。本章中对《海因里希殿下》文本的引用均出自此文献，以下只在引文后标明引文出处页码。

② 对于当时的读者来说，主人公的左手萎缩令人立刻想到执政的威廉二世，因为他也有一样的残疾。因此，当时有评论说这部小说中有对德意志帝国以及威廉二世本人的讽刺性影射。参见 Andreas Blödorn/Friedhelm Marx（Hg.）：*Thomas Mann Handbuch. Leben - Werk - Wirkung.* a. a. O.，S. 28.

的"。(19)有研究者已经指出，此处如此专业的解释恰好与当时最新的妇科知识相吻合，有理由相信托马斯·曼直接参考了同时代的医学文本。[①] 而此处对该残疾是缘于家族遗传的否定，对单纯"机械性"原因的强调，也恰好说明，在 1900 年之后医学界对遗传学说的关注逐步减弱了，个体自身的器质性原因越来越成为医学关注的对象。在某种意义上，这反映出现代生物医学针对疾病的去道德化与去体质化倾向。《海因里希殿下》在这一点上是对演绎遗传退化的《布登勃洛克一家》的超越。

象征新医学的扎梅特医生初登场时的形象极为高大，"他的外表能唤起人们对他的信赖，给人以真诚和实在的印象"(18)。他坚定而果断地给出的医学解释消除了前任大公的疑惑和愤怒。更为关键的，也是与《布登勃洛克一家》中的朗哈尔斯医生相区别之处在于，他对小王子的先天性残疾除了给出专业的医学解释，还给予了充满人文关怀的理解。他宽慰前任大公道："很多人……都是在严重缺陷状态下生活和工作的。"(20)前任大公对其作为犹太人在事业发展遇到不利因素时表示了关心，而扎梅特在针对种族权利不平等发表的见解中既

[①] 　艾戈勒(Jochen Eigler)指出，1898 年的一本妇产科教科书里有与这部小说文本极为相似的对羊膜线产生过程的描绘。参见 Jochen Eigler: "Thomas Mann - Ärzte der Familie und die Medizin in München. Spuren in Leben und Werk（1894-1925）". In: Thomas Sprecher（Hg.）: *Literatur und Krankheit im Fin-de-siècle（1890-1914）. Die Davoser Literaturtage 2000*. a. a. O. , S. 13-34, hier S. 27.

透露出他对自身特殊身份及处境的坦然接受，同时也表达了他对左手残疾的海因里希的祝福与期望，奠定了整个故事的核心思想，即特殊身份与特殊责任。

> 要我说呀，同等地位与同等权利的原则并不意味着在共同生活中排除特殊情况和特殊形态，按照平民的标准，特殊的人无外乎是那些自命不凡或者厚颜无耻的人。有个别人做得不错，他们不去考虑自己地位的特殊性，而追求隐含在特殊称号之中的本质，然后从中引出自己应该肩负的特殊责任。一个人，如果他有能够做出不凡成就的天资，而与大多数活得舒适的平常人格格不入，这不是他的劣势，而是优势。(21)

事实上，小王子的左手萎缩后来并未像其他更严重的疾病或残障一般实质性地限制了他的生活能力。作为新任大公的弟弟与全权代表，他的生存与事业并不会像普通人一样受到身体残疾的制约。这一终身的残疾及其不可避免地在公共场所的暴露更多地彰显了其个人身份的独特性。于是，此处的残障母题便有了西方传统疾病观里的标识内涵。

标识(Stigma)一词源自古希腊，最初指的是标明个人不道德或低下身份的身体标识，一般而言，这些标识是用烙铁或刀剑在受罚之人身上留下的印记。标识原本

的社会学功能是将奴隶、战俘、罪犯、妓女这样的群体
与大众进行区别与隔绝。[①] 基督教则扩展了这一概念的
范围，除了作为刑罚的肢体伤害，由于身体的不健康与
肢体的不协调所表现出的异样也被视作个人身份的标
识，到现代进而扩展为各种身体的、精神的、行为的及
社会分类上的个人特质。而标识最初的负面内涵也逐渐
被扩大与转化，除了上帝对人的惩罚可以通过皮肤病等
特征来标识，上帝对人的挑选、考验、恩典与拯救等也
都可以通过疾病或残障等标识来被人感知。

　　在《海因里希殿下》中，左手萎缩作为王子的特定标
识便产生于这样的语义传统。而疾病作为标识也是托马
斯·曼早期作品中的常见意象，不管是布登勃洛克一家
人各种标志性的、反复发作的病痛（冬妮的胃病、托马
斯的神经衰弱等），还是《矮个子先生弗里德曼》里主人
公的先天身体畸形，甚至是《小路易斯》里雅各比身上被
揭露的女性化潜质都可以从这一角度去理解。只不过在
《海因里希殿下》里，代表王室与国家的身份高贵的王子
殿下同时带有身体残障这一醒目特征，其中的张力显得
尤为突出并充满寓意。结合海因里希的成长与自我救赎
之路，左手萎缩这一身体特征首先指向其身份的特殊
性，甚至成为他肩负起与自己特殊身份相匹配的特殊责

---

① 参见 Erving Goffman: *Stigma. Über Techniken der Bewältigung beschädigter Identität*. Frankfurt am Main: Suhrkamp 1974, S. 9.

任的契机，而通过承担责任，特殊的个体才能得到解脱与拯救。因此，在某种程度上我们在这部小说里看到了中世纪小说《可怜的亨利希》的影子。[①] 与患有麻风病的贵族骑士被上帝挑选进而最终被救赎一样，此处的海因里希殿下也经历着特殊的考验与救赎。一个古老的疾病意象便在这个新浪漫主义风格的故事里复活了。[②]

"一个左手畸形的贵族是双重的边缘人，既是社会层面上的，也是天生的身体层面上的，两种层面上的边缘人身份都是从他出生起便注定了的。"[③]他是前任大公老约翰的次子，是新任大公阿尔布雷希特二世的弟弟。如果他像一般的亲王一样，虽承袭贵族头衔，却不用担当重任也就罢了，可阿尔布雷希特二世偏偏生来体弱，也耻于在公众面前露面，他对自己存在形式的反感使他不得不请求成年后的海因里希作为他的代表处理本属大公义务的国事。于是，拥有尊贵出身的海因里希同时也肩负起了管理公国的"天职"。他要对整个公国负责，他成为王室与国家的象征，出席各式各样的庆典与仪式。

---

① 参见本书 46 页。

② 里克斯(Joachim Rickes)还认为这部作品与中世纪宫廷小说《帕尔其伐》(*Parzival*)有很多相似之处。从这个角度看，海因里希在一定程度上对应着患病的圣杯国国王。参见 Joachim Rickes: *Die Romankunst des jungen Thomas Mann*. "*Buddenbrooks*" *und* "*Königliche Hoheit*". Würzburg: Königshausen & Neumann 2006, S. 35-37.

③ Heinrich Detering: "*Juden, Frauen und Litteraten.*" *Zu einer Denkfigur beim jungen Thomas Mann*. a. a. O., S. 124-125.

这些活动如此地频繁，如此地形式主义，"有时候他觉得，职务给他带来的是悲哀和可怜，尽管他热爱他的职务，尽管他乐意代表兄长出行"（140）。对于海因里希的责任，公国里流传的一个古老的传说更是提升了人们对他的期待。很久以前有一位吉普赛女人曾预言"说一位'独手'公子，将给他的公国带来巨大的幸福"（34），而公国的经济状况一直以来很糟糕，因此，海因里希就感受到了带领人民走出困境的压力与紧迫感。

　　除了所谓天职对他的重压与考验，海因里希还面临着个人情感上的挑战。尽管海因里希殿下备受民众爱戴，"而他走在人群中，身处尘嚣，却仿佛处于无人旷地，如同一个异乡人，孤立独行"（3）。他的孤独感体现在他必须高高在上，一旦走近大众，就必然损害他的尊严。他的残障也构成了这种禁忌的原因。海因里希青年时期在市民舞会上经历的"难堪"便是打破这种禁忌的后果。"大家壮着胆子上前，很随意地牵起他那只畸形的手，跳起了圆舞或者轮舞……"（85）"成为他们中的一员"（85），这种幸福的虚幻，很快便被他意识到——这是在欺骗自己。

　　而成年后与女主人公伊玛的相遇，则令海因里希陷入了爱情的烦恼。同样孤独，却特立独行、真诚面对生活的伊玛在一开始是拒绝王子的，她认为他的天职是作秀，他缺乏对世人的关心。因此她说："如果殿下肩负的天职不包含一点对人的同情、宽容和乐善好施，我只

有永远不要跟您为伍，不会以您的尊贵为乐。"(221)

"一直活得很辛苦，很孤独"(247)的海因里希殿下便如此因为自己的独特身份而处于危机状态之中。"边缘人被伪装成了王侯；同样地，王侯身份也表明他只不过是边缘人形象的一个新的变体。"①先天残障既象征了普遍意义上人类从出生起便必须面对的生理上的不利，也特别指向了王子独特身份的不可选择及其与众人之间的隔阂。畸形的左手无法被遮掩，还隐喻着他时刻处于公众关注之下的身份，而关于"独手"王子的传说更令他的这一身体标识指向了高贵之人的天职与义务。因此，海因里希个人身份的独特之处全部都可以通过先天萎缩的左手这一具象表露出来。出生与出身，不幸与高贵，孤独感与公众性，辛劳与责任，全部都汇集于此。

与托马斯·曼其他早期作品中的疾病处理不同，海因里希的危机没有肆意发展，而最终导致他的灾祸或毁灭。相反，海因里希的特殊身份与职责带来的痛苦最终被——化解，他个人和他所代表的整个公国都得到了救赎，走向了幸福。而且个人的救赎与国家的救赎紧密相关，彻底实现了"独手"王子会带来幸福生活的浪漫预言。最终，海因里希与伊玛在就公国的经济危机一同研究财政问题的过程中取得了相互理解与信任，相互之间

---

① Heinrich Detering："*Juden，Frauen und Litteraten.*" *Zu einer Denk-figur beim jungen Thomas Mann.* a. a. O. ，S. 119.

产生了爱情，顺利地步入了婚姻的殿堂。同时，伊玛的父亲，即来自美国的大富豪施波尔曼先生也为公国提供了巨大的财力支持，使这个小国家的经济转危为安。海因里希左手的残疾被伊玛接受，正是这场和解与合作的象征："此刻的她，握住了他的手，那只弯曲了的、残疾的、妨碍他肩负天职的、自青年时起就成习惯地、巧妙地、小心翼翼地将其隐藏起来的左手，——她将它握住，吻它。"(248)

二、集体与个体危机的同构

如前所述，小说中营造了一个以海因里希殿下及女主人公伊玛为中心的病态与怪异的世界，折射出了一种带有普遍性的、充满危机的生存状态。这里的群体性病症既不具有似《布登勃洛克一家》里源自遗传学说解释下的家族退化效应，也不具有似后来的《魔山》里源于疗养院这一医学机构的公共属性。整个故事中仿佛展现了一个集体患病的国度，而这也是疾病话语里的常见模式，即以疾病作为城市或国家危机状态的隐喻。同时，这种整体观也可以被视作19世纪末泛病理化思潮的体现。例如，前文曾提到，细胞病理学家菲尔绍常将自然与社会相互类比，将国家看作由细胞构成的有机体；反之亦然。他强调，这种有机体应该是一个由平等个体组成的自由国度，即使个体的天赋不同，它们因相互依赖而团结一致。但他又断言，所谓疾病"源于身体的调节机制不足以排除故障"①。可见，他将有机体理解为由必须互相合作的个体构成的集体，而同时，其健康又依赖于特定个体的职责，所谓疾病也就是机体的障碍与危机，所谓康复便是在身体"调节机制"下的个体克服障碍。这种机体观与疾病观又反过来投射到对社会和国家的理解上。《海因里希殿下》在集体与个体、障碍与康复的表现上便与这种观念相契合。

首先，在小说里，公国作为民众的共同家园被类比为患病的身体。公国经济的不利状况伴随着海因里希的出生与成长，环境的窘困与他肢体的障碍形成呼应。先是隐喻肌肤的森林被无节制地开发，"有很多森林失去了全部肥沃的土壤；有些树木由于草荐被耙走而变质退化"(27)。进而是与民众健康相关的畜牧业由于经济原因"将所有可支配的全脂牛奶变成钱"，"批评人士提出营养不良问题，说这完全是公国民众身体和德行的衰弱"(27)。小说还将人们为应对这种危机而不计后果地大规模借贷讽刺为"医治不知不觉恶化的疾病的唯一方法"(28)。日渐破败，却无钱修缮的各处城堡也象征着逐步衰落的、颓败无望的大公家族。连夏宫霍拉布伦城

---

① Rudolf Virchow："Über die heutige Stellung der Pathologie". In：*Tageblatt der 43. Versammlung Deutscher Naturforscher und Ärzte*. Innsbruck：Wagner'sche Verlag 1869，S. 185-195，hier S. 193.

堡里的蔷薇花都表现出某种生物学意义上的障碍——"一个令人非常难受的特征：没有香气"，严格地说是"一种微弱的、完全可以嗅得出的腐烂气味"（33～34）。此外，"富裕的然而有病的人在都城居住"（35）。整个公国面临着全方位的生存危机，好似染上重病的躯体，它与海因里希的肢体残疾一起导致了"生活的艰难、危险和严酷"（39）。这样的危机状态在海因里希携手伊玛之前达到了顶峰——农业连遭荒年，"至少有百分之十的农作物害病"（252），而森林已经完全不能带来利润了，"害虫毒蛾频频袭击树林"（252），"面带营养不良迹象的人越来越多"（253），整个国家处于"一个精神衰弱的时刻"（254），人们不禁追问："补救和医治的良方在哪里？"（295）

　　其次，生活在其中的人是危机环境里经受各种身心考验的个体。海因里希的父亲老约翰作大公时"事必躬亲"（102），麻木且倦怠地履行自己的职责。到最后，他疲惫不堪，积劳成疾，"死于一种可怕的疾病"，"死神似乎一定要把'致命疾病'患者的假面和外表剥去，让患者原形毕露"（102）。他的形式主义的、追求假象的人生遭到了终极嘲讽。海因里希的母亲多罗特娅"长久地将心思放在自己形象的美化上，她对人的微笑和致意纯属习惯性的和做作的举止，她自己的心从来没有为任何事和任何人激烈跳动过"（47），老来却犯"有严重的精神迷糊和错乱"（109）。曾经克制、冷静与美丽的她在晚年逐步"进入一种病态的愤世嫉俗的心境"（109）。他的哥哥

危机的病理

阿尔布雷希特二世"自幼重病缠身……总以为自己要跟
死神见面了"(41)。作为新任大公，他的健康状况固然
是其无法正常履行职责的原因，但其内心的敏感以及对
于人生过于透彻的领悟才给他造成了更具本质性的障
碍，使他无法正常面对自己的身份与处境。这也是"世
纪末"文学里常常出现的一种悖论：谁越了解生活的本
质，就越没有能力生活。海因里希的老师于贝拜因①博
士"出身不幸，他脸色发青，是曾经挨过饿的标志"
(73)，他与生活战斗，坚信海因里希的显耀身份"是比
普通存在更加高级的存在"(72)。但最后，他这样一位
"冷漠、自恃和虚荣"(241)的人，既受辱于联合起来的
平庸的同行们对他的排挤，又失望于他曾寄予厚望的海
因里希背弃了他的理念，即身为王子要承担天职，却在
伊玛那儿追求幸福，愤而选择了自杀。"激起公子的思
绪"(148)的诗人马蒂尼宣称"天才和我的虚弱身体是连
在一起不可分开的"(152)。他病痛缠身，因而认为自己
的力量不足以应付生活，而克己正是他们这样的人与缪
斯的约定。他以维持身体健康为借口过着"节省、恐惧
和吝啬三位一体"(154)的生活，令海因里希感到反感。
甚至连海因里希与伊玛初次相见都是在多萝特恩儿童医
院，他们像检阅人间疾苦一般参观"蘑菇状瘤""病变扩

① 其姓氏由 über 和 Bein 组成，可以理解为超大的腿，可见托马斯·曼
从名字上对这个人物的独特性也进行了生理性标识。

大的肾""退化的关节"以及发育不全且为难产儿的标
志——"一双又丑又大的手"(185)，由此展现出公国下
层民众的贫困、酗酒恶习与绝望。

在伊玛这一边，虽然她自己并不以某种疾病为标
识，但类似的是："有色人血统成了人生的障碍和额外
的负担，它把我们与那些跟我们差不多同等地位的少数
人隔离开。"(231)她身边的各色人物也都不健康、不正
常。其父施波尔曼先生"行为拘谨、病态，是一个怪诞
的富翁"(199)，却因为肾结石从美国来到这个欧洲小公
国的矿泉园疗养，正如大公阿尔布雷希特二世所说：
"为此而来的人都是有病在身的，他也不例外。"(127)他
"面带怒容，因患疾病而神经过敏"(158)，他还"有离群
索居倾向"(171)。因为促使施波尔曼先生离开美国、来
到小公国的原因不仅仅是病痛，还有"来自吃亏人群的
仇恨"(175)。陪聊女洛温朱尔伯爵夫人"头脑不正常"
(165)，"她的古怪是精神困惑者表现出的症状"(221)。
曾经遭受过虐待是她精神疾病的根源，而此刻她的精神
错乱与失常也不失为一种解脱。伊玛视伯爵夫人为朋友
与某种意义上的老师，因为她让伊玛"看到了在这个世
界上存在着无边际的痛苦和丑行"(223)。伊玛的宠物狗
珀西同样表现异样，属于易兴奋和狂躁的类型，"总是
骚动不安，总要做出一些引人注意和令人诧异的动作"
(164)。但是，在伯爵夫人和伊玛的眼里，珀西"集骑士
风度和纯洁于一身"(216)。医生曾建议杀掉这只疯狗，

但伊玛坚决反对，因为她视其为施波尔曼家的一员。

　　作为一部"世纪末"作品，小说也表现出这一时期的过渡与转型特质。公国经历着"世纪末"背景下的时代转型，甚至可以说，公国的"种种畸形现象"(278)便是它在这样一种痛苦的转型中所表现出来的症状。从本质上来说，大公家族的奢侈传统及贵族那"固执和陈旧的意识概念"(10)跟不上商人的步伐，"他们富有无拘无束的首创精神，不太固执，又具备勇于担当的思想"(11)。王公贵族自以为身份高贵，囿于故常，公国经济的发展因此受到了严重的阻碍，用国务大臣冯·克诺贝尔斯多夫的话来说就是，以农耕经济为基础的王公贵族还没能下决心去当实业家和金融家。但同时，资本主义经济思想已势不可挡地在公国里流行了起来。不少人"认为当今时兴非正常、造假和不讲道理的做法，时兴冷酷的、赤裸裸的商业手段"(27)。以制皂商乌施利特为代表的商人们甚至拥有王室尚没能力配备的中央暖气。而公国政府为应对财政赤字正逐渐陷入因滥用贷款与无节制地发行债券而引发的金融危机之中，连伊玛都看出来了："公国已经直接转向资本主义。"(286)这里发生的经济转型以及"两个政治文化的冲突"①正是公国集体与个体病态与危机的根源；人们处在新旧时代交替的间隙里。象

---

① Heinrich Detering："*Juden，Frauen und Litteraten.*" *Zu einer Denk-figur beim jungen Thomas Mann.* a. a. O.，S. 137.

征旧时代的大公家族不得不面对一个从新大陆来到此地的商业大亨，他们备感窘迫、焦虑和孤独，后者才像一位有权势的君王，他"拥有差不多相当于大公国全部国债两倍的巨额财产"（257），只有他才能帮助公国从危机中走出来。当然，他也有他的烦恼和痛苦——"施波尔曼一家受人钦佩，同时遭人厌恶和鄙视，在世人看来，他们一半是世界奇迹，一半是卑鄙无耻"（231），伊玛因此觉得自己父亲的肾结石"很有可能是由仇恨引起的"（229）。

　　总之，在小说的喜剧结局到来前，公国是病态的、摇摇欲坠的，每一个角色都处于各式各样的危机之中，并以这样或那样的病痛作为标识。而危机四伏的生存环境与状态又指向世纪之交的现实世界中各种新旧势力的对峙，个体与集体的疾病是这些势力不协调的后果，正如广义的体液说所认为的，疾病是"偏离自然平衡的和谐状态"①。因此，《海因里希殿下》的疾病母题除了上文中分析的身份标识内涵外，还暗含由于力量失衡而导致疾病的古老的医学想象。也正因此，小说最后的喜剧结局所暗示的解脱之道便是各种力量间的妥协与合作。

---

① Heinrich Schipperges：*Krankheit und Kranksein im Spiegel der Geschichte*. a. a. O. , S. 33.

三、携手作为拯救

《海因里希殿下》不仅表现了人的病态与危机，也尝试提供疗救和解脱的方案。主人公的左手萎缩应该如何被对待与主人公所处的环境如何被拯救之间形成呼应，个体的身心烦恼与更广阔领域里的现实问题如经济危机等，通过集体合作被消除。从这个意义上看，《海因里希殿下》也就有了教育小说与社会小说的特质。执政的王子与商人世界的"公主"伊玛的携手，既是"走向解放的联合"，也是"走向联合的解放"①。

主人公最初的生存之道是典型的禁欲式的。母亲在教导他如何去面对自己左手的残疾时，使用的是隐藏与压制的策略：

> ……母亲常叮嘱他要巧妙地把左手藏起来，藏在上装两边的口袋里，藏到背后，或者藏在胸前，还叮嘱他，尤其当他在柔情冲动下想伸出双臂拥抱母亲的时候，要注意藏好自己的左手。当母亲在敦促他照管好自己的左手时，母亲冷冷地看着他。(46)

---

① Andreas Blödorn/Friedhelm Marx（Hg.）：*Thomas Mann Handbuch. Leben - Werk - Wirkung*. a. a. O.，S. 29.

　　这种克制原则为海因里希制造了"无法逾越的隔绝"，"……他生活在冰冷之中，这种冰冷从外部袭来，他对此无能为力".[①] 在年轻时的一次市民晚会上，在象征狄奥尼索斯精神的酒精作用下，海因里希忘情地投入了与同龄人的狂欢之中，"他已经把他的左手完全忘记了，任凭左手下垂，他不觉得它妨碍了自己的欢乐，他不想把它隐藏起来"；"大家壮着胆子上前，很随意地牵起他那只畸形的手，跳起了圆舞或者轮舞……"(85)然而最后，这种与众人打成一片的自在和幸福，在长期以来孤独惯了的海因里希看来是虚假的，随后赶来的于贝拜因将他从所谓难堪之中解救了出来。

　　作为海因里希的老师，作为"一个对克劳斯·海因里希的思维和自我感觉方式形成也许有着太多影响的人"(61)，于贝拜因代表着海因里希最初的人生观，而这种人生观与对畸形左手的隐藏在本质上是一致的。他与王子的相似之处在于先天的不幸：王子的不幸是生理上的，而他的不幸是身世上的。他的生存哲学便是强调特殊人群的精神、尊严和身份之高贵，排斥"我们大家同属人类"(70)之中的"普通存在"(72)。一个信仰孤独

① Heinrich Detering: "*Juden，Frauen und Litteraten.*" *Zu einer Denkfigur beim jungen Thomas Mann.* a. a. O. , S. 121.

奋斗的禁欲主义者形象、尼采意义上的超人形象①在小说里被刻画得活灵活现：

> ……于贝拜因在世上孑然一身，他出身不幸，可怜得如一只麻雀，他天生一张丑陋青面和一对招风耳朵，此长相很适应奉承人。这条件能叫人喜欢吗？但是，这样的条件居然是好条件——永远是好条件，事实就是如此。他，不幸的青年时代，孤寂的生活，未交好运，惯于画饼充饥，以特有的严格态度孜孜不倦地工作；他，与肥胖无缘，内心世界丰富，不知舒适是什么感觉，确实比有些人强；他，一个头脑冷静、聪明的自食其力者，他的才智增长程度可想而知！(67)

但在小说中海因里希后来逐渐远离于贝拜因，与伊玛越来越亲近。于贝拜因教导王子不能以普通人的身份去追求幸福，认为他与伊玛的接近只会再一次造成类似于市民晚会上的耻辱。而伊玛一开始便看透了于贝拜因的厄运，认为他这样对待生活，得不到周围人的喜爱，

---

① 于贝拜因这一德语姓氏拼写与尼采的超人一词都以 über(超过、过度) 开头。有研究者指出这一人物是对尼采超人概念的讽刺性描摹，参见 Friedhelm Marx: "Thomas Mann und Nietzsche. Eine Auseinandersetzung in Königliche Hoheit". In: *Deutsche Vierteliahrschrift für Literaturwissenschaft und Geistesgeschichte* 62. 2 (1988), S. 326-341.

"不会有好结果"(227)。海因里希便在这两人所代表的两种生活观之间做出了选择："我是现在才知道的，他还像父亲般地用这种罪恶来教化我。但是我现在已经长大了……虽说我也已经不相信于贝拜因，但是，我会相信您，伊玛，早晚的事……"(264～265)最后，果然被伊玛言中，于贝拜因遭遇了"灾祸""逆转"和"不幸的结局"(306)：他自杀了。他死后，海因里希彻底脱离了他的"精英式孤独路线"①，继而转向伊玛所要求的"对人的同情、宽容和乐善好施"(221)。

　　而伊玛对王子残疾左手的坦然的审视、发问以及触碰(248)，恰好代表着与王子母亲的隐藏与压制相反的态度，即接纳王子身上的柔弱、残障以及与之相伴的人性。正如伊玛对思维混乱的伯爵夫人以及疯癫的珀西所做的那样。海因里希与伊玛的结合也预示着他从此接受了一种全新的对待自身缺陷的方式，在某种意义上也是将自己从先前的压制策略中解放出来，轻松地面对真实的自己。海因里希与伊玛携手，整个公国也在伊玛父亲的资助下渡过了经济危机，财政大臣克里彭罗伊特博士的"胃恢复了动力"(307)，公国的经济和社会生活也逐渐正常化，王子的家园得到了拯救。

　　而伊玛这一边也需要与王子携手。她与她的父亲一

---

①　Heinrich Detering：*"Juden，Frauen und Litteraten." Zu einer Denk-figur beim jungen Thomas Mann.* a. a. O. , S. 152.

起承受着世人对富豪的仇恨和咒骂，她有着源于混血身份的"缺陷"与"障碍"（231）。"精神上的痛苦使她的面容变得难看、失真、变形……她曾经要求公子，在可怜的伯爵夫人不能自控时，要给予她同情和宽厚；可是小姐自己也要人给她同情和宽厚，因为小姐她很孤独，与公子一样，她也活得很累。"（231～232）

> "哦，我很清楚，我也有同样的缺点，我也需要有人来帮我改正。"
> "我就是那个人，伊玛，我们互相帮助吧……"（267）

因此，海因里希与伊玛的携手，是两个孤独者的合作，是两个有缺陷的人之间的互助。王子由此获得了人生观与世界观的解放，并在一定程度上实现了祖国经济的振兴，而伊玛同样得到了解放，被从她先前承受的身份重压及公众仇恨中解放了出来。此处的联合与解放主题是托马斯·曼对"世纪末"时期推崇孤立与隔绝的颓废派及唯美主义的超越构想，当然也是他针对自己"个人主义危机"[①]的解决方案。

不仅是伊玛，要忍受病痛与偏见折磨的施波尔曼先生也同样"太想得到安慰，太想有人批评慈善机构的做

---

① Thomas Mann：*Gesammelte Werke in dreizehn Bänden*. Band 11. a. a. O. , S. 97.

法"(261)，海因里希给予了他坚定的支持与同情。在为
女儿操办婚礼的忙碌中，他"连他的肾结石病痛都忘了，
他脸色红润，这都是大声喧哗、忙忙碌碌的结果"
(311)，仿佛这种联合也对他的治疗有帮助。甚至伊玛
的爱犬珀西也在婚礼上"恢复清醒"(316)。小说的童话
色彩突出地体现为，王子与公主的结合是一个大圆满的
结局：众生得救，普天同庆。这种全人类的联合甚至令
同时代人巴尔称这部小说为"一个马克思主义童话"①。

　　在这走向联合的两个个体背后，是两个时代的和
解。海因里希与伊玛作为王子与"公主"代表着传统却已
没落的贵族君王与新兴却不安的市民富豪，也代表着古
老的欧洲与年轻的美国，在"世纪末"的时间维度上又代
表着正在逝去的 19 世纪与正在登场的 20 世纪。在和解
之前，贵族们一方面嫉妒商人们的财富，另一方面又在
品味与道德上保有优越感。他们评价商人们时说："……
他很胖，而且粗俗。但是如果某人因辛苦创造财富而得
一身疾病，而且还落得个孤立无援……我不明白……"
(131)商人们则暗地里嘲笑贵族的不切实际和铺张浪费。
尤其在施波尔曼先生到来之后，在公国里甚至树立了可
与王室相抗衡的公众形象。他不仅让人们看到他超越王
室的经济实力，也通过一些细节，如其居所"与外界之

---

① Hermann Bahr: "Königliche Hoheit". In: *Die neue Rundschau* 20
　(1909)，S. 1803-1808.

间没有隔离墙"(172)，表现出与传统贵族不同的新时代
精神。^① 甚至在得知女儿与海因里希即将结婚的消息时，
他居然嫌弃王子没有体面的职业，认为这是"门第不当
的婚姻"(300)。最终，两个阵营及其背后的两个时代携
起手来，一起向前。这一构想也折射出托马斯·曼在第
一次世界大战前后对文化与政治之对立性的态度转变，
开始尝试推动所谓"德国文化与西方政治的和解"^②。

以上便是针对"高贵病人"海因里希殿下、其他各位
患病人物，以及甚至在一定程度上拟人化了的病态国度
的分析。这部小说看似以童话般的手法勾勒了一个王子
与"公主"最终走到一起的爱情故事，但是实际上，在其
肢体残疾这一母题与意象之下是更加深邃的存在与身
份、个人与集体的问题。疾病所具有的彰显与标识功能
在这里得到了演绎，强调禁欲与压制，企图通过自我规
训与自我隔绝来寻求解脱的生存之道也逐渐遭到质疑并
被抛弃，人们最终与有缺陷的自我的和解也意味着与真
实的自我的和解。托马斯·曼为世纪之交集体陷入转型
危机的人们找到了一条拯救之路，即在职责与生活、高
贵与亲和之间建立平衡，正如在小说最后海因里希所说

---

① 德特林(Heinrich Detering)甚至认为伊玛无论"从时尚上、高度上还是
精神文化上不仅比王子本人，甚至比他所代表的整个文化都要优越"。
参见 Heinrich Detering："*Juden，Frauen und Litteraten.*" *Zu einer
Denkfigur beim jungen Thomas Mann*. a. a. O. ，S. 137.
② ［德］沃尔夫·勒佩尼斯：《德国历史中的文化诱惑》，刘春芳、高新华
译，29 页，南京，译林出版社，2010。

的"严苛的幸福"①(317)。这一美好愿景也是对充满矛盾的时代精神的祝福：有着不同身心障碍、来自不同阶层和文化背景、拥有不同世界观的人最终克服危机，不再相互对抗，携手迈向未来，共建和谐集体。这其中的面对世纪之交时期各种矛盾、冲突与危机的极端乐观主义精神也正是评论界批评这部小说的重要原因。但结合托马斯·曼与卡佳成婚而进入新的人生阶段这一生平背景，我们也可以将这部小说看成是托马斯·曼的某种生活宣言与人生规划，即准备不再沉迷于自己先前作品中的各种病态与颓态，并排解其中蕴含的悲观情绪，相信自己能在个人身份带来的残缺与社会身份要求的职责之间实现平衡，达成和解。毕竟，成了名作家的托马斯·曼也开始拥有了与海因里希类似的公众影响力与代表性，他以这样的身份思考着如何排除他个人身上的障碍，以及如何带领大家排除时代的障碍。

不过，在表达这种拯救的可能性的同时，小说暗地里也流露出对极端化的保留与讽刺。小说主人公的身体残疾及身份压力仍然存在，其内心的痛苦只不过是暂时得到了爱情的抚慰；公国的经济和社会结构、公国面临的时代挑战并没有发生本质上的改变，危机只不过在施

---

① 在本章引文所依据的小说译本原文里 strenges Glück 被译作"严格意义上的幸福"，笔者觉得此处翻译欠妥，结合上下文它指的应该是需要兼顾方方面面、付出努力才能维系的幸福，因而此处笔者暂且将其译为"严苛的幸福"。

波尔曼先生的援助下暂时得以缓和。就连象征王室厄运、常常发出腐臭气味的蔷薇最后也没有真正散发芬芳。它在移栽后会怎样并不是确定的："未来会长出什么样的玫瑰，人们拭目以待。"（312）这种不确定性连同小说结尾主人公过于圆满的人生展望，即"高贵和爱情——那可是一种严苛的幸福"（317），制造出了强烈的反讽意味。"《海因里希殿下》的'喜剧结尾'并不是庸俗小说的陈词滥调，这个'喜剧结尾'更多地'是作为来自童话或庸俗小说世界的陈词滥调来被揭露和讽刺的'"。①接下来的《死于威尼斯》，在很大程度上是对《海因里希殿下》里转危为安实验式的童话结局的翻转。

① Carlos Spoerhase: "Eine 'Königliche Hoheit': Das Wertniveau 'Thomas Mann'". In: Stefan Börnchen/Claudia Liebrand (Hg.): *Apokrypher Avantgardismus. Thomas Mann und die Klassische Moderne*. Paderborn u. a.: Fink 2008, S. 139-160, hier S. 151-152.

第六章　象征世界中灾疫的审美翻转

——中篇小说《死于威尼斯》

　　被视为托马斯·曼早期作品中最后一部的《死于威尼斯》(*Der Tod in Venedig*，1912)创作于第一次世界大战前，即"世纪末"时期行将结束时。这部小说带有颓废派文学的诸多特征，如死亡、灾难、威尼斯城等主题与形象。小说在整个曼氏作品体系中的重要性及其在现实世界中极高的接受度在此不必多说。已有的研究里最为核心的讨论是以主人公阿申巴赫为代表的艺术家形象。其中艺术与生活、欲望与理性、酒神与日神等对立冲突是阐释的经典切入点。[①] 在表现传统二元对立关系松动的框架下，健康与疾病这一组对立在这里同样也呈现出复杂多变的关系。

　　小说中，一位居住在慕尼黑的著名作家阿申巴赫由于疲于创作，决定为了放松一下到南方去旅行。他在威

---

① 参见 Andreas Blödorn/Friedhelm Marx (Hg.)：*Thomas Mann Hand-buch. Leben - Werk - Wirkung*. a. a. O.，S. 126-129.

尼斯的海滨饭店里偶遇一位在他看来完美至极的波兰少年塔齐乌，并一步步陷入对他的迷恋。中途，他虽试图用理性压制欲望，提早逃离这纠葛之地，但机缘巧合之下，他还是留了下来。这之后，阿申巴赫的自我控制逐渐瓦解，开始沉迷于对这位美少年窥视和跟踪。事实上，全城已笼罩在霍乱带来的诡异气氛中。他在已获悉疫情的真实性后仍旧不打算及时离开或通知波兰人一家，因为他害怕中断自己与塔齐乌之间这独特的关系。最后，波兰人一家即将离开饭店，阿申巴赫在海滩上注视着塔齐乌，缓缓死去。

一、羸弱、疲乏与霍乱的三重挑战

疾病在小说中是在三个不同层面上被书写的。首先，阿申巴赫的"身体可能是先天不足，所以他生来就不是显得很结实、健康"（281）。小说刻意凸显被加封为贵族的国民作家阿申巴赫实际上是在克服了身体上的不利条件之后才功成名就的。类似《艰难的时刻》里席勒遵从的转化之道，阿申巴赫在病中学会自律，在阻碍中强化意志，在苦难中铸就辉煌；体质羸弱是他的先天不幸，同时也是他独特人格的标识，以及伟大成就的催化剂。"禁欲的事业伦理、道德的坚定和对形式的强烈追求在阿申巴赫的人生中得到了细致的体现。"①

　　其次，阿申巴赫的威尼斯之行在很大程度上缘起于他长期的身心不健康。为了成就一番伟大事业，他从不敢有丝毫放松，他长年累月的辛勤创作实际上是与"日益严重的厌倦情绪之间的斗争"，故事的开头便是在这种情绪冲破其自我控制后形成所谓"障碍"，"使他意志消沉、丧失活力"。(279)小说以一种隐蔽的神经系统疾病话语模式展现出主人公所陷入的危机状态。这种倦怠感，以及对自己能否继续适应工作与生活压力的怀疑，落到了这位曾描写普鲁士腓特烈大帝的作家身上，恰好讽刺了德皇威廉时代的精神衰颓现象。② 当时人们常常以诸如神经衰弱或"神经紧张"(279)等时髦概念指代精神问题。阿申巴赫给自己开出的药方便是："他要呼吸远方的新鲜空气，要吸收新鲜血液。"(280)

　　最后，小说中虽没有明说，却暗示阿申巴赫是由于感染了威尼斯城里流行的霍乱而死的。在阿申巴赫到达威尼斯之后，霍乱与死亡的阴影便一直伴随着故事的发

————————

① Børge Kristiansen：*Thomas Mann - Der ironische Metaphysiker*：*Nihilismus, Ironie, Anthropologie in Thomas Manns Erzählungen und im Zauberberg*. Würzburg：Königshausen & Neumann 2013，S. 216.

② 参见 Walter Sokel："Demaskierung und Untergang wilhelminischer Repräsentanz. Zum Parallelismus der Inhaltsstruktur von Professor Unrat und Tod in Venedig". In：Gerald Gillespie/Edgar Lohner (Hg.)：*Herkommen und Erneuerung. Essays für Oskar Seidlin*. Tübingen：Niemeyer 1976，S. 387-412.

展。小说将运送他从大船去往岸上的贡多拉比作棺材
(290)，就已预示了他的悲剧结局。威尼斯当地令人难
受的恶臭与闷热被反复提及，阿申巴赫也早早就感受到
了身心上的不适："他烦躁不安，心烦意乱，又激动，
又昏昏欲睡。讨厌的汗水不断地往外冒，他的眼睛也开
始模糊，看不清楚眼前的东西，胸部发闷。他发烧了，
额头上的血管嘣嘣直跳，而且越来越厉害。"(302)这些
生存环境发出的警示信号与他身心上出现的症状曾令他
中途做出尽早离去的决定。然而，由于当局刻意隐瞒疫
情，他并没有意识到疫情确实正在爆发。故事的转折点
在于，阿申巴赫的行李被送去了错误的地方，他便得以
借机继续留在威尼斯。水城的魅惑和塔齐乌在阿申巴赫
心中引发的酒神状态与他保持健康的理智相互斗争，最
终前者占了上风，并引诱主人公一步步走入疾病和死亡
的陷阱。

其实，阿申巴赫已逐渐觉察到了城市里的异样。比
如，饭店里游客越来越少，外国报纸上关于威尼斯瘟疫
爆发的隐晦报导，市政当局四处喷洒消毒水以及大量张
贴公共卫生告示等。对霍乱爆发的感知与求证实际上伴
随着他对塔齐乌的窥视与跟踪。然而主人公对致命灾疫
已爆发的确认并未阻止他迷恋塔齐乌的疯狂行为，因为
疾病为他的激情"提供了一个浑水摸鱼的好机会"(317)。
一方面，他不希望波兰人一家得知疫情爆发的信息而提
前离开威尼斯。另一方面，官方对于疫情的爆发极力隐

瞒——这种见不得人的秘密也与他内心的秘密交织在一起。当局成了他的同谋，霍乱伴随着他心中强烈的欲念同步爆发。

从病理学上看，阿申巴赫两次进食熟透了的草莓（300、332）以及为了跟踪少年而多次穿行于水城里污浊的小巷，应该是他染上霍乱病菌的原因，这也符合此病作为一种急性肠道传染病通过食物与水传播的特征。小说借英国旅行社职员的详细描述交代了为大众所相信的疾病爆发过程及发病症状。一方面，霍乱被塑造成要么是"顺着骆驼队组成的商旅队伍经过的商道"，要么是"乘着叙利亚商船从海上登陆欧洲"的"妖魔鬼怪"（325）的形象，是传统瘴气说疾病观念的体现。另一方面，1883 年，科赫已经确定霍乱的病原体为霍乱弧菌。因此，在职员的描述里也多次提到了细菌的繁殖与抗药力等。总之，这里对霍乱的描述体现着世纪之交时期典型的知识杂糅形态。事实上，1892 年爆发于汉堡的霍乱疫情及同时代的医学文本为托马斯·曼的创作提供了相当多的细节素材。[1] 1905 年，他本人与妻子曾在波罗的海边的索波特度假，并因附近的但泽爆发霍乱而提前结束

---

[1]　参见 Thomas Rütten："Die Cholera und Thomas Manns Der Tod in Venedig". In：Thomas Sprecher（Hg.）：*Liebe und Tod - in Venedig oder anderswo. Die Davoser Literaturtage 2004*. a. a. O.，S. 171-186.

行程的经历也被间接写入了小说中。① 这些再次证明了
文学文本中的疾病书写包含多层面的文化知识。

二、规范重构与审美翻转

小说中健康与疾病的规范性处于一个动态的价值判
断过程中。除了健康与疾病这组二元对立，作品实际上
讨论、改组与重构了一系列对于西方文化来说具有根本
性意义的关系对立。在这部可以称得上是"颠覆性文本"
的小说中所发生的实际上是"规训及建构规范性元素的
分崩离析"②。

从托马斯·曼创作小说的文学史背景来看，阿申巴
赫所代表的是世纪之交时期曾流行过的新古典主义。③
小说第一个层面上的疾病，即阿申巴赫先天体质羸弱，
是在古典派的疾病观之下被他感知、理解和对待的。正
如同《艰难的时刻》里的席勒，对疾病的压制、超越及转
化"说明他从道德上来看是位了不起的勇敢人物"(281)。

---

① 参见 Hans Rudolf Vaget: *Thomas Mann Kommentar zu sämtlichen Erzählungen*. a. a. O. , S. 179.
② Andrea Kottow: *Der kranke Mann: Medizin und Geschlecht in der Literatur um 1900*. a. a. O. , S. 255.
③ 参见 Hans Rudolf Vaget: "Thomas Mann und die Neuklassik. Der Tod in Venedig und Samuel Lublinskis Literaturauffassung". In: *Jahrbuch der deutschen Schillergesellschaft*. Band 17. Stuttgart: Kröner 1973, S. 432-454.

这种所谓"'弱者们'的英雄主义"也符合当时的"时代精神"(283)：

> 阿申巴赫只是这样一些作家当中的一位，他们努力工作，不堪重负，已经是心力交瘁，但是却仍然坚持着；有那种就是泰山压顶也压不垮的钢筋铁骨的精神；他是那些业绩辉煌、道德高尚的社会精英们当中的一个，这些人虽然体弱多病，囊中羞涩，但是却通过他们坚强的意志和无穷的智慧，创造出辉煌的成就……这样的时代精英很多。他们都在他的作品中得到重现，他们在他的作品中得到表现，他们在作品中被充分肯定，被大加赞扬，被深情地歌颂……(283)

疾病在这里是一种极为正面的存在，催生出基于古典价值规范的"道德坚定性"(284)。只不过，这一切从一开始起便有了松动的迹象。曼氏早期作品中常见的异国血缘母题再次出现。与阿申巴赫父系家族的严谨、正派、简朴相对照的是母亲这边"机敏、富有情感的性格特征"(280)。这种"异国特征的遗传基因"(280)既为阿申巴赫的艺术成就增添了火热的激情，也为其后阿申巴赫偏离生活规范的行为埋下了伏笔。阿申巴赫遗传因素上的对立和分裂预示了故事的走向以及疾病意义的翻转的可能性。

　　第二个层面上的疾病，即促使阿申巴赫外出旅行的疲乏与倦怠等身心问题，反映出源自古典派的转化策略遭遇到了危机。小说中提到，这位勤奋的作家在35岁时"在维也纳被累得病倒了"(281)。可见，危机以疾病的形式很早就显露了出来，却一直没有受到重视。伴随着健康问题出现的是，他的作品变得"没有生气"(284)。这一次，阿申巴赫以为通过采用再度旅行这种"不得已而为之"的"健身强体的措施"(278)便可以解决偶尔出现的身体健康上的问题，恢复精力并回归一以贯之的市民生活，却未曾想到他的旅行与身体将一步步遭受引诱与考验，最终走向崩溃。古典派的待病之道受到讽刺，禁欲主义理想也开始被揭露。如果说，阿申巴赫此前的功成名就意味着超越身体局限(遗传、体质、欲望、躁动等)而实现在某种意义上的更高层次的健康(艺术、理性、道德、心灵的安宁等)，那么从他动身开始旅行起，这种"苦心经营的、似乎万无一失的和平家园"和"可靠的人工堡垒"①一般的大健康便逐步瓦解。

　　在威尼斯，这种颠覆过程是以各式各样的形象的轮番出现而实现的。首先，阿申巴赫在前往威尼斯的船上便遇见过一位刻意装扮成年轻人的老人疯疯癫癫地同小伙子们打成一片(287)。这种对举止规范、衰老规律及其相应的身体特征的背离预示了故事的颠覆性，同时也

---

① ［德］托马斯·曼：《关于我自己》，见《托马斯·曼散文》，235页。

与阿申巴赫随后超越年龄和性别的感情冲动形成了呼
应。其次，阿申巴赫心中多次浮现出与现实相对立的古
希腊画面，即苏格拉底与年轻弟子菲德拉斯谈话的场
景。在古希腊特定的历史文化背景下，两人之间的暧昧
关系是对阿申巴赫暗恋塔齐乌的影射，而两人关于欲
望、感官与美的谈话内容，也"使他同古希腊的审美精
神相沟通。他不再维护理智和逻辑，而推崇感官和形
体"①。再次，从到达威尼斯城时起，威尼斯城就背离了
阿申巴赫对它的正面期待。"恶臭的海水和闷热的鬼天
气"让阿申巴赫"彻底地认识到，在这样的天气条件下如
果在这个城市继续待下去，对他的身体来说简直就是有
百害而无一利"（302）的。他在理性的指引下本已踏上了
离开的路，却在半路上陷入了内心的挣扎，"……在他
的精神和身体两个方面开展了关于是来还是不来威尼斯
的斗争"（304）。这种内心斗争意味着一系列价值规范的
翻转。最终，阿申巴赫借行李被错送一事得到了留下来
的理由，同时也借此掩饰了他内心价值判断的转变。他
选择了充满危险的威尼斯，选择了对不伦之恋的追求，
选择了迎接霍乱带来的刺激。华贵与腐臭并存的水城，
病弱与俊俏兼具的塔齐乌，连同将带来毁灭与新生的疾
病，这一系列饱含悖论的形象形成了同构。

---

① 张弘：《艺术审美的危机——评〈死在威尼斯〉的艺术家主题》，载《外
国文学评论》，1998（3）。

于是，第三个层面上的疾病便不再是需要被规避的不利因素和需要被超越的人生考验，也不再是生活危机的征兆，它已成为主人公审美对象的一部分，一步步被美化。与之相应的是，水城的环境也不再令人感到难受，"这里的温馨气氛完全征服了他，使他心醉神痴，不愿意、也不能够离去"（307）。主人公对霍乱传言可靠性的探察与对塔齐乌的跟踪同步进行，它们带来的刺激体验是相通的，它们一同颠覆着既有的规范与审美：

> ……他心里对面临的危险却有一种莫名其妙的满足之感。现在外面都被这种危险气氛弄得惶惶不可终日。这是因为激情往往像罪恶一样，不按照已有的秩序和好坏是非标准来规范自己的行为，因为中产阶级结构的任何松散，世界上的任何混乱、灾难、都对它有好处，都给它提供一个浑水摸鱼的好机会。（317）

此外，对霍乱的审美感知中还隐藏着一个基于病理学想象的可能性。小说借旅行社职员之口描述了两种并不符合医学事实的发病症状。与使病人反应剧烈，并最终窒息而亡的所谓"干霍乱"不同，还存在着另一种情况："疾病发作时病人觉得有些头晕，然后便感到浑身无力，进入昏迷状态。"（326）如果说小说中阿申巴赫最终是死于霍乱，那么他的表现显然更接近后者。而在眩

晕之下产生幻觉也是情理之中的事。因此，在故事接近
尾声时，叙述越来越集中到人物的内心活动上。[①] 阿申
巴赫愈加活跃的思维，愈加顺畅的写作，以及关于酒神
祭祀的梦境，都暗示了他最后的精神亢奋可能是由于疾
病的刺激，是发病过程中的幻觉。这一点也令人想起
《浮士德博士》中的莱维屈恩，他为了获得音乐创作的灵
感而主动感染上梅毒。从这个角度来看，霍乱带给艺术
家阿申巴赫的是酒神精神以及某种恶魔性，它赋予他突
破常规后在象征世界里的巨大创造潜能。

　　小说的结局是阿申巴赫的死亡。一方面，人们可以
说，对疾病以及与之相邻的审美主义、感官主义等的无
限接近必会招致灾难与毁灭，在一定程度上死亡是对疾
病审美的反讽；但另一方面，阿申巴赫的死不带有一般
意义上的痛苦体验。他在海滩上看着塔齐乌"张开翅膀
飞向那充满希望的太空"，仿佛自己也"跟在他后面展翅
飞翔"（335）。在某种意义上，他的死亡是充满愉悦和希
望的新生，是在以海洋为意象的象征世界里获得的一种
形而上的解脱。丹麦研究者克里斯蒂安森（Børge Kris-
tiansen）针对小说的结尾评论道：

---

① 参见 Carlo Bruno: "' In leisem Schwanken ' - Die Gondelfahrt des Lesers
über Thomas Manns Der Tod in Venedig (Poststrukturalismus)". In:
Tim Lörke/Christian Müller (Hg.): *Vom Nutzen und Nachteil der
Theorie für die Lektüre. Das Werk Thomas Manns im Lichte neuer
Literaturtheorien*. a. a. O. , S. 23-47.

　　一方面，小说在阿申巴赫的个人灾祸与文明的
整体消解之间出色地制造出一种令人信服的平衡；
另一方面，这些具有普遍性意义的象征维度在小说
的结尾处又渐渐隐没了。在结尾处，阿申巴赫得到
了拯救，而狄奥尼索斯式的霍乱却不断蹂躏和侵蚀
未被拯救的欧洲文明，直至它在第一次世界大战中
崩溃。①

　　综上所述，《死于威尼斯》中不同层面的疾病书写共
同构建了一个包含多重规范的象征体系。疾病和健康与
其他各组二元对立一起在主人公的人生及这次旅行中经
受了价值转向与双向反讽。对疾病和健康的思考虽然不
是这部小说最为核心的主题，但二者背后意义内涵之深
远以及二者之间关系之复杂着实引人注目。
　　一开始，体弱多病作为身体性的局限，为主人公提
供了以理性与道德对其进行压制和转化的契机，是他实
现成功与伟大的积极诱因。而当主人公无法继续工作，
疲乏与虚弱作为一种极具时代意味的危机信号显露出来
时，此前的疾病观与附着于其上的价值判断便受到了挑
战。对此，主人公原本寄希望于通过旅行排除障碍，而

---

①　Børge Kristiansen：*Thomas Mann - Der ironische Metaphysiker*：*Nihilismus，Ironie，Anthropologie in Thomas Manns Erzählungen und im Zauberberg*. a. a. O. , S. 232.

不是真正面对不健康状态背后的存在性矛盾。接下来，
霍乱的侵袭伴随着主人公反常的情欲冲动、疾病及其中
所蕴含的负面性进而产生出巨大的感官刺激、思维活跃
及艺术创造力。主人公越发感受到自由以及突破秩序带
来的快慰，传统意义上的健康反而成了这种以禁欲为原
则的秩序的象征，逐步被主人公舍弃。最后，阿申巴赫
舍弃尘世生活，毫无痛苦地死去，既可以说揭露了在疾
病及其他一系列反常规事物上极端化的巨大危险，也可
以被视作人们在这些反常规事物中获得的审美上的收获
与精神上的新生。这种具有双面性的死亡意象，是对疾
病和健康相对化思维的顶点，类似于《布登勃洛克一家》
中汉诺的死。

　　除此之外，小说还通过霍乱这一具体疾病为这种价
值规范的松动过程赋予了集体性与时代性。霍乱自东方
而来，在威尼斯及欧洲爆发，既是阿申巴赫"最后一次
充满危险的人生转折"[①]，也是整个西方世界在"世纪末"
时期遭遇的文明危机。这里面不难看出菲尔绍晚年借助
细菌病理学提出的社会传染病学想象：文明常被想象成
患病或受疾病威胁的身体，其中的个体应团结起来抵抗
传染病般异域文化的侵袭，而亚洲则常常是他心中传染

---

① 　Hans Rudolf Vaget: *Thomas Mann Kommentar zu sämtlichen Erzählungen*.
　　a. a. O. , S. 194.

病菌的来源地。① "于是,《死于威尼斯》成了欧洲小说,疾病与死亡在托马斯·曼这儿成为文化象征。"②疾病与健康在意义和价值上的多面化以及相互反讽的关系在很大程度上代表了时代背景下发生的价值规范松动与价值转向,这种精神层面上的不稳定状态对当时的人来说也构成了类似疾病的障碍性体验。因此,阿申巴赫的三重疾病挑战(身体孱弱、精神疲乏与霍乱)也就隐射了整个西方世界的多重危机,既是体质和文化上的危机,也是由工业化与现代化带来的危机,同时还指出人们"在公元二十世纪的某一个春天的下午"(276)预感到的某种突然侵袭的即将到来。在现实世界里,不难联想到两年后爆发的第一次世界大战。因此,托马斯·曼早期创作中对危机和灾难的体验与恐惧,很明显在不断地从普遍意义上的个人,经由艺术家群体和市民家族,再散播到整个西方社会。这种关注视角的扩张,发展到之后的《魔山》和《浮士德博士》等作品中,便是托马斯·曼通过疾病书写反思西方精神世界及德意志历史。

① 参见本书 28~29 页。

② Manfred Dierks: "Krankheit und Tod im frühen Werk Thomas Manns". In: Thomas Sprecher (Hg.): *Auf dem Weg zum "Zauberberg". Die Davoser Literaturtage 1996*. a. a. O. , S. 11-32, hier S. 32.

第七章 托马斯·曼早期作品
与疾病话语的互动

托马斯·曼早期作品中的疾病书写不仅在数量上非常可观，其内涵也如"世纪末"时期疾病话语般多元与异质，不仅体现着对历史观念的继承，也反映出同时期疾病话语的斑驳。不同乃至同一作品中的疾病意蕴甚至构成了不同考察视角的分歧与立场的矛盾。也正因此，透过这一角度，我们可以感受到青年托马斯·曼在这一时期里思维的活跃以及观念的摇摆，而这一状态也与"世纪末"时期复杂多元的整体氛围一致，即缺乏明确性与单一性，质疑绝对性与权威性，多个声音共存与对话。

如前所述，"世纪末"文学更多地是一个文学史上的时期概念，自然主义、印象派、新浪漫主义、新古典主义、表现主义等各种流派在此期间共存。在进步、变革与危机并存的时代潮流里，在各种新老观念与解释模式互动的话语情景中，在彷徨于乐观与悲观之间的心理状态下，不同作品中的疾病母题所获得的意义与内涵也异常多样化。"世纪末"文学作品在形式与思想上的多样性并不妨碍它们之间拥有某种"时代风格的统一性","这种统一性体现在与**生命**这种作为时代基本价值的普遍关联上"。① 如果说"理性"是启蒙运动时期的核心概念,"自然"是 18 世纪晚期的中心词,那么"生命"便成了 1900 年前后"建构某种世界观的新的原始动机"②。因此,"世纪末"文学以及托马斯·曼这一时期作品里的大量疾病描写本质上都源自时代精神中的"生命激情"(Lebenspathos)③。这种激情既包括对生机与活力的强调,也包括对疾病、死亡与毁灭的体认。

从前面几章的文本分析中我们可以看出,托马斯·曼早期作品中的疾病书写可以划分为两个层面。第一个层面超越具体的时空背景,反映了人类普遍的疾病体验,含有文学化的疾病最基本的内涵,第二个层面则十分强烈地带有历史与时代印记,深入关切"世纪末"时期的集体焦虑。后者是本书考察的重点,相关作品与各种疾病话语之间的关联呈现出不同的类型。

---

① Wolfdietrich Rasch: "Aspekte der deutschen Literatur um 1900". In: Viktor Žmegač (Hg.): *Deutsche Literatur der Jahrhundertwende*. Königstein/Ts.: Verlagsgruppe Athenäum/Hain/Scriptor/Hanstein 1981, S. 18-48, hier S. 27.

② Georg Simmel: *Der Konflikt der modernen Kultur*. München/Leipzig: Duncker & Humblot 1921, S. 8.

③ Wolfdietrich Rasch: "Aspekte der deutschen Literatur um 1900". In: Viktor Žmegač (Hg.): *Deutsche Literatur der Jahrhundertwende*. a. a. O., S. 18-48, hier S. 27.

一、继承与创新

在曼氏早期作品中不难发现西方人文传统里诸多疾病话语的痕迹。在很大程度上，这些作品"储存"了若干古老的文化知识并使它们在公共讨论里得到了延续。与此同时，托马斯·曼在传统疾病话语的基础上也贡献了他独到的理解，对某些古老的知识主题进行了创新。

从继承角度来说，疾病与艺术的关联无疑是曼氏早期创作中最具历史感的一个方面。在体液说的逻辑中，这一关联想象还只是指向黑胆汁过剩的结果——既可以引发疯癫等精神病态，又可以激发思维上的超常才能。在后续的发展中，这一关联性继而扩展至更广的生理负面性，并借助精神肉体二元论，以及从浪漫派开始的价值转向，被赋予艺术灵感催化剂的作用。曼氏早期作品中的艺术家主题常常被人谈及，疾病母题与病人形象也不是新鲜现象，但实际上还需要关注的是这两方面几乎始终结合在一起，这一现象便是上述话语传统的体现。患有心脏病的画家保罗，住进疗养院的作家施皮奈尔，体质羸弱的作家阿申巴赫和受重伤风折磨的席勒，是严格意义上的患病艺术家。除此之外，极具音乐才华却早逝的汉诺，富有表演天赋却疯癫的克里斯蒂安，擅长演奏钢琴的肺结核患者加布里埃尔，以及或陷入哲思（托马斯）、或投入写作（《死》中的伯爵）、或产生幻觉（万德尔·克瓦伦)的各位病人，都间接地体现了疾病与艺术之间的关联性。

疾病与道德及行为之间的关联性，也是一个在曼氏早期作品里被继承的话语传统。从宗教的惩罚说开始，历经启蒙主义以及古典派对规训和道德的强调，再到叔本华提出的以禁欲主义原则作为解脱之道，疾病始终具有一种触及规范的价值属性，要么是偏离某种规范的后果，要么是严守某种规范的原因。反过来说，"健康成了一种正面的手段，用来支持或奖赏合乎规范的行为"①。因此，布登勃洛克一家的疾病化与他们一代代人越发偏离市民阶层规范有关，匹普萨姆的酒精依赖与暴毙也和他被社会淘汰以及与主流生活对抗有关，阿申巴赫染上霍乱也是他反常情欲与行为的直接后果；托马斯规劝弟弟克里斯蒂安要工作，不要太关注自我，于贝拜因则要求海因里希王子放弃追求个人幸福，承担高贵者应承担的责任，弗里德曼更是强迫自己要心如止水，不动真情。

疾病与社会隔绝、流浪及内心孤独相伴随则属于另一个话语传统。从中世纪的麻风病院到近代的疗养院，疾病总是以一种空间与心理上的隔绝状态显示出其与健康之间的界限。曼氏早期作品里的病人也在以多样的方式体现这种状态：高山疗养院里的加布里埃尔与施皮奈

---

① Thomas Anz：*Gesund oder krank? Medizin，Moral und Ästhetik in der deutschen Gegenwartsliteratur*．a. a. O.，S. 5.

尔，在外漂泊多年的保罗，乘火车漫游的万德尔·克瓦伦，独居一户的敏德尼克尔，沉潜于书房之中的席勒，以及因高贵身份而与众人隔绝的海因里希，都或多或少由于疾病与隔绝状态的关联而成为托马斯·曼早年颇为关注的边缘人形象。

除此之外，体质说与瘴气说等前现代的病理学想象也被托马斯·曼继承，它们在曼氏早期作品中虽不似疾病与艺术的关联性那样普遍，却也在某些作品中得到了生动体现。加布里埃尔的家族背景、性格特征、身形容貌等无不在凸显她易患肺结核的体质，她的患病与死亡在暗地里是按照这一传统解释模式发展的。侵袭威尼斯的霍乱从何而来，《死于威尼斯》中的人物在论及此处时也明显掺杂了瘴气说的视角。这样一来，颇具古典形式感但同时又揭露古典价值规范的小说便被罩上了一层历史色彩。

最后，古代体液说的理念，即"健康是源于各种元素、性质与体液间的均衡关系，疾病就是由于这种关系的失衡"[①]，也在《海因里希殿下》这部稍显独特的作品中被保存了下来。相对于众多以悲剧结尾的曼氏早期作品，这部小说的主人公暂时看来已经克服了疾病、渡过

---

① Dietrich von Engelhardt："Gesundheit und Krankheit". In：Bettina von Jagow/Florian Steger（Hg.）：*Literatur und Medizin：ein Lexikon*. a. a. O. , S. 298-304，hier S. 299.

了危机，而他所代表的阶级、时代、价值观等，与伊玛所代表的达成了一致，携手向前，其象征的冲突化解及重归和好，在本质上与古老的体液和谐说相契合。

在继承传统之外，托马斯·曼也对历史上的疾病话语进行了创新与意义翻转。其中最为显著的一个特点在于对规训的失败进行的频繁表现。前文已经提到，疾病与道德和行为的关联性作为一种话语传统在诸多曼氏早期作品中得以保存，但是事实上这些作品的结局所透露出的，却是从道德与行为方面对于疾病进行压制与克服的待病策略最终大多失败。托马斯用事业伦理压制自己的退化与颓废倾向，最后却被疾病嘲讽式地击倒；弗里德曼靠清心寡欲来避免使弱势的自己受到伤害，最后却发现情欲无法控制，不得不在遭受彻底的否定而感受到绝望后自尽；海因里希最初的策略是遮掩残疾、压抑天性、强调特殊责任，这种策略最后由于他与伊玛结合、他的老师于贝拜因自杀而被他放弃；即使《艰难的时刻》中充满正能量的、将痛苦转化为伟大的席勒没有遭遇悲剧性结局，但是如果联系到《死于威尼斯》中阿申巴赫代表的古典主义作家如何被偏离规范以及霍乱引发的审美翻转联手毁灭，那么席勒所代表的人生道路也就显得前景不明了。总的来说，疾病作为人生存在的负面性因素，在青年托马斯·曼这儿并未得到不切实际的美化与推崇。反复体验疾病带来的痛苦与毁灭，以及反复遭遇传统价值规范的失效，是同时代人的集体感受与负担。

认识到生理因素的强大及精神因素的局限，而不是继续廉价地歌颂困境中的人的意志力量，是托马斯·曼在其时代语境里建立起的新立场，与医学等学科对肉体与疾病的了解越发深刻有关，也与生命哲学开始正视人的身体性有关。

与此同时，托马斯·曼的观念体系又是异质与多面向的。在对强调道德和规范的传统价值观表示怀疑之外，他又能看到作为超越疾病与危机的可能的某些新的方向。传统的疾病与艺术的关联想象更多地强调疾病总是伴随着有艺术才华的个体，疾病是天赋与成就的催化剂。而曼氏某些早期作品中，艺术本身便成了超越疾病的手段，尽管这种超越不是医学实践意义上的预防与治愈。汉诺在他的音乐中以通感的形式体验了成人阶段的快感，而这是他有限的生命中本无法被体验的；万德尔·克瓦伦夜夜着迷地聆听衣柜里神秘女子的叙述——这种超越生活的奇幻场面及叙述中的艺术魅力，都暂时让旅途中的主人公停下了脚步，忘却了其自身不治之症导致的颠沛流离的人生；阿申巴赫在染病与陷入死亡陷阱的同时，精神的兴奋与艺术思维的活跃既是伴随疾病而来的收获，也是他越发无所畏惧、越发自由自在的力量源泉，使得他最后在审美的欢愉中死去的场面毫无悲伤可言。这些例子中也体现着价值转向，但是和传统的激励与催化机制不同，这里被翻转的是对疾病所代表的人生苦难的接受态度。在艺术中，生命局限之外的快感

是可以被体验的，人生漂泊的沮丧与孤独是可以被战胜
的，死亡时也可以是充满满足感的。所以说，"艺术不是
模仿自然是怎样的，而是模仿它可能是怎样的"①。

此外，个别细节还透露出托马斯·曼一些极为现代
的生命理解。例如，尊崇基督教灵肉观的老参议夫人临
死前从对绝对精神与天国的向往逐步转向对肉体与现世
的留恋。最后，老参议夫人虽然再度向往死亡，却已不
再是出于原先宗教意义上的追求彼岸，而是更具现代意
义的正视痛苦折磨，寻求有尊严的死。这一转变过程赋
予病人厌世求死的主题一种新的身体观，即不应以精神
之名轻视或忽视肉体的痛苦，追求肉体解脱的病人对死
亡的亲近是正当的。小说也刻画了当时的医生们在面对
病人这一倾向时的矛盾心理及其中的宗教阻力，但承认
肉体痛苦，不再将其视作低等的人生挑战，理解人出于身
体原因而做出的决定，是这一场景所呈现出的现代意味。

二、模仿与类比

曼氏早期作品不仅与传统疾病观在若干方面有关
联，还与同时期各领域中的疾病话语进行了对话。设想

---

① Bettina von Jagow/Florian Steger（Hg.）：*Repräsentationen. Medizin und Ethik in Literatur und Kunst der Moderne.* Heidelberg：Winter 2004，S. 11.

一下，如果没有当时的医学文本，他很多作品中的疾病描写就不可能具有细节真实性，并让同时期的读者感知其知识层面的时新性。正如前文所述，自 19 世纪中叶开始，疾病成为一个流通性极强的文化符号，在不同学科以及众多话题中被赋予了极为多元的解释与想象。曼氏早期作品与它们的关系可以划分为两个层面，即较为简单的模仿以及基于类比原则的扩展延伸。

当时的一些医学知识及相关描述被托马斯·曼直接借鉴。不管是汉诺伤寒发作的详细过程，对由于羊膜线缠绕造成海因里希左手萎缩的病理分析，还是对威尼斯霍乱爆发时的环境描绘，都已被研究者查明，其背后存在着具体的医学文本作为支撑。这也是托马斯·曼在创作中涉及知识细节时一贯保持的严谨，即对其他学科的知识虚心钻研，根据文本需求适当地引用。

除了从具体素材中借用医学知识以完善相关细节描写，托马斯·曼的一些作品还潜在地引用了一个当时十分流行的医学观点，作为某种内在逻辑指导着故事的人物设置及情节走向。《布登勃洛克一家》中虽没有明说，但在当时的医学背景下，布家人身上发生的显然是由于遗传而导致的代际退化，尤其是考虑到汉诺双亲的病与他的身心羸弱、英年早逝之间的关联；《追求幸福的意志》开篇便对保罗自学生时代起的病与弱有所刻画，让人领悟到伴随他先天性心脏病的是自他出生起就已注定的身体羸弱。小说中提到，这种情形是体格较弱、皮肤黝黑的人身上常发生的，同时说保罗和他母亲长得一模一样，而他的母亲又是他的父亲从南美带回来的当地人。这些细节共同暗示了保罗的疾病与他母亲的血统有关；类似的暗示也出现在阿申巴赫身上，如小说中强调，他继承了母亲外貌上的异国特征及其富于情感的性格特征，而他健康方面的所谓先天不足便可以被理解为同样源自母亲一方的异族血统。看得出来，疾病的遗传性是托马斯·曼早期作品中一个很重要的逻辑点，在很大程度上可以将其视为托马斯·曼在医学界极为关注遗传的时代，对这一医学观点的演绎。在扫德尔（Gerhard Sauder）看来，托马斯·曼作品中疾病现象的功能化并不突出，与之相对的是豪普特曼在《扳道工蒂尔》（*Bahnwärter Their*，1888）中运用精神病学知识作为其理论基础。① 但在笔者看来，托马斯·曼在其早期作品中对疾病现象的功能性运用同样突出，只不过相较于同时期其他某些作家的疾病书写来看较为隐蔽。

另一个疾病的来源，即时代变革背景下以压力与快节奏为代表的社会因素，也是不少曼氏早期作品频繁表现的，而这显然也与当时的医学学说对疾病社会因素的

---

① 参见 Gerhart Sauder："Sinn und Bedeutung von Krankheitsmotiven in der Literatur". In：Dietrich von Engelhardt/Hansjörg Schneble/Peter Wolf（Hg.）："*Das ist eine alte Krankheit*". *Epilepsie in der Literatur*. Mit einer Zusammenstellung literarischer Quellen und einer Bibliographie der Forschungsbeiträge. a. a. O.，S. 1-12，hier S. 4.

强调有关。在围绕退化以及神经衰弱等疾病的诸多医学论述中，外部环境造成的强大刺激往往造成人的神经系统的损伤。托马斯患神经衰弱与变革中的商业环境以及家族荣誉的重压不无关系，汉诺的意志也或多或少受累于德国统一后新式学校里的学业压力；《死》中代表贵族阶层并怀念往日时光的伯爵抱怨窗外人们劳动时制造的声响给他造成了神经上的困扰，暗示他无法适应这追求效率的新时代；贵族万德尔·克瓦伦的长途火车旅行或许也制造或加重了他的神经质症状，展现出新时代的新技术所带来的快节奏与压力是如何影响健康的；身体状况不断恶化的匹普萨姆失去的是象征传统行业与缓慢节奏的抄写员工作，而和他起冲突的骑自行车的健康青年则代表着新的时代与更快的速度。两者之间冲突的爆发也暗示了外部环境变迁对人的各方面尤其是身体健康造成的重压。在这些作品中，外部环境的影响施加给了各个阶层，既有没落的贵族，也有举步不前的市民商人，还有处于社会底层的弱势群体。社会因素与疾病，尤其是与神经系统疾病之间的病理关联，在很大程度上源于相关的医学论述，同时也是世纪之交的精神氛围与集体焦虑的写照。

　　而类比这一为托马斯·曼所惯用且擅长的叙述方式[①]

[①]　参见 Reiß Gunter：*"Allegorisierung" und moderne Erzählkunst. Eine Studie zum Werk Thomas Manns*. München：Fink 1970，S. 41-46.

也被运用到疾病与其他主题的关系上。疾病在当时各场域里所引发的解释、引申与评判，通过这一原则延伸到对个体独特性的表现上。也就是说，托马斯·曼对独特之人及其独特性的理解在很大程度上与时代语境里的各种疾病话语形成了同构。

首先需要追问这两个范畴之间的关联。在曼氏早期作品中，几乎所有的病人角色都是一定程度上的孤独者或边缘人。他们所患的具体疾病大多具有长期性与毁灭性的特征，指向人的生存状态。病人们患的要么是如退化这样的遗传疾病，要么是先天性心脏病和身体畸形这样的终身疾病或残疾，要么是肺结核、伤寒和霍乱等在当时难以治愈的疾病，要么是未交代具体名称却又被宣告为不治之症的神秘疾病。在这些人物身上，疾病绝不仅仅是生活中不愉快的小插曲，而是伴随其一生或决定其命运的某种因素。而他们除了面对由疾病导致的身心痛苦之外，更因其各自独特的身份、职责、情欲、爱好、缺陷而遭受折磨。左手萎缩的海因里希是高高在上的王子与领袖，神经衰弱的托马斯不得不打起精神承担商人与家长职责，甘愿染上霍乱的阿申巴赫有着非主流的性倾向，或许是因肥胖而猝死的雅各比也可能长期以来性无能……似乎，每个病人角色首先是由于他们独特的存在状态而被安排患有各种疾病，这些疾病成了人物独特存在的标志。此外，与同时期其他作家的疾病书写比较相似的是死亡场景多次出现在作品中，它们往往既是疾病的自然后果，又是病人们的独特性被揭露后的人格灾难，小说似乎通过病人病发身亡场面的展现在频频预演个体独特性被公之于众后的悲剧。雅各比受到阿木拉的操控，在众人面前展露自己的私隐与无能后，随即猝死；无比注意公众形象的托马斯，在一次拔牙后竟当街摔死，由此引发了人们对他及布家人体质的议论；弗里德曼受到林凌根夫人的引诱并被她彻底看穿自己虚伪的生活，他最后的投水自尽既是出于对自身残疾的痛恨，也是其内心刻意营造的安宁被彻底破坏后的绝望。这些激烈的场景将疾病的威力与个体独特性的沉重及其被揭示后的严重后果联系了起来。总之，虽说以疾病象征人生痛苦是极为寻常的，但更具体地来说，曼氏早期的疾病书写应该是旨在与个体存在的独特性之间形成类比关系。"暴露、生理印记以及往被隔绝之人身体上强制载入隔绝话语，这些意象……属于早期托马斯·曼的主导性隐喻。"①

这种类比关系的建立在时代语境下显得顺理成章。在 19 世纪后半叶现代医学的发展过程中，由于科学的进步，许多因果关系得以澄清，但同时又由于受限于当时的认知水平，医生在分析病因时牵扯了太多无关因素，制造了大量谬误。在对退化与神经系统疾病的医学描述

---

① Heinrich Detering: *"Juden, Frauen und Litteraten." Zu einer Denk-figur beim jungen Thomas Mann.* a. a. O., S. 17.

中可以看到，医学过度地将遗传、道德、行为和外界环境等方面的因素计算在内。因此医学在精细化发展与讲求实证的同时，对许多尚无法解释的地方的解释也变得越来越宽泛、模糊，甚至只是基于推测。在进步氛围中医学界整体的话语自信又反过来助长了这种"认知不当"。托马斯·曼或许在这样的语境下也将疾病的因果范围扩大化，将个体身上所有背离常规的地方，无论是出身、气质、身份、爱好，甚至是性取向都视作疾病的外延，将各场域间杂糅与跨界的话语趋势也引入文学中的疾病内涵中来。与此同时，在医学实践中人们越发追求对数值的测定及标准范围的界定，这也使得人们在各个问题上都习惯性地想象出一个正常阈值，对违反规范的一切特征与行为也就变得异常敏感。总之，在托马斯·曼的青年时代，疾病不再只是简单地象征人的异常，这些异常在很多人眼里根本就是另一种疾病，有着与疾病相似的原因、症状、影响与结果。这或许是托马斯·曼的疾病书写与传统的疾病文学隐喻之间最为本质的区别。

这样一种将对疾病的认知投射到其他事物之上的行为在当时也成为潮流。在第三章中介绍的泛病理化其实也是疾病类比的大量涌现。诺尔道将违反古典规范的现代艺术类比为疾病，龙勃罗梭将脱离人群主流的文艺天才类比为病人，菲尔绍将人类社会类比为细胞王国，将各种失序现象类比为社会疾病，尼采将意志颓废类比为疾病，将危机中的阶级与文明类比为病人。托马斯·曼则将这些专门化的疾病类比集中起来，形成了一个更高层面上的疾病类比：凡是现代人强烈的个体特殊性都可以被视为疾病，这些特殊性可能体现在个人的遗传潜质、社会身份、审美标准、精神气质、生活方式乃至性取向上。这也正是曼氏早期作品中病人形象十分多样的原因，这里不仅有艺术家，也有商人，不仅有贵族，也有市民与底层人物。此外，还有有异族血统（多元文化）的人、残疾人以及同性恋者。因为这里要展示的并不仅仅是艺术与疾病或伦理与疾病的某一两个关联，而是要将体现在不同方面的强烈个体独特性与疾病之间的相似性呈现出来。顺着这一视角，这些作品中的具体人物或许可以拼凑出一个完整且典型的现代人形象。而每一个现代人都是独特（患病）的个体，这一点反而又在 20 世纪以来的现代医学中得到了某种方式的呼应。因为伴随着检测技术的进步、医疗体系的健全及人均寿命的提高，每一个人身上都可以发现或多或少的疾病、症状或患病风险，绝大多数人最终都会走向与疾病相伴的高龄。在某种意义上可以说，进入现代以后，没有任何人是完全健康的，任何个体的存在都是一种亚健康式的带病生存。曼氏疾病话语以文学的方式揭露或预言了现代人生存状态的某一特征，同时也间接地为后来的生命科学提供了一种超越健康与疾病二元对立的人类学视角。

个体独特性在托马斯·曼早期创作中被类比为疾病，而当时各种对疾病的理解也被投射到对个体独特性的论述中去了。首先，医学话语开始热衷于探寻所有疾病尤其是精神疾病的生理原因，并试图从遗传学、胚胎学和神经系统等角度描述生理原因的发生机制。即使当时的医学里仍然保留了强调行为与道德作为致病因素的传统，却借用胚胎受损等生理学假设来论证它们的影响。这一去道德化的疾病观转向同样也使得个体独特性的生理因素得以被重视。因此，曼氏早期作品中个体在身份、性格、审美、性取向等问题上的独特或异常便常常有了生理上的根源，它们或是由于遗传，或是由于体质，或是由于出生时受到的器质损伤。正是因此，时时挑战主流规范的独特个体似乎也就不再需要承受道德与伦理上的压力。联系到当前生理学对性格类型、性取向甚至道德感的基因因素的研究成果[①]，我们可以说，托马斯·曼通过类比原则早在一百多年前便"认识"到现代人个体独特性的生理层面。这或许正是文学以自身特有的方式反过来为医学贡献某种视角的体现，也是文学与医学互动和对话的产物。

其次，世纪之交时期的疾病话语，无论是医学等学科内的科学研究还是哲学等领域里的文化批判，都异常强调时代变革的影响。前者从神经角度描述新的技术和

---

① 如《基因组：人类自传》一类的科普著作对基因的全方位影响的介绍，参见[英]马特·里德利：《基因组：人类自传》，李南哲译，北京，机械工业出版社，2015。

新的生活方式对人身体的损害，后者则从精神角度描述
社会转型与时代更迭引发的集体与个体焦虑甚至危机。
作为时代病的神经衰弱既是有着一套科学话语包装的医
学成果，也是一个包含反进步话语的政治隐喻。按照类
比原则，如果疾病与时代的关系是如此的，那么现代人
强烈的个体独特性也应与时代因素处在类似的关系中。
因此，托马斯身上商人身份与艺术家气质的矛盾，汉诺
无力承受外界压力的脆弱意志，海因里希崇高的职责与
地位背后的内心孤独，万德尔·克瓦伦向死而生的颠沛
流离，弗里德曼虚假与脆弱的内心安宁，敏德尼克尔向
更弱者施加的转移报复与扭曲同情，施皮奈尔对疾病进
行审美的"恶趣味"，雅各比的性无能与阿申巴赫的"性
反常"等现代人身上常见的身心特征或征候，也是当时
时代变迁的产物。越来越大的竞争与压力，越来越快的
生活节奏，越来越虚伪的社会规范，越来越残酷的人际
关系，越来越发散的价值标准等，造就了上述一系列的
个体独特性。因此，曼氏早期作品中的疾病与病人也表
现出时代与社会对个体人格的影响。在一定程度上，这
些患病的个体是卡夫卡《变形记》里被现代社会异化为虫
的格里高利的前身。

　　再次，说到个体的独特性与疾病，自然无法忽视托
马斯·曼本人的生平因素。青年托马斯·曼曾深陷艺术
与生活的冲突之中。"他缺乏一个稳定的自我，他的自

我有分裂的倾向。"①商人家庭的出身与艺术家气质之间
的矛盾是他的一大困扰。而在当时的泛病理化语境下，
独特的艺术家气质在很大程度上也暗示着颓废乃至退化
的可能。有研究指出，托马斯·曼年轻时曾试图通过控
制饮食、划船、睡在柜子里等方式来阻止令他感到恐惧
的颓废与退化在自己身上发生。②另一个更为关键的因
素是，自托马斯·曼死后 20 年起陆续公开的日记证实
了他的同性恋倾向。这一与主流规范格格不入的身心独
特性在其青年时期必定困扰过他，以至于他的早期作品
里或直接或间接地多次出现相关母题，如阿申巴赫之于
塔齐乌、汉诺之于凯伊。与同性恋在今日所处的相对宽
容的舆论环境不同，这一现象在 19 世纪末的德国不仅
是宗教意义上的违背自然，也是触犯当时德国刑事法第
175 条法规的犯罪行为。在欧洲范围内，1895 年英国作
家王尔德因同性恋情以"严重猥亵罪"被判刑一事甚为轰
动，青年托马斯·曼对此一定有所耳闻。但同时，以奥
地利精神病学家克拉夫特-埃宾的《性精神病态》(*Psycho-*

---

① Manfred Dierks："Krankheit und Tod im frühen Werk Thomas
  Manns". In：Thomas Sprecher (Hg.)：*Auf dem Weg zum "Zauber-*
  berg". Die Davoser Literaturtage 1996. a. a. O.，S. 11-32, hier S. 12.

② 参见 Thomas Rütten："Krankheit und Genie. Annäherungen an
  Frühformen einer Mannschen Denkfigur". In：Thomas Sprecher
  (Hg.)：*Literatur und Krankheit im Fin-de-Siècle (1890-1914). Die*
  Davoser Literaturtage 2000. a. a. O.，S. 131-170，hier S. 146.

pathia sexualis，1886）为标志，包含同性恋在内的各种所谓"性倒错"被医学界从生理角度出发诊断为疾病，而非犯罪，医生们从而呼吁废除处罚同性恋的德国刑事法第 175 条法规。在这样的语境中，托马斯·曼很有可能将自己的同性恋倾向感知为一种疾病，一种在很大程度上由血缘、家族遗传、社会压力等外部因素导致的健康问题。[①] 正如在医学人类学家眼里，"疾病乃是一种自我不想要的状况，或某种会导致出现这种状况的实质性威胁。不想要的状况可能出现在某人的任何部分——身体、心灵、经验或关系，程度因人而异"[②]。如果是这样，保罗因病注定一生得不到满足的爱暗示着托马斯·曼特殊的性苦闷，万德尔·克瓦伦被宣判无法被救治后的漂泊则指向托马斯·曼内心的惶惶不可终日，弗里德曼与海因里希的终身残疾也可隐喻托马斯·曼自身"性倒错"的生理缺陷。频频出现的掩饰与揭发主题，如雅各比律师被迫穿着红绸裙在公众面前跳舞并随后暴毙，也就可以被视作托马斯·曼对个人隐情暴露的恐惧。因此，托马斯·曼在早期作品中大量的疾病书写是对他个人危机的一种反思和处理，他从病理学及人文主义等多

---

① 参见 Karl Werner Böhm：*Zwischen Selbstzucht und Verlangen. Thomas Mann und das Stigma Homosexualität. Untersuchungen zu Frühwerk und Jugend.* Würzburg：Königshausen & Neumann 1991，S. 91-105.

② ［美］罗伯特·汉：《疾病与治疗：人类学怎么看》，16 页。

重角度出发，审视自身强烈的个体独特性，在预演各种可能性结局的叙事中也或多或少消除了内心的忧虑。疾病书写不啻为托马斯·曼在青年时期的一场危机管理。

总之，在曼氏早期作品中，艺术家气质、同性恋倾向、反传统的审美、内心的孤独感、创作压力下的消沉与阻碍感等，都可以用疾病来统领与理解。这是托马斯·曼在颓废、退化与神经系统疾病等不同话语场域的互映中对自我独特人生所做的解释尝试。同时这也是一种道德减压，因为这些行为有了疾病作为缘由，而在当时的主导性医学话语里，疾病的根源在于环境与遗传、生理上的损伤与变异，而不涉及个人的道德与意志问题。

三、质疑与反讽

一方面，托马斯·曼早期作品中带有世纪之交时期不同流派与风格的影响痕迹，另一方面托马斯·曼又说自己"从未加入正处于巅峰状态的文学流派和文学团体"，"既不跟随自然主义，也不跟随新浪漫主义或者新古典主义或者象征主义或者表现主义或者别的什么主义"。[①] 他与各种文学流派之间进行互动又保持距离的关系，和他与当时不同疾病话语之间的关系相似。上文中总结了曼氏早期疾病话语所体现出的时代话语痕迹，其

---

① ［德］托马斯·曼：《我的时代》，见《托马斯·曼散文》，330 页。

中既有对某些医学文本与学说的直接参考，也有将疾病话语类比到对现代人强烈的个体独特性的理解上。这一节重点论述其与同时期疾病话语之间的对立关系。

疾病在19世纪的科学技术进步过程中越来越被现代医学视作单纯的生理现象和科学问题。前文已经指出，当时的医学学科有一种话语上的过度自信与排他倾向，任何基于超验想象的疾病话语对其来说都是违反科学并有害于病人的。医学学科内的疾病话语，包括具体的病理学解释，相对应的诊断方案，以及由此发展出来的对人和社会的理解，都是当时多种多样的疾病话语中最为突出与强势的。曼氏早期作品在借鉴医学话语的同时，对其也有大量的怀疑与保留。

对医生等人物形象的频繁讽刺或许能够说明这一点。《死》中的古德胡斯大夫被叙述者描绘为"假充行家的傻瓜装出一副早就知道的样子"①。他能做的不过是提醒病人在空气新鲜的户外多做运动，或者干脆加大止疼药的剂量。《小路易斯》中雅各比律师倒地后冲过去的几位男士中也有一位年轻医生，"……一个矮小的犹太人，留着山羊胡，态度十分严肃"②。面对暴毙的病人他冷漠地耸了耸肩，只说出一个词"完了"。《通往墓地的路》中最后赶来的救护车及急救员像将一个面包送进烤炉一样

---

① ［德］托马斯·曼：《托马斯·曼中短篇小说选——死于威尼斯》，48 页。
② ［德］托马斯·曼：《托马斯·曼中短篇小说选——死于威尼斯》，115 页。

将匹普萨姆拉走了。"两个急救人员把各项工作都做得极为准确,他们的动作非常熟练,干净利索,就好像是在耍猴把戏似的。"①《特里斯坦》里的疗养院中甚至专门有米勒医生这样一类人,"他的简单而平凡的工作就是为那些几乎完全健康的人和救治无望的人服务"②。

《布登勃洛克一家》中克里斯蒂安在大城市汉堡找的医生既没有治好他的疼痛,还滥用神经这一流行的意象,说他左半边身子的神经短一截。布家老一代家庭医生格拉包夫不仅没有治好任何一个布家人的病,还被嘲讽为遇到什么症状都只是开出"鸽子肉和法国面包"的食疗方案,而新任家庭医生朗哈尔斯虽然代表着进步的现代生物医学,但他在面对病人的命运走向时也时常疑惑与反思。总之,曼氏早期作品中存在着大量对医学专业人士的讽刺,他们往往派头大过实效,冷漠多于人情,追求经济利益,缺乏人文精神,体现着那个时代医学在进步的同时所受到的质疑。托马斯·曼在早年创作时也对以医学为代表的科学主义疾病话语持有这样的态度。毕竟,现代医学再发达也只能解释疾病与生命的客观机制,提供有限度的解决手段。最终,对生命的体验、理解与安排还是得由人自己来决定。

除了对现代医学效能的质疑,曼氏早期作品中还包

① [德]托马斯·曼:《托马斯·曼中短篇小说选——死于威尼斯》,121页。
② [德]托马斯·曼:《托马斯·曼中短篇小说选——死于威尼斯》,150页。

含对医学被权力与资本操控的一面的反思。前文已经分析过，克里斯蒂安最后被送入精神病院，在小说中已有暗示：这是他的妻子因为想借机控制住他以便继续过浪荡生活而与医生进行的合谋。他多次向亲人写信求助却无果。甚至哥哥托马斯在世时在兄弟俩爆发意见冲突时曾威胁他道："我要让人宣布你神志不健全，让人把你关起来，我要让你毁灭！毁灭！你懂不懂?! ……"①《特里斯坦》里主管疗养院的雷安德医生"孤傲不群、毫不容情地管理他的病人，而那些病人都意志太薄弱，不能为自己制定规章制度，也不能自觉地去遵守，所以甘愿听他支配，由他严格保护"②。在这里，病人成了被专业人士管理的对象，疾病成了医疗机构敛财的手段。而且，在加布里埃尔的病情恶化后，或许是考虑到病人已经没有被治愈的希望，为了维护自己的商业名声，雷安德医生将加布里埃尔转给了专门负责几乎完全健康和救治无望的人的米勒医生。《死于威尼斯》中传染病疫情的爆发其实早已被确认，但公共医疗机构在这儿必须服务于市政管理及旅游业的利益，疫情在经济利益考量下被刻意隐瞒。这些细节都说明专业医学只是一种技术手段，它的进步并不能免除其被人操控及利用的性质，医学话语本身也是如此。在这一点上，当时德国的优生学及后来的纳

---

① ［德］托马斯·曼：《布登勃洛克一家》，477 页。
② ［德］托马斯·曼：《托马斯·曼中短篇小说选——死于威尼斯》，132 页。

粹医学是最为极端的代表。围绕混血、退化、劣等人种、种族净化的医学话语成为后来政治与人道灾难的帮凶。①

　　除此之外，大量的疾病与艺术的关联也可以被视作对冰冷的医学话语的反抗。无论是基于古老体液说的疾病天才想象，还是源自颓废美学的负面事物价值转向，曼氏早期作品借艺术与精神的提升抵消了疾病在当时专业医学话语中的毁灭与悲剧意味，同时也虚构出当时医学尚无法解释的心身关联现象，突出了人在肉体与精神上的独特性与不可知性，如克里斯蒂安身上的神秘疼痛与幻觉，汉诺身上与他年龄不相符的精神敏锐。在一定程度上，同时期出现的新活力论及生命哲学对人的独特性及生存意义的强调，对生命科学机械论及决定论的超越，在托马斯·曼笔下众多人物身上得以体现，进而暴露出专业医学领域里疾病话语人文性内涵的缺失。这些病人不再是医学研究和论述中可分解可探究的"机器"，而是更为复杂的精神与肉体结合的独特存在。

　　虽然曼氏早期作品中透露出对泛科学主义的批判立场，但也不能就此认为托马斯·曼走向了另一面，即以非医学领域中的人文主义疾病话语作为看待人体与人生的出发点。上一章通过对若干作品的分析已经展示了托马斯·曼的双向反讽叙事手法，由此制造出的矛盾感和双面性不仅存在于作品之间，有时也存在于单个作品内

———————————

① 参见［英］罗伊·波特：《极简医学史》，180 页。

部。并且，这种矛盾感也体现在他对一些更宏大的问题的态度上，如他"并不认同艺术和唯物主义、热情和理性以及疏离的波西米亚风格和贵族的坚固堡垒等之间的彻底对立"[1]。总的来看，托马斯·曼在各种疾病话语之间采取的也是这样一种动态的视角，他往往通过某一类形象的极端化处理来揭露或讽刺对立的思维倾向在两端均有漏洞。

站在医学所代表的科学主义立场上，疾病，特别是退化这类在当时人的理解里注定走向灭亡的生理悲剧是自然规律，毫无精神上的浪漫与胜利可言，因此作品里才会出现同时期自然主义作品中常见的个体精神崩溃与死亡的场景。若沉迷于对病态的审美和对健康的鄙夷，便会沦为施皮奈尔式的笑柄，制造加布里埃尔式的悲剧。若企图通过对疾病的体验与克服走向伟大，则可能最终像阿申巴赫一样走向自我毁灭。站在反思科学主义的人文主义立场上，对疾病的研究和解释从属于对人的理解，而人体机能的独特性注定了病人身上的故事远比医学文本中的故事更为复杂多样。因此，布家人在代际体质退化的同时，其精神敏锐度及艺术天赋也在代际间提升，这是医学无法确切解释的地方；席勒超越生理极限，铸就伟大的意志神话，也以一种古典的方式凸显了精神的独特力量；至于海因里希的童话，则是在更高的层面，即

---

[1] ［美］彼得·盖依：《历史学家的三堂小说课》，133 页。

精神、爱情、人道与社会的层面，解除了疾病的重压，与自我及外界和解，将对疾病的理解引向更广阔的领域。

这种模棱两可，或者说双关化，既是"世纪末"时期典型的模糊与过渡状态，也在很大程度上源自托马斯·曼从瓦格纳那里借鉴来的双镜头（doppelte Optik）叙事模式，即"照顾到接受的不同可能性"[①]，让偏向不同价值立场与思维方式的读者都能读出自己所认同的东西。也正因此，相对于研究界老生常谈的"人道主义"和"对人的敬畏"，曼氏早期作品中的疾病话语也透露出人们对托马斯·曼较少论及的消极一面："对人的可能性的深刻怀疑。"[②]

曼氏早期作品中疾病话语内在的冲突和矛盾也是他接受自浪漫派的反讽诗学的体现。在浪漫派那儿，"反讽就是亢奋与怀疑的相互游戏，这种游戏正是对有限与无限这一无法解决的冲突的回答。在这个意义上，反讽表达了人类存在的有限性，但同时也激励着人类在思想和行动中克服自身的有限性"[③]。托马斯·曼看待健康与

---

① Eberhard Lämmert："Doppelte Optik：Über die Erzählkunst des frühen Thomas Mann". In：Karl Rüdinger（Hg.）：*Literatur Sprache Gesellschaft*. München：Bayerischer Schulbuch Verlag 1970，S. 50-71，hier S. 51.

② Børge Kristiansen：*Thomas Mann - Der ironische Metaphysiker：Nihilismus，Ironie，Anthropologie in Thomas Manns Erzählungen und im Zauberberg*. a. a. O. ，S. 17.

③ 黄金城：《"反讽是中庸的情志"——论托马斯·曼的诗性伦理》，载《文艺研究》，2018(9)。

疾病的心态正如他看待生活与艺术一样是纠结和矛盾的，但恰恰是这种居间性和双重性才是托马斯·曼心中艺术的本质。

与此同时，托马斯·曼早期作品中的疾病话语中也开始表现出一种超越浪漫派反讽，不断接近歌德式反讽的姿态，即与事物保持距离、超然于事物之上的所谓客观性。因为托马斯·曼认为，"客观性就是反讽"，"它肯定一切，正因为如此，也否定一切；它是一种昭若明日、明晰、轻快、包罗一切的目光，称得上艺术的目光，毋宁说是最高的自由、静穆和一种不为任何道学所迷惑的客观的目光"。[①] 对疾病的兴趣，其内核不是冷酷和无情、嘲笑和讥诮，而是一种发自内心的、对微小事物充满脉脉温情的伟大。因此，在托马斯·曼这儿，健康、疾病与反讽结合不是为了刻薄地嘲讽人生，而是为了圆融地理解和接受生命与生活，以反讽的姿态超然面对生死，追求"一种在庸庸碌碌的世俗生活与超尘脱俗的精神天地之间，亦即在市民秩序与审美主义之间保持微妙平衡的睿智"[②]，尽管在其早期作品中，这种追求还不够坚定。

---

① ［德］托马斯·曼：《论小说艺术》，见《托马斯·曼散文》，219 页。
② 黄金城：《"反讽是中庸的情志"——论托马斯·曼的诗性伦理》，载《文艺研究》，2018(9)。

结　语

　　疾病是人类身心的基本现象，也是文学中的一个常见母题，承担重要的叙事功能。它们或延缓情节发展，或烘托命运走向，或凸显人物性格。许多疾病也因为未能被科学解释清楚，而具有独特的隐喻内涵。肺结核、癌症、艾滋病等具体病症在不同历史时期便被赋予了丰富的联想。不仅如此，对疾病的感知、描述和反应还始终处于特定的文化语境之中，文学中的疾病话语联结起具体作品与其所处的整个文化系统。这个文化系统既包括流传下来的各种疾病观念与想象，也包括同时期的各种疾病知识与理解，甚至这一时期的精神特质与社会氛围也通过疾病这一意象被写入这个文化系统中。因此，探讨文学中的疾病，不仅可以触及具体文本的叙事，具体意象的所指，还能打开一扇窗户，触及更为宏大的历史、时代及文化因素。反过来，将疾病话语的微观细节和宏观语境相结合，才能更好地阐释疾病在文学文本中的完整内涵。

　　在这样一种将文本与文化相结合的研究视角下，本书从德语文学的疾病书写中选取了托马斯·曼的早期作品作为研究对象。一方面，这些作品中的疾病描写数量可观，对疾病的表现较为多样，有丰富的层次。另一方面，创作这些作品所在的"世纪末"时期恰好是德语国家文化史上一个极为关键的时期。各方面的变革与变化给人们带来了焦虑和危机感，各种固有的规范与标准受到挑战，而疾病成为一个流行的意象，反映着这一时期人的不稳固的精神状态，承载着这一时期活跃的关于人的生命思考。个人与集体的危机通过病理的方式被反思和诊断。同时，在这一时期德语文学中的现代派也诞生了。"古典文学尚在允诺不朽，现代文学则必须承认衰败。在对衰落的剖析、对告别的描写中，现代文学获得了一种独特的精确和美……"①为了把握"世纪末"时期疾病意象的文化语境，不仅需要分析当时各场域中对疾病的认知和论述，还需要梳理西方历史上不同时期里的疾病观念，因为在"世纪末"时期充满着不同话语的交织与对话，它们不仅发生在当时的不同场域之间，还体现在各种新老观念之间。

　　本书首先梳理了西方不同历史时期里的各种疾病观念。最早，人们多认为疾病是由鬼怪或神灵所致的，古

---

① ［德］海因茨·史腊斐：《德意志文学简史》，胡蔚译，132 页，北京，北京大学出版社，2013。

希腊时期的希波克拉底学派则开创了体液说，转而以自然哲学作为解释疾病的基础。在中世纪时，疾病在基督教的神学解释中获得了新的超验阐释，它既有惩罚和谴责的意味，又有考验、救赎与升华的潜质。到了近代，人们对此岸的关注推动了对人体的观察以及对疾病的研究。伴随着对人体的机械论想象和对医学效力的乐观信仰，道德与健康在启蒙运动时期被赋予极高的伦理价值和规范意义，疾病常常成为道德缺陷与文化落后的表征。例如，德国古典派文学中的病人往往是偏离主流规范或对人生感到迷茫的个体。而德国浪漫派则以另一种方式来看待疾病，疾病和死亡在他们的美学与价值观中被极大地正面化了，疾病带来灵感、趣味与解脱。19世纪中后期，现代生物医学的发展极大地改变了人们对疾病的认知与理解。伴随着医学对疾病的专业解释日益受到重视，人文学科论述疾病，或借助疾病这一意象进入其他主题的讨论日益受到质疑。早期的现代文学开始试图斩断疾病与道德的关联，正视人体的自然性，表现自然规律和生存环境的决定论。而在短短几十年后，"世纪末"时期的人们重又陷入对疾病的多元认知中，医学及其决定论和机械论思维开始受到反思，人文主义传统得到某种程度的复兴。这一时期的争鸣与思索反过来又推动了20世纪的人们对疾病乃至生命更全面的理解。

其次，本书在把握"世纪末"时期社会氛围与精神气质的基础上阐述了不同场域里的疾病话语及其互动关

系。其一，各种流行的概念在不同场域之间流通，场域
界限不断消融。颓废作为一种历史与艺术概念被不断加
入疾病和退化的意味，进入医学的视野；退化作为一种
生理学模式又与行为道德相联系，并不断被用来解释人
的精神问题；神经系统疾病作为涉及身心统一性的疾病
又在退化和遗传上寻找其生理性根源，并与时代的颓废
氛围互动。其二，人们借用医学尤其是精神病学的思维
和论述方式，对艺术、社会与文化进行诊断式批判。偏
离主流规范的现代艺术和艺术家天才都显得具有病态，
危机四伏的社会与国家也成了不健康的躯体，对市民文
化及现代文明的悲观与批判也大量借助医学话语。这些
使得疾病概念的内涵与外延变得模糊。疾病成了某种包
罗万象的、可用来描述各种障碍与危机的万能形象，自
然其内部也就掺杂了各种不同的价值立场与思维传统。
其三，当时的自然科学及人文学科领域都产生了针对医
学和生理学等学科的反思，对人体以及作为生命现象的
疾病的机械论和决定论解释受到了质疑与挑战。不管是
新活力论，还是生命哲学及生存哲学，都努力为包括疾
病在内的生命现象赋予新的理解方式与意义内涵。疾病
在强势的自然科学解释之外获得了新的体验与感知可
能，关于疾病的整体语境得到了一定程度的平衡。而同
时期的文学也作为参与疾病讨论的一方，带着对人生及
时代的观察与思考，用大量具体的作品和人物形象贡献
了独特的文学式疾病话语。

最后，在从历时和共时两个层面厘清"世纪末"时期疾病的文化语境之后，本书对托马斯·曼早期的九个小篇幅作品，两部长篇小说《布登勃洛克一家》和《海因里希殿下》，以及标志其早期创作阶段终结的中篇小说《死于威尼斯》依次进行了分析与阐释。

从整体来看，其绝大部分创作于1901年之前的中短篇小说都在展现打上了病态烙印的生命，并从中渐渐发展出对生命体验的反讽视角。《追求幸福的意志》《死》和《衣柜》揭示了现代人的带病生存状态及生命的痛苦本质，奠定了曼氏早期作品中疾病意象的悲观主义基色；《托比阿斯·敏德尼克尔》和《通往墓地的路》以极端形式表现病态人生中的个体对生命与活力施加报复的倾向，流露出人们对个体及时代危机将以恐怖的极端形式爆发的忧虑；《矮个子先生弗里德曼》和《艰难的时刻》演绎了传统的待病之道与生活策略的两种结局，前者里的压制与断念策略未能成功，最终导致主人公的毁灭，后者里的克服与转化策略则成功超越阻碍，成就了英雄与天才；《小路易斯》和《特里斯坦》中看待疾病的视角不断摇摆变换，制造出体现时代精神状态的价值松动与认识危机。由疾病与健康这一组二元对立扩展开去，身体与精神、艺术与生活、欲望与理性、生命与死亡等生命体验都开始经历反讽与反思。

1901年出版的《布登勃洛克一家》一方面对代际退化及神经系统疾病进行表现——这也需要借用当时的医学

话语，另一方面则开始将反讽与反思投射到不同人物的
精神层面上，制造出"没落问题的意义双关"①。老参议
夫人临终时的心理变化述说着其同时代人已经从基督教
灵肉观的束缚中挣脱出来，转向对身体的正视与对生命
的体验；托马斯的病态化及死亡以当时流行的生理决定
论模式来表达对市民伦理及现代人工作与生活的反思，
同时又显现出走向形而上学的精神雅致；克里斯蒂安的
奇怪疼痛及疑病症既体现了以托马斯为代表的市民阶层
对过分关注自我及偏离主流规范的恐惧，也是时代语境
里病态艺术天才的标志；汉诺的意志颓废、艺术才华与
生理退化齐头并进，布家人的精神升华达到顶点，病态
人生以一种特殊的方式被诗化和超越。

　　1909 年的《海因里希殿下》转而在现实层面构想个体
如何与包括残疾在内的自身独特性和解，以及病态个体
之间如何携手合作，它对能否克服个人及时代危机流露
出一种大众喜闻乐见的乐观精神与童话气质。主人公的
残疾是他独特身份的外在标识，他所身处其中的也是一
个病态化的集体，其中的每一个人物都身陷病痛与危机
之中。为超越身心障碍对个体的重压，克服各方矛盾对
集体利益的威胁，小说借鉴了古代体液说的均衡思想，

---

① Helmut Koopmann：" 'Buddenbrooks'. Die Ambivalenz im Problem
　　des Verfalls". In：Rudolf Wolff（Hg.）：*Thomas Manns "Budden-*
　　brooks" und die Wirkung. Bonn：Bouvier 1986，S. 37-66，hier S. 37.

给出放弃压制与对抗、走向和解与合作的解决方案。小说的喜剧结尾既是对由主人公代表的托马斯·曼本人也是对整个"世纪末"时期的美好祝福，它相信前者能走出身份的障碍，达到平衡，后者能走出混乱与分歧，实现团结。然而，在童话与喜剧的背后，不难发现人们对未来的不确定，以及对主人公暂时实现的完美平衡的反讽。

1912 年发表的《死于威尼斯》在不同的层面上构建了主人公阿申巴赫身上的疾病维度。阿申巴赫的个人危机在霍乱爆发时达到顶点，而他那被以病弱为代表的个体独特性打上烙印的人生，也在危机中经历着一系列规范的松动与重构。最后，在审美与象征的世界里，阿申巴赫的人生危机获得翻转，在彻底毁灭的危险之中也蕴藏着被拯救的机遇。从这个意义来看，《死于威尼斯》就不仅仅是"一个关于未能成功克服颓废的故事，一个弗里德曼主题的英雄式的变体"①，它再次包含了价值与视角的转变，以及在毁灭与超越之间的双向反讽与反思。

因为"世纪末"时期各种古老的疾病观念以及各种时新的疾病认知相互汇聚和交织，托马斯·曼在这一时期的疾病书写与这些疾病话语多层次、多形态的互动也是本书的考察重点。其一，这些作品继承了大量传统的疾病想象，如疾病与道德、疾病与艺术的关联性。同时，

---

① Hans Rudolf Vaget: *Thomas Mann Kommentar zu sämtlichen Erzählungen*. a. a. O. , S. 187.

作品中也有托马斯·曼对这些主题的创新，如其同时代人对规训失败的集体体验，以及以艺术为手段超越疾病和生命局限的尝试。其二，作品与当时各场域中新出现的疾病话语之间存在着从模仿到类比不断深入的关联。小说或直接引用某些医学文本的细节描写，或间接运用某些病因解释模式。托马斯·曼还以类比的方式，将围绕疾病的讨论延伸到对现代人个体独特性的思考上。其三，作品对同时期的疾病话语有诸多质疑，并在此基础上，对不同的观念与立场进行双向反讽。一方面，托马斯·曼对专业医学的效能的看法是有所保留的，对医学意见被权力及资本操控怀有警惕。但另一方面，在各种对疾病的理解方式之间，托马斯·曼也采取动态的视角和双关化的叙事模式，通过极端化的形象和场面来揭露或讽刺各组对立的思维倾向自身的局限。这一点与托马斯·曼继承自浪漫派的反讽诗学以及效仿歌德的客观性原则相契合，也成就了他的文学与生活中伟大的一点，即忍受生活中的矛盾，在不同的要求之间走钢丝，寻求平衡。[1]

综上所述，文学中对疾病的表现与现实中科学领域的疾病研究是不同的两件事。前者展现患病的体验和遭遇，从生命与生活的角度赋予疾病以意义，创造理解它

---

[1]　Irmela von der Lühe: "Die Familie Mann". In: Hagen Schulze/Francois Etienne (Hg.): *Deutsche Erinnerungsorte*. Band 1. a. a. O., S. 258.

的多种可能。后者则基于实证原则探索和解释疾病的病因、症状与治疗方法。文学中的疾病现象与现实中的疾病现象尽管有许多相似点和关联，但它们并不等同，前者的内涵与外延被人们通过象征、隐喻和类比等方式不断扩充，而后者在现代医学兴起后愈发拒绝人文学科研究的介入，尽管这种介入是不可能彻底消除的。本书基于对具体文学作品的分析，尽可能还原了一位作家在特定文化系统和历史阶段里，如何以文学的方式建构疾病意象、扩充疾病内涵的过程。这一过程始终涉及个人与集体两个层面。因为疾病既是一种个人的身心体验，并经由通感与自身生存状态相连，又是一种文化的产物，受历史上的观念和同时期的认知影响，所以，托马斯·曼早期作品中的疾病书写既是托马斯·曼个人的困扰、忧虑与恐惧的显现，与他本人对其个人独特性（家族命运、艺术家身份和同性恋倾向等）的反思有关，另外也是文化传统和时代语境的印记，受到来自不同时期、不同场域的疾病话语的影响，同时也反映了其同时代人对社会危机与迷惘的时代精神的集体体验。正是这两方面的结合，连同托马斯·曼对各种疾病话语充满反讽与思辨的接受，才在相关作品中塑造了一个极具个人特色的疾病话语体系。

正如文本分析部分的四章所呈现的，这一体系的形成也是一个逐渐成熟与丰富的过程。托马斯·曼最早的一些小篇幅作品中主要体现了对生存困境、身心缺憾和

生命痛苦本质的把握，并从中发展出对生命体验的反讽
视角；《布登勃洛克一家》则将身体与生命的痛苦和悲
剧，不断引向无限的精神世界，制造出退化与升华交织
的人生悖论；《海因里希殿下》为个人与时代的生存困境
提供了一个童话般的解决方案，同时又明显流露出对未
来的不确定和对彻底解脱的怀疑；《死于威尼斯》更进一
步深化了此前已经运用过的双向反讽，借助于灾疫制造
的危机，彻底反思与翻转了被打上独特烙印的主人公的
人生。这四个阶段呈现出托马斯·曼对人生思考的越发
深入和全面，从表现无解的生命苦痛本质逐步过渡到一
种极具托马斯·曼风格特色的双向反讽视角；生与死、
健康与疾病等人生的对立统一的矛盾不断相对化。同
时，疾病象征的障碍与危机也在托马斯·曼的视野里不
断从普通个人走向特定群体，再到社会集体与整个西方
文明。

　　总之，在托马斯·曼的早期创作中，有着 1900 年
前后文学作品里常见的一种敏锐意识，即"每个个体的
生命从一开始就伴随着持续不断的死亡，生成和消亡乃
唯一过程：生命的时刻绽放也在一步步走向死亡"①。他
的疾病书写既是他在"世纪末"时期对疾病、身体和生命
大量观察与思考引发的结果，也是因他主动参与到这股

①　转引自方维规：《"病是精神"或"精神是病"——托马斯·曼论艺术与疾
病和死亡的关系》，载《北京大学学报(哲学社会科学版)》，2015(2)。

潮流之中。这其中杂糅、摇摆乃至矛盾的思想特质，以及与各种话语之间复杂多样的关联形态，在很大程度上受到了当时时代的整体精神状态的影响，同时也反过来一同强化了这一集体心态。

从今天的角度回看，托马斯·曼在"世纪末"时期的疾病书写也是整个疾病文化史变迁中的一环。它不仅存续、整理和评论了已有的文化知识，还带来了许多具有现代性的思想。安乐死的伦理问题在描写老参议夫人的故事的时候被涉及；克里斯蒂安对身体不适的喋喋不休及其疑病症倾向反映出现代患者要求更多的话语权和被倾听的机会；新型的工作、学习乃至交通技术对人的身体造成负面影响则呼应了进化失配引发疾病的假设[①]；对医生及医疗机构的讽刺揭示了存在科学与技术被操控与利用的风险；对神经概念被滥用与生理决定论的大量表现又暗示了现代人将过多的问题简单抛给疾病与身体的倾向。这些新的视角虽然不是作品表现疾病的核心关切点，但至少透露出托马斯·曼对人类步入现代社会后的观察与思考，体现着"世纪末"时期既回望过去又放眼未来的历史过渡性。

---

① 参见［美］丹尼尔·利伯曼：《人体的故事：进化、健康与疾病》，蔡晓峰译，15 页，杭州，浙江人民出版社，2017。

参考文献

Ackerknecht, Erwin Heinz: *Kurze Geschichte der Psychiatrie*. Stuttgart: Enke 1985.

Ackerknecht, Erwin Heinz: *Rudolf Virchow: Arzt, Politiker, Anthropologe*. Stuttgart: Enke 1957.

Ajouri, Philip: *Literatur um 1900: Naturalismus, Fin de Siècle, Expressionismus*. Berlin: Akademie Verlag 2009.

Anz, Thomas: *Gesund oder krank? Medizin, Moral und Ästhetik in der deutschen Gegenwartsliteratur*. Stuttgart: Metzler 1989.

Anz, Thomas: "Krankheit, Gesundheit und Moral. Goethe und die Ärzte seiner Zeit". In: *Der Deutschunterricht* 55. 5 (2003).

Anz, Thomas: " Metaphorik ". In: Jagow, Bettina von/Steger, Florian (Hg.): *Literatur und Medizin: ein Lexikon*. Göttingen: Vandenhoeck & Ruprecht 2005.

Assmann, Aleida: *Einführung in die Kulturwissenschaft: Grundbegriffe, Themen, Fragestellungen*. Berlin: Schmidt 2011.

Bahr, Hermann: "Die Überwindung des Naturalismus". In: Wunberg, Gotthart (Hg.): *Die Wiener Moderne: Literatur, Kunst und Musik zwischen 1890 und 1910*. Stuttgart: Reclam 2000.

Bahr, Hermann: "Königliche Hoheit". In: *Die neue Rundschau* 20 (1909).

Baltes, Dominik: *Heillos gesund? Gesundheit und Krankheit im Diskurs von Humanwissenschaften, Philosophie und Theologie*. Studien zur Theologischen Ethik 137. Fribourg (Schweiz): Academic Press Fribourg 2013.

Banuls, André: "Schopenhauer und Nietzsche in Thomas Manns Frühwerk". In: *Études Germaniques* 30 (1975).

Barsch, Achim/Heijl, Peter M. : "Zur Verweltlichung und Pluralisierung des Menschenbildes im 19. Jahrhundert: Einleitung". In: dies. (Hg.): *Menschenbilder: Zur Pluralisierung der Vorstellungen von der menschlichen Natur (1850-1914)*. Frankfurt am Main: Suhrkamp 2000.

Baßler, Moritz: "Literarische und kulturelle Intertextualität in Thomas Manns *Der Kleiderschrank*". In: Honold, Alexander/Werber, Niels (Hg.): *Deconstructing Thomas Mann*. Heidelberg: Winter 2012.

Bauer, Roger: *Die schöne Décadence: Geschichte eines literarischen Paradoxons*. Frankfurt am Main: Klostermann 2001.

Beard, George Miller: *Die Nervenschwäche (neurasthenia), ihre Symptome, Natur, Folgezustände und Behandlung*. Leipzig: Vogel 1881.

Beck-Gernsheim, Elisabeth: "Welche Gesundheit woll (t) en wir? Neue Diagnose- und Therapiemöglichkeiten bringen auch neue Kontrollen, Entscheidungszwänge und -konflikte". In: Schäfer, Daniel/Frewer, Andreas/Schockenhoff, Eberhard u. a. (Hg.): *Gesundheitskonzepte im Wandel. Geschichte, Ethik und Gesellschaft*. Stuttgart: Steiner 2008.

Bellwinkel, Hans Wolfgang: "Krankheit im Werk von Thomas Mann". In: *Futura* 7. 3 (1997).

Berg-Tribbensee, Karen-Henrike: *Fatalismus und Vorausdentung in Thomas Manns "Buddenbrooks"*. Westfällische Wilhelms-Universität Münster. Staatsexamensarbeit. Münster 1996.

Beßlich, Barbara: "Anamnesen des Determinismus, Diagnosen der Schuld: Ärztlicher Blick und gesellschaftliche Differentialdiagnostik im analytischen Drama des Naturalismus". In: Pethes, Nicolas/Richter, Sandra

(Hg.): *Medizinische Schreibweisen: Ausdifferenzierung und Transfer zwischen Medizin und Literatur (1600-1900)*. Tübingen: Niemeyer 2008.

Biebuyck, Benjamin: "Ironice verheiratet? Thomas Manns frühe Novelle 'Der Wille zum Glück' als eine narrative Konkretisierung von Nietzsches 'Zur Genealogie der Moral'". In: Benoit, Martine/Hähnel-Mesnard, Carola (Hg.): *Thomas Mann au tournant du siècle. Germanica 60* Lille: Université Charles-de-Gaulle 2017.

Bischoff, Astrid: "Das Selbst im Blick. Scham, Blick und Tod in Thomas Manns Luischen". In: Börnchen, Stefan/Mein, Georg/Schmidt, Gary (Hg.): *Thomas Mann. Neue kulturwissenschaftliche Lektüren*. Paderborn: Fink 2012.

Blödorn, Andreas/Marx, Friedhelm (Hg.): *Thomas Mann Handbuch: Leben - Werk - Wirkung*. Stuttgart: Metzler 2015.

Böhm, Karl Werner: *Zwischen Selbstzucht und Verlangen: Thomas Mann und das Stigma Homosexualität Untersuchungen zu Frühwerk und Jugend*. Würzburg: Königshausen & Neumann 1991.

Bourget, Paul: *Psychologische Abhandlungen über zeitgenössische Schriftsteller*. München: Bruns 1903.

Broch, Hermann: *Hofmannsthal und seine Zeit*. München: Piper 1964.

Brokoff, Jürgen: " Sozialbiologie und Empathieverzicht. Thomas Manns frühe Novellistik und die Poetik des ' kalten ' Erzählens ". In: Börnchen, Stefan/Mein, Georg/Schmidt, Gary (Hg.): *Thomas Mann. Neue kulturwissenschaftliche Lektüren*. München: Fink 2012.

Bruno, Carlo: "'In leisem Schwanken' - Die Gondelfahrt des Lesers über Thomas Manns Der Tod in Venedig (Poststrukturalismus)". In: Lörke, Tim/Müller, Christian (Hg.): *Vom Nutzen und Nachteil der Theorie für die Lektüre. Das Werk Thomas Manns im Lichte neuer Literaturtheorien*. Würzburg: Königshausen & Neumann 2006.

Bumke, Oswald: *Über nervöse Entartung*. Berlin/Heidelberg: Springer

1912.

Burgard, Peter, "From Enttäuschung to Tristan. The Devolution of a Language Crisis in Thomas Mann's Early Work", *The German Quarterly* 59. 3 (1986).

Cassirer, Ernst: *Nachgelassene Manuskripte und Texte*. Band 6: *Vorlesungen und Studien zur philosophischen Anthropologie*. Hg. von Gerald Hartung und Herbert Kopp-Oberstebrink. Hamburg: Meiner 2005.

Daemmrich, Horst S. /Daemmrich, Ingrid G. : *Themen und Motive in der Literatur. Ein Handbuch*. 2. überarb. und erw. Aufl. Tübingen/Basel: Francke 1995.

Degler, Frank/Kohlross, Christian (Hg.): "Einleitung: Epochenkrankheiten in der Literatur". In: dies. (Hg.): *Epochen/Krankheiten: Konstellationen von Literatur und Pathologie*. St. Ingbert: Röhrig Universitätsverlag 2006.

Detering, Heinrich: "*Juden, Frauen und Litteraten*": *Zu einer Denkfigur beim jungen Thomas Mann*. Frankfurt am Main: S. Fischer 2005.

Didi-Huberman, Georges: *Erfindung der Hysterie. Die photographische Klinik von Jean-Martin Charcot*. München: Fink 1997.

Dierks, Manfred: "Buddenbrooks als europäischer Nervenroman". In: *Thomas Mann Jahrbuch*. Band 15. 2002.

Dierks, Manfred: "Krankheit und Tod im frühen Werk Thomas Manns". In: Sprecher, Thomas (Hg.): *Auf dem Weg zum "Zauberberg"*. *Die Davoser Literaturtage 1996*. Frankfurt am Main: Klostermann 1997.

Dierks, Manfred: *Studien zu Mythos und Psychologie bei Thomas Mann. An seinem Nachlaß orientierte Untersuchungen zum " Tod in Venedig", zum "Zauberberg" und zur "Joseph" - Tetralogie*. Thomas Mann-Studien 2. Bern/München: Francke 1972.

Du Prey, Carl: *Philosophie der Mystik*. Leipzig: Ernst Günthers 1885.

Eckermann, Johann Peter: *Gespräche mit Goethe in den letzten Jahren seines Lebens*. Band 1. Hg. von Fritz Bergemann. Frankfurt am Main: Insel 1981.

Eigler, Jochen: "Krankheit und Sterben. Aspekte der Medizin in Erzählungen, persönlichen Begegnungen und essayistischen Texten Thomas Manns". In: Sprecher, Thomas (Hg.): *Liebe und Tod - in Venedig oder anderswo. Die Davoser Literaturtage 2004*. Frankfurt am Main: Klostermann 2004.

Eigler, Jochen: "Thomas Mann - Ärzte der Familie und die Medizin in München. Spuren in Leben und Werk (1894-1925)". In: Sprecher, Thomas (Hg.): *Literatur und Krankheit im Fin-de-siècle (1890-1914): Thomas Mann im europäischen Kontext. Die Davoser Literaturtage 2000*. Frankfurt am Main: Klostermann 2002.

Eisenberg, Leon/Kleinman, Arthur, *The Relevance of Social Science for Medicine*, Dordrecht, D. Reidel, 1981.

Engelhardt, Dietrich von: "Die Welt der Medizin im Werk von Thomas Mann". In: Engelhardt, Dietrich von/Wißkirchen, Hans (Hg.): *Thomas Mann und die Wissenschaften*. Lübeck: Dräger 1999.

Engelhardt, Dietrich von: "Gesundheit und Krankheit". In: Jagow, Bettina von/Steger, Florian (Hg.): *Literatur und Medizin: ein Lexikon*. Göttingen: Vandenhoeck & Ruprecht 2005.

Engelhardt, Dietrich von: "Gesundheit und Krankheit". In: Wierlacher, Alois/Bogner, Andrea (Hg.): *Handbuch interkulturelle Germanistik*. Stuttgart: Metzler 2003.

Engelhardt, Dietrich von: *Medizin in der Literatur der Neuzeit*. Band 1: *Darstellung und Deutung*. Hürtgenwald: Pressler 1991.

Erb, Wilhelm: *Über die wachsende Nervosität unserer Zeit: Akademische Rede zum Geburtstagsfeste des höchstseligen Grossherzogs Karl Friedrich am 22. November 1893*. Heidelberg: Koester 1894.

Erhart, Walter: *Familienmänner: Über den literarischen Ursprung moderner Männlichkeit*. München: Fink 2001.

Falcke, Eberhard: *Die Krankheit zum Leben: Krankheit als Deutungsmuster individueller und sozialer Krisenerfahrung bei Nietzsche und Thomas Mann*. Frankfurt am Main: Lang 1992.

Freud, Sigmund: *Gesammelte Werke*. Band 7. Hg. von Anna Freud/Bonaparte, Marie/Bibring. E. u. a. Frankfurt am Main: S. Fischer 1960.

Frenzel, Elisabeth: *Stoff- und Motivgeschichte*. 2. verb. Aufl. Berlin: Schmidt 1974.

Frizen, Werner: *Zaubertrank der Metaphysik: Quellenkritische Überlegungen im Umkreis der Schopenhauer-Rezeption Thomas Manns*. Frankfurt am Main: Lang 1980.

Frühwald, Wolfgang Jauß Hans Robert/Kosselleck, Reinhart u. a. : *Geisteswissenschaften heute. Eine Denkschrift*. Frankfurt am Main: Suhrkamp 1991.

Gerth, Klaus: "Gabriele Klöterjahn. Die Figuren in Thmas Manns 'Tristan' mit einem Anhang aus dem 'Simplicissimus'". In: *Praxis Deutsch* November-Heft, 1985.

Gillespie, Gerald Ernest Paul (Hg.): *Herkommen und Erneuerung: Essays für Oskar Seidlin*. Tübingen: Niemeyer 1976.

Goffman, Erving: *Stigma: Über Techniken der Bewältigung beschädigter Identität*. Frankfurt am Main: Suhrkamp 1974.

Good, B. J. , "The heart of what's the matter. The semantics of illness in Iran", *Culture, Medicine and Psychiatry*, 1977(1).

Goschler, Constantin: *Rudolf Virchow: Mediziner - Anthropologe - Politiker*. Köln: Böhlau 2002.

Grawe, Christian: "'Eine Art von höherem Abschreiben': zum 'Typhus'-Kapitel in Thomas Manns Buddenbrooks". In: *Thomas Mann Jahrbuch*. Band 5. Frankfurt am Main: Klostermann 1992.

Greenblatt, Stephen: "Die Zirkulation sozialer Energie". In: Conrad,

Christoph/Kessel, Martina (Hg.): *Geschichte schreiben in der Postmoderne. Beiträge zur aktuellen Diskussion.* Stuttgart: Reclam 1994.

Gunter, Reiß: "*Allegorisierung*" *und moderne Erzählkunst*: *Eine Studie zum Werk Thomas Manns.* München: Fink 1970.

Guthke, Karl Siegfried: "Haller und Pope: Zur Entstehungsgeschichte von Hallers Gedicht 'Über den Ursprung des Übels'". In: *Euphorion: Zeitschrift für Literaturgeschichte* 69 (1975).

Gutjahr, Ortrud: "Beziehungsdynamiken im Familienroman. Thomas Manns Buddenbrooks". In: ders. (Hg.): *Thomas Mann.* Würzburg: Königshausen & Neumann 2012.

Happ, Julia S. (Hg.): *Jahrhundert (w) ende (n). Ästhetische und epochale Transformationen und Kontinuitäten 1800/1900.* Berlin: Lit 2010.

Haug, Hellmut: *Erkenntnisekel: Zum frühen Werk Thomas Manns.* Tübingen: Niemeyer 1969.

Haupt, Sabine/Würffel, Stefan Bodo (Hg.): *Handbuch Fin de Siècle.* Stuttgart: Kröner 2008.

Häussermann, Eckhard: "Trotz schwerer Zahn-Operationen vollendete Thomas Mann sein Lebenswerk". In: *Zahnärztliche Mitteilungen* 85. 7 (1995).

Heiser, Ines: "Do Alexander genas. Die Krankheit Alexanders des Grossen im mittelhochdeutschen Alexanderroman". In: Meyer, Andreas/ Schulz-Grobert, Jürgen (Hg.): *Gesund und krank im Mittelalter. Marburger Beiträge zur Kulturgeschichte der Medizin.* Leipzig: Eudora 2007.

Herwig, Malte: *Bildungsbürger auf Abwegen. Naturwissenschaft im Werk Thomas Manns.* Frankfurt am Main: Klostermann 2004.

Hinterhäuser, Hans: *Fin de siècle: Gestalten und Mythen.* München: Fink 1977.

Hoffmann, Fernand: *Thomas Mann als Philosoph der Krankheit: Versuch einer systematischen Darstellung seiner Wertphilosophie des Bionegativen.* Luxembourg: Institut Grand-Ducal 1975.

Hofmann, Ernst: *Thomas Mann, Patholog-Therapeut?* Graz: Akademische Druck- und Verlagsanstalt 1950.

Hössling, Rudolph von: "Symptomatologie". In: Müller, Franz Karl (Hg.): *Handbuch der Neurashenie.* Leipzig: Vogel 1893.

Iser, Wolfgang: *Das Fiktive und das Imaginäre: Perspektiven literarischer Anthropologie.* Frankfurt am Main: Suhrkamp 1991.

Jagow, Bettina von/Steger, Florian (Hg.): *Repräsentationen. Medizin und Ethik in Literatur und Kunst der Moderne.* Heidelberg: Winter 2004.

Jagow, Bettina von/Steger, Florian: *Was treibt die Literatur zur Medizin? Ein kulturwissenschaftlicher Dialog.* Göttingen: Vandenhoeck & Ruprecht 2009.

Jendreiek, Helmut: *Thomas Mann. Der demokratische Roman.* Düsseldorf: Bagel 1977.

Jankrift, Kay Peter: *Krankheit und Heilkunde im Mittelalter.* 2. durchges. und bibliogr. erg. Aufl. Darmstadt: WBG 2012.

Jessen, Friedrich: *Lungenschwindsucht und Nervensystem.* Jena: S. Fischer 1905.

Jeßing, Benedikt/Köhnen, Ralph: *Einführung in die Neuere deutsche Literaturwissenschaft.* 3. aktualisierte und überarb. Aufl. Stuttgart/Weimar: Metzler 2012.

Kasdorff, Hans: *Der Todesgedanke im Werk Thomas Manns.* Leipzig: Eichblatt 1932.

Kassner, Jonathan: "'Vita Canina'. Der Hund als Allegorie in Thomas Manns Tobias Mindernickel". In: Börnchen, Stefan/Mein, Georg/Schmidt, Gary (Hg.): *Thomas Mann. Neue kulturwissenschaftliche Lektüren.* München: Fink 2012.

King, Martina: "Inspiration und Infektion. Zur literarischen und medizinischen Wissensgeschichte von 'auszeichnender Krankheit' um 1900". In: *Internationales Archiv für Sozialgeschichte der deutschen Li-*

teratur 35. 2 (2010).

Klein, Paul: "Die Infektionskrankheiten im erzählerischen Werk Thomas Manns". In: *Hefte der Deutschen Thomas-Mann-Gesellschaft* 3 (1983). Lübeck: Ges.

Klein, Wolfgang: "Dekadent/Dekadenz". In: Barck, Karlheinz/ Fontinus, Martin/Schlenstedt, Dieter u. a. (Hg.): *Ästhetische Grundbegriffe: Historisches Wörterbuch in sieben Bänden. Band 2: Dekadentgrotesk*. Stuttgart/Weimar: Metzler 2001.

Kleinman, Arthur, *Patients and Healers in the Context of Culture: An Exploration of the Borderland between Anthropology, Medicine and Psychiatry*, Berkeley, University of California Press, 1980.

Koopmann, Helmut: "'Buddenbrooks'. Die Ambivalenz im Problem des Verfalls". In: Wolff, Rudolf (Hg.): *Thomas Manns "Buddenbrooks" und die Wirkung*. Bonn: Bouvier 1986.

Koopmann, Helmut: *Deutsche Literaturtheorien zwischen 1880 und 1920: eine Einführung*. Darmstadt: WBG 1997.

Koopmann, Helmut: "Entgrenzung: Zu einem literarischen Phänomen um 1900". In: Bauer, Roger/Heftrich, Eckhard/Koopmann Helmut u. a. (Hg.): *Fin de siècle. Zu Literatur und Kunst der Jahrhundertwende*. Frankfurt am Main: Klostermann 1977.

Koopmann, Helmut: "Krankheiten der Jahrhundertwende im Frühwerk Thomas Manns". In: Sprecher, Thomas (Hg.): *Literatur und Krankheit im Fin-de-siècle (1890-1914): Thomas Mann im europäischen Kontext. Die Davoser Literaturtage 2000*. Frankfurt am Main: Klostermann 2002.

Koopmann, Helmut (Hg.): *Thomas Mann Handbuch*. Stuttgart: Kröner 2001.

Koppen, Erwin: *Dekadenter Wagnerismus: Studien zur europäischen Literatur des Fin de siècle. Komparatistische Studien*. Berlin: de Gruyter 1973.

Kottow, Andrea: *Der kranke Mann*: *Medizin und Geschlecht in der Literatur um 1900*. Frankfurt am Main: Campus 2006.

Krafft-Ebing, Richard von: *Nervosität und neurasthenische Zustände*. Wien: Hölder 1895.

Krafft-Ebing, Richard von: *Über gesunde und kranke Nerven*. 5. durchges. Aufl. Tübingen: Laupp 1903.

Kraske, Bernd M. ; *Revolution und Schulalltag in Thomas Manns "Buddenbrooks"*. Bad Schwartau: WFB 2005.

Kristiansen, Børge: "Die 'Niederlage der Zivilisation' und der 'heulende Triumph der unterdrückten Triebwelt': Die Erzählung 'Der kleine Herr Friedemann' als Modell der Anthropologie Thomas Manns". In: *Orbis Litterarum* 58. 6 (2003).

Kristiansen, Børge: *Thomas Mann - Der ironische Metaphysiker*: *Nihilismus*, *Ironie*, *Anthropologie in Thomas Manns Erzählungen und im Zauberberg*. Würzburg: Königshausen & Neumann 2013.

Kurzke, Hermann: *Thomas Mann*: *Epoche - Werk - Wirkung*. 4. überarb. und aktualisierte Aufl. München: Beck 2010.

Labisch, Alfons: *Homo Hygienicus*: *Gesundheit und Medizin in der Neuzeit*. Frankfurt am Main/New York: Campus 1992.

Lämmert, Eberhard: "Doppelte Optik: Über die Erzählkunst des frühen Thomas Mann". In: Rüdinger, Karl (Hg.): *Literatur*, *Sprache*, *Gesellschaft*. München: Bayerische Schulbuch Verlag 1970.

Landwehr, Uta Ilse: *Die Darstellung der Syphilis in Thomas Manns Roman*: *"Doktor Faustus - Das Leben des deutschen Tonsetzers Adrian Leverkühn*, *erzählt von einem Freunde"*. Diss. Medizinische Hochschule Lübeck 1982.

Lanzerath, Dirk: *Krankheit und ärztliches Handeln*: *zur Funktion des Krankheitsbegriffs in der medizinischen Ethik*. Freiburg (Breisgau)/ München: Alber 2000.

Lehnert, Herbert: *Thomas Mann*: *Fiktion*, *Mythos*, *Religion*.

Stuttgart: Kohlhammer 1965.

Lombroso, Cesare: *Genie und Irrsinn in ihren Beziehungen zum Gesetz, zur Kritik und zur Geschichte*. Leipzig: Reclam 1887.

Löwenfeld, Leopold: *Die moderne Behandlung der Nervenschwäche (Neurasthenie), Hysterie und verwandter Leiden*. Wiesbaden: Bergmann 1887.

Lühe, Irmela von der: "'Die Amme hatte die Schuld': Der kleine Herr Friedemann und das erzählerische Frühwerk Thomas Mann". In: Sprecher, Thomas (Hg.): *Liebe und Tod - in Venedig oder anderswo. Die Davoser Literaturtage 2004*. Frankfurt am Main: Klostermann 2005.

Lühe, Irmela von der: "Die Familie Mann". In: Schulze, Hagen/ Francois, Etienne (Hg.): *Deutsche Erinnerungsorte*. Band 1. München: Beck 2001.

Lux, Thomas: "Semantische Netzwerke". In: ders. (Hg.): *Krankheit als semantisches Netzwerk: ein Modell zur Analyse der Kulturabhängigkeit von Krankheit*. Berlin: VWB 1999.

Mahal, Günther: *Naturalismus*. München: Fink 1975.

Maillard, Christine/Titzmann, Michael: *Vorstellung eines Forschungsprojekts: Literatur und Wissen (schaften) 1890-1935*. (Hg.): *Literatur und Wissen(schaften) 1890-1935*. Stuttgart/Weimar: Metzler 2002.

Mandel, Diane: *Arzt und Patient in den Romanen von Thomas Mann*. Diss. Lübeck University 1989.

Mann, Thomas: *Gesammelte Werke in dreizehn Bänden*. Band 11: *Reden und Aufsätze 3*. 2. durchges. Aufl. Frankfurt am Main: S. Fischer 1974.

Mann, Thomas: *Große kommentierte Frankfurter Ausgabe: Werke - Briefe - Tagebücher*. Band 14: *Essays*. Textband. Hg. von Heinrich Detering. Frankfurt am Main: S. Fischer 2008.

Mann, Thomas: "Vom Geist der Medizin". In: ders.: *Essays*. Band 2: *Für das neue Deutschland 1919-1925*. Hg. von Hermann Kurzke und Stephan Stacjorski. Frankfurt am Main: Fischer Taschenbuch Verlag 1993.

Marx, Friedhelm: "Thomas Mann und Nietzsche. Eine Auseinandersetzung in Königliche Hoheit". In: *Deutsche Vierteljahrschrift für Literaturwissenschaft und Geistesgeschichte* 62. 2 (1988). Stuttgart: Metzler.

Max, Katrin: "'Gott sei Dank, daß es nicht die Lunge war!': Krankheitskonzepte in Thomas Manns Tristan als Elemente kulturellen Wissens: Strukturalistische Kulturanalyse". In: Lörke, Tim/Müller, Christian (Hg.): *Vom Nutzen und Nachteil der Theorie für die Lektüre: Das Werk Thomas Manns im Lichte neuer Literaturtheorien.* Würzburg: Königshausen &. Neumann 2006.

Max, Katrin: *Liegekur und Bakterienrausch. Literarische Deutung der Tuberkulose im Zauberberg und anderswo.* Würzburg: Königshausen &. Neumann 2013.

Max, Katrin: *Niedergangsdiagnostik: Funktion von Krankheitsmotiven in "Buddenbrooks".* Frankfurt am Main: Klostermann 2008.

Meyer, Andreas/Schulz-Grobert, Jürgen (Hg.): *Gesund und krank im Mittelalter: Marburger Beiträge zur Kulturgeschichte der Medizin.* Leipzig: Eudora 2007.

Meyer, Gerhard: *Untersuchungen zur Darstellung und Deutung des Todes im Frühwerk Thomas Manns.* Diss. Universität Tübingen 1957.

Möbius, Paul Julius: *Die Nervosität.* Leipzig: Weber 1882.

Moog, F. P.: "Herophilos und das Buddenbrook-Syndrom". In: *Deutsche Zahnärztliche Zeitschrift* 58 (2003).

Müller, Franz Karl: *Handbuch der Neurashenie.* Leipzig: Vogel 1893.

Musil, Robert: *Tagebücher, Aphorismen, Essays und Reden.* Hamburg: Rowohlt 1955.

Neumann, Michael: *Thomas Mann: Romane.* Berlin: Erich Schmidt 2001.

Nietzsche, Friedrich: *Sämtliche Werke : Kritische Studienausgabe in 15 Einzelbänden*. Band 6. Hg. von Giorgio Colli und Mazzino Montinari. München: Deutsche Taschenbuch Verlag 1988.

Noble, Cecil Arthur Musgrave: *Krankheit, Verbrechen und künstlerisches Schaffen bei Thomas Mann*. Bern: Lang 1970.

Nordau, Max: *Entartung*. Band 1. Berlin: Duncker 1892.

Oberlin, Johann Friedrich: "Herr L... in der Druckfassung 'Der Dichter Lenz, im Steintale' durch August Stöber". In: Büchner, Georg: *Lenz*. Studienausgabe. Hg. von Hubert Gersch. Stuttgart: Reclam 1984.

Ohl, Hubert: *Ethos und Spiel : Thomas Manns Frühwerk und die Wiener Moderne*. Freiburg im Breisgau: Rombach 1995.

Pütz, Peter: "Die Stufen des Bewußtseins bei Schopenhauer und den Buddenbrooks". In: Allemann, Beda/Koppen, Erwin (Hg.): *Teilnahme und Spiegelung. Festschrift für Horst Rüdiger*. Berlin/New York: de Gruyter 1975.

Radkau, Joachim: "Geschichte der Nervosität". In: *Universitas* 49 (1994).

Rasch, Wolfdietrich: "Aspekte der deutschen Literatur um 1900". In: Žmegač, Viktor (Hg.): *Deutsche Literatur der Jahrhundertwende*. Königstein/Ts. : Verlagsgruppe Athenäum/Hain/Scriptor/Hanstein 1981.

Regula, Erika Charlotte: *Die Darstellung und Problematik der Krankheit im Werke Thomas Manns*. Diss. Universität Freiburg 1952.

Richter, Karl: "Literatur - Wissen - Wissenschaft: Überlegungen zu einer komplexen Relation". In: dies. : (Hg.): *Die Literatur und die Wissenschaften 1770-1930*. Stuttgart: M & P 1997.

Rickes, Joachim: *Der sonderbare Rosenstock. Eine werkzentrierte Untersuchung zu Thomas Manns Roman Königliche Hoheit*. Frankfurt am Main u. a. : Lang 1998.

Rickes, Joachim: *Die Romankunst des jungen Thomas Mann. "Buddenbrooks" und "Königliche Hoheit"*. Würzburg: Königshausen & Neumann 2006.

Roelcke, Volker: "'Gesund ist der moderne Culturmensch keineswegs...' :
Natur, Kultur und die Entstehung der Kategorie 'Zivilisationskrankheit'
im psychiatrischen Diskurs des 19. Jahrhunderts". In: Barsch, Achim
(Hg.): *Menschenbilder: Zur Pluralisierung der Vorstellung von der
menschlichen Natur*. Frankfurt am Main: Suhrkamp 2000.

Rothschuh, Karl Eduard: *Konzepte der Medizin in Vergangenheit
und Gegenwart*. Stuttgart: Hippokrates 1978.

Rütten, Thomas: "Die Cholera und Thomas Manns Der Tod in
Venedig". In: Sprecher, Thomas (Hg.): *Liebe und Tod - in Venedig
oder anderswo. Die Davoser Literaturtage 2004*. Frankfurt am Main:
Klostermann 2005.

Rütten, Thomas: "Krankheit und Genie. Annäherungen an Frühformen
einer Mannschen Denkfigur". In: Sprecher, Thomas (Hg.): *Literatur
und Krankheit im Fin-de-siècle (1890-1914). Die Davoser Literaturtage
2000*. Frankfurt am Main: Klostermann 2002.

Sauder, Gerhart: "Sinn und Bedeutung von Krankheitsmotiven in der
Literatur". In: Engelhardt, Dietrich von/Schneble, Hansjörg/Wolf,
Peter (Hg.): *"Das ist eine alte Krankheit": Epilepsie in der Literatur.
Mit einer Zusammenstellung literarischer Quellen und einer Bibliographie
der Forschungsbeiträge*. Stuttgart/New York: Schattauer 2000.

Schipperges, Heinrich: *Gesundheit und Gesellschaft: ein historisch-
kritisches Panorama*. Berlin u. a. : Springer 2003.

Schipperges, Heinrich: *Heilkunde als Gesundheitslehre: der geis-
teswissenschaftliche Hintergrund*. Heidelberg: Verlag für Medizin
Fischer 1993.

Schipperges, Heinrich: *Krankheit und Kranksein im Spiegel der Ge-
schichte*. Berlin u. a. : Springer 1999.

Schmiedebach, Heinz-Peter: "' Zellenstaat ' und ' Leukocytentrup-
pen'. Methaphern und Analogien in medizinischen Texten des 19. und 20.

Jahrhunderts". In: *Der Deutschunterricht* 55. 5 (2003).

Schöll, Julia: *Einführung in das Werk Thomas Manns*. Darmstadt: WBG 2013.

Schonlau, Anja: "Das 'Krankhafte' als poetisches Mittel in Thomas Manns Erstlingsroman: Thomas und Christian Buddenbrook zwischen Medizin und Verfallspsychologie". In: *Heinrich Mann Jahrbuch* 15. Lübeck: Schmidt-Römhild 1997.

Schott, Heinz: "Krankheit und Magie. Der Zauberberg im medizin-historischen Kontext". In: Sprecher, Thomas (Hg.): *Auf dem Weg zum "Zauberberg"*. *Die Davoser Literaturtage 1996*. Frankfurt am Main: Klostermann 1997.

Schröter, Klaus: *Thomas Mann in Selbstzeugnissen und Bilddoku-menten*. Hamburg: Rowohlt 1979.

Sich, Dorothea/Disfeld, Hans Jochen/Deigher, Angelika (Hg.): *Medizin und Kultur: eine Propädeutik für Studierende der Medizin und der Ethnologie mit 4 Seminaren in kulturvergleichender medizinischer Anthropologie (KMA)*. Frankfurt am Main u. a. : Lang 1993.

Simmel, Georg: *Der Konflikt der modernen Kultur*. München/Leipzig: Duncker & Humblot 1921.

Sokel, Walter: "Demaskierung und Untergang wilhelminischer Repräsentanz. Zum Parallelismus der Inhaltsstruktur von Professor Unrat und Tod in Venedig". In: Gillespie, Gerald/Lohner, Edgar (Hg.): *Herkommen und Erneuerung*. *Essays für Oskar Seidlin*. Tübingen: Niemeyer 1976.

Spoerhase, Carlos: "Eine 'Königliche Hoheit': Das Wertniveau 'Thomas Mann '". In: Börnchen, Stefan/Liebrand, Claudia (Hg.): *Apokrypher Avantgardismus. Thomas Mann und die Klassische Moderne*. Paderborn u. a. : Fink 2008.

Steger, Florian/Schochow, Maximilian: "Medizin in Halle: Friedrich Hoffmann (1660-1742) und das Wechselspiel von Theorie und Praxis". In:

Sudhoffs Archiv 99. 2 (2015).

Thomé, Horst: "Autonomes Ich und 'Inneres Ausland'; Studien über Realismus, Tiefenpsychologie und Psychiatrie in deutschen Erzähltexten (1848-1914)". Tübingen; Niemeyer 1993.

Titzmann, Michael: " Kulturelles Wissen - Diskurs - Denksystem; Zu einigen Grundbegriffen der Literaturgeschichtsschreibung". In; *Zeitschrift für französische Sprache und Literatur* 99. 1(1989).

Titzmann, Michael: *Strukturale Textanalyse*; *Theorie und Praxis der Interpretation*. 3. unveränd. Aufl. München; Fink 1993.

Vaget, Hans Rudolf: "Die Erzählungen". In; Koopmann, Helmut (Hg.); *Thomas Mann Handbuch*. 3. aktualisierte Aufl. Stuttgart; Kröner 2001.

Vaget, Hans Rudolf: *Thomas Mann Kommentar zu sämtlichen Erzählungen*. München; Winkler 1984.

Vaget, Hans Rudolf: "Thomas Mann und die Neuklassik. Der Tod in Venedig und Samuel Lublinskis Literaturauffassung". In; *Jahrbuch der deutschen Schillergesellschaft*. Band 17. Stuttgart; Kröner 1973.

Virchow, Christian: "Zur Eröffnung". In; Sprecher, Thomas (Hg.); *Literatur und Krankheit im Fin-de-siècle (1890-1914)*. *Thomas Mann im europäischen Kontext*. *Die Davoser Literaturtage 2000*. Frankfurt am Main; Klostermann 2002.

Virchow, Rudolf: "Über die heutige Stellung der Pathologie". In; *Tageblatt der 43. Versammlung Deutscher Naturforscher und Ärzte*. Innsbruck; Wagner'sche Verlag 1869.

Vogt, Jochen: *Thomas Mann "Buddenbrooks"*. München; Fink 1995.

Wegner, Wolfgang: "Miasma". In; Gerabek, Werner E. /Haage, Bernhard D. /Keil, Gundolf u. a. (Hg.); *Enzyklopädie Medizingeschichte*. Berlin; de Gruyter 2005.

Weihe, Jörg: *Die Funktion der Arztfiguren im erzählerischen Werk Thomas Manns*. Diss. Universität Marburg 1983.

Weinzierl，Ulrich："Die 'besorgniserregende Frau'. Anmerkungen zu Luischen，Thomas Manns 'peinlichster Novelle'". In：*Thomas Mann Jahrbuch*. Band 4. Frankfurt am Main：Klostermann 1991.

Wucherpfennig，Wolf："Die Enttäuschung am Leben，die Kunst，die Macht und der Tod. Thomas Manns frühe Erzählungen". In：Gutjahr，Ortrud（Hg.）：*Thomas Mann*. *Jahrbuch für Literatur und Psychoanalyse* 31. Würzburg：Königshausen & Neumann 2012.

Wulf，Christoph：*Anthropologie：Geschichte，Kultur，Philosophie.* Hamburg：Rowohlt Taschenbuch Verlag 2004.

［德］伯恩特·卡尔格-德克尔：《医药文化史》，姚燕、周惠译，北京，生活·读书·新知三联书店，2004。

［德］海因茨·史腊斐：《德意志文学简史》，胡蔚译，北京，北京大学出版社，2013。

［德］卡尔·雅斯贝斯：《时代的精神状况》，王德峰译，上海，上海译文出版社，2013。

［德］吕迪格尔·萨弗兰斯基：《荣耀与丑闻：反思德国浪漫主义》，卫茂平译，上海，上海人民出版社，2014。

［德］尼采：《悲剧的诞生：尼采美学文选》，周国平译，北京，生活·读书·新知三联书店，1986。

［德］尼采：《反基督》，陈君华译，石家庄，河北教育出版社，2003。

［德］尼采：《论道德的谱系》，周红译，北京，生活·读书·新知三联书店，1992。

［德］托马斯·曼：《布登勃洛克一家》，傅惟慈译，南京，译林出版社，2009。

［德］托马斯·曼：《从我们的体验看尼采哲学》，见《托马斯·曼散文》，黄燎宇等译，北京，人民文学出版社，2014。

［德］托马斯·曼：《歌德与托尔斯泰》，朱雁冰译，杭州，浙江大学出版社，2012。

［德］托马斯·曼：《关于我自己》，见《托马斯·曼散文》，黄燎宇等

译，北京，人民文学出版社，2014。

［德］托马斯·曼：《海因里希殿下》，石左虎译，上海，上海人民出版社，2014。

［德］托马斯·曼：《论叔本华》，见《多难而伟大的十九世纪》，朱雁冰译，杭州，浙江大学出版社，2013。

［德］托马斯·曼：《论小说艺术》，见《托马斯·曼散文》，黄燎宇等译，北京，人民文学出版社，2014。

［德］托马斯·曼：《托马斯·曼中短篇小说选——死于威尼斯》，宁瑛、关惠文等译，北京，燕山出版社，2006。

［德］托马斯·曼：《我的时代》，见《托马斯·曼散文》，黄燎宇等译，北京，人民文学出版社，2014。

［德］维尔纳·叔斯勒：《雅斯贝尔斯》，鲁路译，北京，中国人民大学出版社，2008。

［德］沃尔夫·勒佩尼斯：《德国历史中的文化诱惑》，刘春芳、高新华译，南京，译林出版社，2010。

［法］埃米尔·左拉：《戴蕾斯·拉甘》，毕修匀译，长春，时代文艺出版社，2002。

［法］福柯：《精神疾病与心理学》，王杨译，上海，上海译文出版社，2016。

［美］彼得·盖伊：《历史学家的三堂小说课》，刘森尧译，北京，北京大学出版社，2006。

［美］丹尼尔·利伯曼：《人体的故事：进化、健康与疾病》，蔡晓峰译，杭州，浙江人民出版社，2017。

［美］亨利·欧内斯特·西格里斯特：《疾病的文化史》，秦传安译，北京，中央编译出版社，2009。

［美］罗伯特·汉：《疾病与治疗：人类学怎么看》，禾木译，上海，东方出版中心，2010。

［美］苏珊·桑塔格：《疾病的隐喻》，程巍译，上海，上海译文出版社，2003。

[美]维克多·特纳：《象征之林——恩登布人仪式散论》，赵玉燕、欧阳敏、徐洪峰译，北京，商务印书馆，2006。

[瑞士]亨利·E. 西格里斯特：《西医文化史——人与医学：医学知识入门》，朱晓译，海口，海南出版社，2012。

[英]罗伊·波特：《极简医学史》，王道还译，北京，清华大学出版社，2016。

[英]马特·里德利：《基因组：人类自传》，李南哲译，北京，机械工业出版社，2015。

陈勃杭：《生物学中的"活力论"为何消失了？》，载《中国社会科学报》，2015-09-22。

程巍：《译者卷首语》，见[美]苏珊·桑塔格：《疾病的隐喻》，上海，上海译文出版社，2003。

邓晓芒、赵林：《西方哲学史》，北京，高等教育出版社，2009。

方维规：《"病是精神"或"精神是病"——托马斯·曼论艺术与疾病和死亡的关系》，载《北京大学学报(哲学社会科学版)》，2015(2)。

韩瑞祥选编：《施尼茨勒作品集：全3册》第1册，北京，人民文学出版社，2016。

黄河清：《遁入炼狱——托马斯·曼的疗养院图式》，载《东方论坛》，2011(3)。

黄金城：《"反讽是中庸的情志"——论托马斯·曼的诗性伦理》，载《文艺研究》，2018(9)。

黄燎宇：《〈布登勃洛克一家〉：市民阶级的心灵史》，载《外国文学评论》，2004(2)。

黄燎宇：《60年来中国的托马斯·曼研究》，载《中国图书评论》，2014(4)。

黄燎宇：《进化的挽歌与颂歌——评〈布登勃洛克一家〉》，载《外国文学》，1997(2)。

黄晓洁：《论〈浮士德博士〉中的疾病意象》，硕士学位论文，华中科技大学，2015。

李昌珂：《"我这个时代"的德国——托马斯·曼长篇小说论析》，北京，北京大学出版社，2014。

李双任：《托马斯·曼三部长篇小说的疾病书写》，硕士学位论文，湘潭大学，2017。

李岩、陈静：《狄尔泰历史主义的生命解释学》，载《理论月刊》，2007(3)。

刘冬瑶：《疾病的诗学化与文学的"病态化"——以本恩、卡夫卡、迪伦马特和贝恩哈特为例》，博士学位论文，北京外国语大学，2016。

刘小枫：《诗化哲学》，济南，山东文艺出版社，1986。

苗力田主编：《亚里士多德全集》第6卷，北京，中国人民大学出版社，1995。

孙秀昌：《生存·密码·超越——祈向超越之维的雅斯贝斯生存美学》，北京，人民出版社，2010。

唐弦韵：《观看与回忆——里尔克小说〈马尔特手记〉中的身份认同问题析论》，载《外国文学》，2013(6)。

涂险峰、黄艳：《疾病在〈魔山〉起舞——论托马斯·曼反讽的疾病诗学》，载《武汉大学学报(人文社科版)》，2017(2)。

汪民安、陈永国：《身体转向》，载《外国文学》，2004(1)。

王予霞：《西方文学中的疾病与恐惧》，载《外国文学研究》，2003(6)。

吴华眉：《西方哲学身体观的嬗变及启示》，载《山东科技大学学报(社会科学版)》，2015(5)。

吴勇立：《青年穆齐尔创作思想研究》，上海，复旦大学出版社，2010。

夏可君：《身体：从感发性、生命技术到元素性》，北京，北京大学出版社，2013。

杨劲：《深沉隐藏在表面：霍夫曼斯塔尔的文学世界》，北京，北京师范大学出版社，2015。

张弘：《艺术审美的危机——评〈死在威尼斯〉的艺术家主题》，载《外国文学评论》，1998(3)。

张有春：《医学人类学》，北京，中国人民大学出版社，2011。

周宪：《福柯话语理论批判》，载《文艺理论研究》，2013(1)。

朱鹏飞：《"绵延"说与柏格森生命哲学的兴衰》，载《西南民族大学学报(人文社会科学版)》，2005(9)。

朱彦明：《尼采：疾病、健康与哲学创造》，载《中国社会科学报》，2015-08-25。

邹忠民：《疾病与文学》，载《江西社会科学》，2004(12)。

图书在版编目（CIP）数据

危机的病理：托马斯·曼早期作品中的疾病话语/
毛亚斌著. —北京：北京师范大学出版社，2019.8
（文化学&文学研究丛书）
ISBN 978-7-303-24829-2

Ⅰ.①危… Ⅱ.①毛… Ⅲ.①曼（Mann，Thomas
1875－1955）－文学研究 Ⅳ.①I516.065

中国版本图书馆 CIP 数据核字（2019）第 165591 号

营 销 中 心 电 话 010-57654738 57654736
北京师范大学出版社谭徐锋工作室 http：//xueda.bnup.com

WEIJI DE BINGLI

出版发行：北京师范大学出版社 www.bnup.com
　　　　　北京市西城区新街口外大街 12－3 号
　　　　　邮政编码：100088
印　　刷：北京盛通印刷股份有限公司
经　　销：全国新华书店
开　　本：890 mm ×1240 mm　1/32
印　　张：9.75
字　　数：235 千字
版　　次：2019 年 8 月第 1 版
印　　次：2019 年 8 月第 1 次印刷
定　　价：68.00 元

策划编辑：谭徐锋　　　　责任编辑：曹欣欣　于东辉
美术编辑：王齐云　　　　装帧设计：宋　涛
责任校对：段立超　　　　责任印制：马　洁

版权所有 侵权必究
反盗版、侵权举报电话：010－57654750
北京读者服务部电话：010－58808104
外埠邮购电话：010－57654738
本书如有印装质量问题，请与印制管理部联系调换。
印制管理部电话：010－57654758